外国文学名著丛书

〔英〕高尔斯华绥 / 著

福尔赛世家
第三部

周煦良 / 译

"外国文学名著丛书"编委会

人民文学出版社

目　次

第　一　卷

第 一 章　邂逅 …………………………………… 5
第 二 章　精细的芙蕾·福尔赛 ………………… 26
第 三 章　罗宾山 ………………………………… 35
第 四 章　古墓 …………………………………… 45
第 五 章　家乡的原野 …………………………… 57
第 六 章　乔恩 …………………………………… 69
第 七 章　芙蕾 …………………………………… 75
第 八 章　草原牧歌 ……………………………… 83
第 九 章　戈雅 …………………………………… 88
第 十 章　三人行 ………………………………… 102
第十一章　二重奏 ………………………………… 109
第十二章　神经 …………………………………… 117

第　二　卷

第 一 章　母与子 ………………………………… 131

第 二 章 父与女 ……………………… *138*

第 三 章 会见 …………………………… *155*

第 四 章 格林街 ………………………… *168*

第 五 章 纯福尔赛事务 ………………… *175*

第 六 章 索米斯的私生活 ……………… *184*

第 七 章 琼插手进来 …………………… *196*

第 八 章 背城借一 ……………………… *203*

第 九 章 种下祸胎 ……………………… *212*

第 十 章 下决心 ………………………… *223*

第十一章 悌摩西的预言 ………………… *229*

第 三 卷

第 一 章 老乔里恩显灵 ………………… *247*

第 二 章 供状 …………………………… *258*

第 三 章 伊琳！ ………………………… *266*

第 四 章 索米斯盘算 …………………… *272*

第 五 章 一门心思 ……………………… *281*

第 六 章 走投无路 ……………………… *287*

第 七 章 使命 …………………………… *297*

第 八 章 忧郁的调子 …………………… *308*

第 九 章 橡树下 ………………………… *315*

第 十 章 芙蕾的婚礼 …………………… *318*

第十一章 老一辈福尔赛的最后一个 …… *330*

第三部　出　租

这两个仇人种下的灾难的祸根

使一对舛运的情人结束掉生命。

——《罗密欧与朱丽叶》

第一卷

第一章 邂 逅

一九二〇年五月十二号的下午,索米斯从自己住的武士桥旅馆里出来,打算上科克街附近一家画店看一批画展,顺便看看未来派的"未来"。他没有坐车。自从大战以来,只要有办法可想,他从来不坐马车。在他眼睛里,那些马车夫都是一群没有礼貌的家伙;不过现在战争已经结束,马车又有点供过于求起来,这班人遵照人性的习惯,又开始变得有点礼貌了。虽说如此,索米斯仍旧不原谅他们,心灵深处总把这些人和过去阴暗的记忆看成一个东西;而现在,就如他这个阶级所有的人一样,隐隐又把他们和革命看成一体了。大战期间,他曾经有一个时期相当焦急;和平后有一个时期焦急得还要厉害;这些经历都产生了一种顽强的心理后果。由于过去屡次三番在想象中看见自己破产,所以他现在已经毅然决然不相信这在实际上有可能了。一个人每年付掉四千镑所得税和超额税,境况总不会坏到哪里去。二十五万镑的财产,又分散在几个方面,而且只负担一个老婆和一个女儿,就是有人异想天开要征起资本税来,也丝毫奈何他不得。至于把战时利润充公,他是百分之百地赞成,因为他自己一点没有,而那班瘪三正活该这样下场!不但如此,古画的行情如果说有什么变动的话,那就是更加俏了,而他自从大战开始以后,收藏的画却越发值钱了。还有，空袭对于一个生性谨慎的人来说，也只有好处，使一个向来顽强的性格变得更加坚强了。由于空袭使人担心到财产的全部崩溃，那些由捐税造成的部分损失也就不大使人害怕了；另一方面，由于对德国人的无耻痛恨惯了，他对工党的无耻也自然而然会痛恨起来；如果不是公开地痛恨，至少在自己灵魂的神庙里是如此。

索米斯一路走去。时间还早着，芙蕾跟他约好四点钟在画店碰头，而现在才不过两点半。走走路对他有好处——他的肝脏有点抽痛，而且人有点发毛。他妻子只要进城，总是不待在旅馆里，他的女儿总是到处乱闯，就像战后多数的年轻女子一样。虽说如此，在战争期间，她总算年纪还轻，没有真正抛头露面过，这一点总得感谢老天。当然，这不等于说他在战争开始时没有全力支持国家；不过在全力支持和让妻子女儿亲自出马之间，还是有一道鸿沟的；这由于他的性情有种地方很古板，就讨厌情感过分激动。比如说，他就曾经强烈反对安耐特回法国去（在战争的刺激下，她开始称呼它"亲爱的祖国"①）看护那些"勇敢的士兵"；那时候她非常之漂亮，而且一九一四年时人不过三十五岁。把她的健康和容貌都要毁掉！就好像她的确是个看护似的！他当时就坚决不许。还是让她留在家里给兵士做做针线，织织绒线吧！安耐特因此没有去成，可是从此就变得和以前完全不一样了；渐渐养成一种嘲笑他的习惯，并不是公然嘲笑，而是在一些小地方不断地嘲弄他。至于芙蕾，战争总算替她解决了要不要上学的复杂问题。鉴于她母亲对战争的态度，芙蕾最好离远一点，这样还可

---

① 见第二部第 44 页注释①。

以避免空袭,也不至于一冲之兴做出逾越的事情来;有这些原因,所以他把芙蕾送进西部很远的一个学校,在他看来,地点和学校程度都算兼顾了,可是自己对这个孩子却想念得厉害。芙蕾!这个带一点外国情调的名字,是她出世时自己突然决定给她起的;虽则这个名字是对法国人的显著让步,可是他从来没有懊悔过。芙蕾!名字漂亮;人也漂亮!可是心思总定不下来,太定不下来了;性情又那样执拗!而且满知道挟制得了自己的父亲!索米斯时常盘算这样钟爱女儿实在不应当。真是老糊涂了!六十五岁了!年纪不算小,可是自己并不觉得,原因是,尽管安耐特那样年轻貌美,他的第二次结婚却只是淡墨山水。也许这倒是运气。他一生只有一次真正热爱过,那就是对他的头一个妻子伊琳。对了,而且他的堂兄乔里恩,那个娶伊琳的家伙,听说已经是老态龙钟了。七十二岁的人,从他第三次结婚起又过了二十个年头,难怪乎如此。

　　索米斯中途停了下来,靠着海德公园骑道的栏杆憩一下。这地方从他出生和他父母去世的那所公园巷房子,到他三十五年前享受初版婚姻生活蒙彼利埃广场的小房子,刚好是中间的一点;所以是一个很适合的怀旧场所。现在他的再版结婚生活又过了二十年了,那出古老的悲剧就像是隔世一样——可以说,自从芙蕾代替他盼望的儿子出世时就结束了。多年来,他已经不再懊恨没有生儿子,连隐隐约约的恨意都没有了;芙蕾已经把他的心填满了。反正,她姓的是他的姓,而且到什么时候会改姓,他根本就不去想它。真的,他模模糊糊觉得,好像只要陪奁相当阔气,说不定就可以把那个娶芙蕾的家伙买了过来,再叫他改姓;这有什么不可以,现在说起来不是男女平等吗?所以,只要想起这场灾难,这种模糊的感觉就会使他宽慰一下。可是暗地里他仍旧认为女人和男人并不是平等的;一想到这里,索米斯一只弯曲的手便使劲地擦起脸来,终于摸到自己的下巴,那只使他感到安慰的下巴。多亏了平日饮食有节,这张脸并没有变得痴肥;鼻子很削,而且一点不红,花白的上须剪得很短,目力始终未衰。花白头发秃上去一点,使前额显得高了起来,可是由于身体微微有那么一点伛,正好弥补这里的变化,所以一张脸看上去并不太长。现在老一辈的福尔赛里只剩下一个悌摩西了(现在是一百零一岁);悌摩西如果看见他的话,就会像往常一样,说时间并没有在这个最阔气的小辈福尔赛身上引起任何变化。

悬铃木的绿荫刚罩在他修整的软呢帽上;大礼帽他是早已不戴了;在这种日子里,引人家注意到自己的富有是毫无道理的。悬铃木啊!他的思绪一下子就飞往马德里。那是大战爆发前的那个复活节,当时为了决定不下买不买那张戈雅的画,他就像航海家为了发现陆地一样,特地跑到这位画家的故乡去研究一番。他的印象是,这家伙很了不起,确是个大手笔,真正的天才!尽管那班人把他抬得这样高,在他们兴头下去之前,他要把他抬得更高。第二次的戈雅狂热将要比第一次还要厉害;是啊!他于是收进。那次上马德里去,他还请人摹了一张叫"摘葡萄"的壁画;这在他还是第一次;画的是一个一只手撑着腰的女子,他看了觉得很像自己女儿。这张画现在挂在买波杜伦的画廊里,可不大上眼——戈雅是模仿不了的。可是碰到女儿不在场时,他还会看看这张画,原因是画中人那种轻盈刚健的腰肢,弯弯的开阔的眉毛,黑眼珠里蕴含的焦切梦想,都使他不由得想起自己的女儿。他自己的眼珠是灰色;真正的福尔赛家人没有一个是褐色眼珠的;她母亲的眼珠是蓝色,然而芙蕾偏偏生了一双黑眼睛,可不怪吗!不过她外祖母的眼睛却是黑得像糖浆一样!

索米斯又开始向海德公园三角场走去。在全英国更没有比这儿驰道的变化更大了!由于他的出生地点离这里只有一箭之地,一八六〇年以来的事情他全都记得。在孩提时他便被大人带到这里来,瞠目望着那些穿紧身裤、留腮须的花花公子以骑兵的姿势策马驰骋;看戴着白荷叶边大礼帽的人举帽为礼,神情最为闲散;还有那个罗圈腿的矮子,穿一件长长的红背心,总是夹在时髦人中间走来,手里牵上几条狗,想要卖一条给他母亲:查理卷毛犬①,意大利跑犬,就爱挨他母亲的箍裙——这些人现在全都见不到了。真的,现在什么上等人士都看不见了,只看见许多工人一排排枯坐在那里,除掉几个跳跳蹦蹦的年轻女子,戴着圆顶帽,跨骑在鞍子上驰过②,或者一些不懂骑术的殖民地的人,坐在雇来的寒碜相的马上,来回奔驰,什么都看不到了;偶然看见些骑幼驹的小女孩子,或者借骑马舒散一下肝脏的老头儿,或者一个勤务兵试骑着一匹高大的"冲锋陷阵"的战马;纯种马看不见,马夫也看不见,礼貌、风度、谈笑——全看不见;只有这些树还是一样——只有这些树对人事的变迁毫不动心。一个民主的英国——又纷乱,又匆促,又嘈杂,而且好像没有一个完似的。索米斯灵魂里那一点乖僻的脾气激动起来了。那个高贵文雅的上流社会永不再来了!钱是有的——是啊!钱是有的——他父亲就从来没有像他这样有钱过;可是礼貌、情趣、风度全不见了,失陷

---

① 一种曾为英王查理二世喜爱过的卷毛犬。
② 以前英国女子骑马只是横坐在鞍子上,像男子一样分跨在鞍上的还是第一次大战后才看见。

在一片广漠的、丑陋的、摩肩接踵的、闻见汽油味的粗鄙寒暄中。这里那里潜匿着一些中落的阶层,代表风雅和高贵的习气,可是零零落落的,正如安耐特常说的,非常寒碜;要指望再看见什么坚定而合理的风气出现可别想。而他的女儿——他生命中的花朵——就是扔在这片礼貌全无、道德败坏、乱糟糟的新世界里!等到工党的那些家伙掌握政权以后——如果他们有朝一日掌权的话——那就还要更糟。

他从三角场的穹门走了出去;谢谢老天爷,这座穹门总算不再被探照灯的铅灰色照得奇形怪状了。"他们最好在大伙儿都去的地方装上探照灯,"他想,"把他们宝贵的民主照得通亮!"他沿着皮卡迪利大街那些俱乐部的门前走去。乔治·福尔赛当然已经在伊昔姆俱乐部的拱窗前面坐着。这家伙现在长得更胖了,简直成天坐在那里,就像一只一动不动的、讽刺而幽默的眼睛注视着人世的衰落。索米斯加紧了步伐,他在自己堂弟的视线下总是从心里感到不自在。从前听见人说,乔治在大战期间写过一封署名"爱国者"的信,抱怨政府限制跑驹吃的燕麦。瞧,他不是坐在那儿!又高大、又魁伟、又整洁,胡子剃得光光的,头发梳得亮亮的,一点儿不稀,涂的当然是最好的生发油,手里拿一张粉红报纸①。哼,他可没有变!索米斯心里——这在他有生以来可能是第一次——忽然对这个促狭的亲人从心里感到一种同情。这样大的块头,分开的头发梳得这样整洁,一双眼睛就像斗牛狗那样凶,他这个人如果代表旧秩序的话,倒还不容易搬得动呢。他望见乔治把粉红报纸摆动一下,好像招呼他上去。这家伙想必是要问

① 专登赛马新闻的报纸。

问自己财产的事情。这些财产现在还是由索米斯代管;原来二十年前——那个痛苦的时期——他和伊琳离婚时,索米斯虽则只在律师事务所里挂一个名,但是不知不觉地把所有纯属福尔赛家的业务全揽过来了。

他只迟疑了一下,就点点头走进俱乐部。自从他的妹夫蒙达古·达尔第在巴黎去世以后——谁也不知道是怎么回事,不过肯定不是自杀——这所伊昔姆俱乐部在索米斯眼中好像变得上流些了。乔治,他知道,也已经不再干那些荒唐事儿,现在一心一意只放在饮食享受上,吃起来总拣最好的吃,使自己不至更胖下去;至于赛马的玩意儿,照他自己的说法,"只养一两头老废物保持一点生活兴趣而已"。有这些缘故,所以索米斯在拱窗前面找到自己堂弟时,并不感到过去上这儿来时常感到的尴尬心情,好像做了一件冒失事儿。

乔治伸出一只保养得很好的手来。

"战后还没看见过你,"他说,"嫂子好吗?"

"多谢,"索米斯冷冷地说,"还不错。"

乔治脸上的肥肉有这么一刹那挤出隐隐的揶揄,眼睛里也显露出来。

"那个比利时家伙,普罗芳,"他说,"现在是这儿的会员了。一个怪人儿。"

"很对!"索米斯说,"你找我有什么事儿?"

"老悌摩西;他说不定随时都会咽气的。想来他的遗嘱已经做好了吧?"

"做好了。"

"你应当去看望他,或者随便哪一个去一下——老一辈子里最后的一个了;他现在是一百岁,你知道。他们说他就像个木乃伊。你预备把他葬在哪里？按道理应当给他砌一座金字塔才是。"

索米斯摇摇头。"葬在海格特墓地那边。"

"哼，我想如果葬在别处的话，那几个老姑太会要想他的。他们说他对饮食甚感兴趣。你知道，他说不定还会活下去。这些老一辈的福尔赛可真有他们的。十个人——平均年龄八十八岁——我算了一下。这应当和三胞胎一样少见。"

"就是这些事吗？"索米斯说，"我得走了。"

"你这个不通人情的混蛋。"乔治的眼睛好像在回答。"对了，就是这些。你去看望看望他——老家伙住在古墓里说不定要显圣呢。"乔治脸上肥线条形成的笑容消失了，他接着又说："你们做律师的可曾想出什么办法逃避这个狗所得税吗？固定的遗产收入受到打击最厉害。我往常每年总有两千五百镑；现在弄得仅仅拿到一千五百镑，生活费用倒拍了个双。"

"啊，"索米斯低声说，"赛马受到威胁了。"

乔治的脸上显出一丝勉强的自卫神情。

"哼，"乔治说，"我从小受到的教养就是游手好闲，现在人老力衰，却一天天穷下去。这些工党家伙非全部拿到手决不甘休。到那个时候，你打算怎样来谋生呢？我预备每天工作六小时，教那些政客懂点风趣。你听我的忠告，索米斯；去竞选议会议员，先把每年四百镑拿到手——还可以雇用我。"

索米斯走后，他又回到拱窗前自己座位上去了。

索米斯沿着皮卡迪利大街一面走，一面深深玩味着他堂弟适才的一番话。他自己一直是克勤克俭，乔治则一直是又懒惰，又会花钱；然而，如果一旦把财产充公，受到剥夺的倒反而是他这个克勤克俭的人!这把所有的德行都否定了,把所有福尔赛的原则都推翻了。离开了这些,试问还能建立什么文明社会呢?他认为不能。他那些藏画总还不会充公,因为他们不懂得这些画值多少钱。可是,一旦这些疯子榨取资本起来,这些画又能值多少钱呢?全成了落脚货了。"我自己倒不在乎,"他想,"在我这样的年纪,我可以一年靠五百镑钱过活,然而完全不感到什么不便。"可是芙蕾!这笔财产,在投资上分布得这样明智,还有这些谨慎挑选和收集来的宝物,不都是为了她!如果弄到后来都不能交给她或者遗留给她,那——人生还有什么意义,而且现在跑去看那些无聊的未来派作品,弄明白它们有没有前途,又有什么用呢?

虽说如此,他抵达科克街附近那家画店时,仍旧付了一先令,拿起一份目录走了进去。大约有十个人正在东张西望。索米斯走前几步,迎面看见一座像是被公共汽车撞弯的电灯杆子。这东西就陈列在离墙三四英尺远的地方,在他那份目录上写的是"朱庇特"①。他带着好奇心细看这座石像,因为他新近对雕刻也稍稍留意起来。"这如果是朱庇特,"他想,"不知朱诺②又是什么样子呢。"突然间,他看见朱诺了,就在对面。在他看来,朱诺简直像一只水泵带两只柄子,穿一件雪白的薄衣裳。当他还在凝望这座像时,两个东张西望的人走到他左边停下来。"太妙了!"他听见其中一个说了一句法语。

"狗屁!"索米斯一个人暗骂。

---

① 罗马神话中的天帝。
② 朱庇特的妻子。

另外一个的年轻声音回答:"你错了,老兄;他在捉弄你呢。当他像上帝那样创造了朱庇特和朱诺时,他在说:我看那些傻瓜可吃得了这一个。他们果然全吃下去了。"

"你这个小混蛋!伏斯波维基是一个创新派。你难道看不出他已经把讽刺带到雕刻里来了?造型艺术、音乐、绘画,甚至建筑的前途就决定在讽刺上面。非如此不可。人都腻味了——情感的玩意儿谁都不喜欢。"

"哼,我还能够对美感到一点兴趣呢。我是经过大战的。你的手绢掉了,先生。"

索米斯看见一块手绢递到自己面前。他接过来,但是自然有点疑惑,就凑近鼻子闻闻。气味对的——是陈花露水的香味——而且角上有自己名字的缩写。他稍微放心一点,就抬起眼睛望望那个青年人的脸。两只耳朵有点招风,一张带笑的嘴,一边留一撇小胡子,就像半截牙刷,骨碌碌一对小眼睛。

"谢谢你,"索米斯说,然后有点气愤地又接上一句,"很高兴听见你喜欢美;这种事在目前是不大见到的。"

"我简直着迷,"年轻人说,"可是你跟我是硕果仅存的了,先生。"

索米斯笑了。

"你要是真的喜欢画的话——"他说,"这是我的名片。随便哪一个星期天,如果你到河上去并且愿意光顾的话,我可以拿点真正的好画给你看。"

"多谢多谢,先生。我非常之愿意到府。我叫孟特——马吉尔。"他把帽子除下来。

索米斯这时已经懊恼有点冒失,所以只抬一下帽子还礼,同时不屑地看看年轻人的同伴,那人打了一根紫领带,蛞蝓似的难看的腮须,鄙薄的神情——就好像自命是个诗人!

他好久没有做过这类冒失的事情了,所以就找了一处凹进的小间坐了下来。他怎么糊里糊涂把名片送给这样一个飞扬浮躁的青年?而跟他在一起的又是那样一个家伙。这时,一直藏在他思想深处的芙蕾就像自鸣钟报时的金丝人儿突然跃了出来。小间对面屏风上是一块大画布,上面涂了许多番茄色的方块块,此外什么都没有,至少从索米斯坐的地方看起来是如此。他看一下目录:"32号——未来的城市——保罗·波斯特。""我猜这也是讽刺画。"他想,"什么样子!"可是这第二个冲动来得比较谨慎。匆促的否定是不妥的。过去莫奈①的那些条条道道的作品后来竟成了那样的名件;还有点彩派和高更②。是啊,便是后期印象派之后,也还有一两个画家不容轻视呢。说实在话,在他三十八年的鉴赏家生活中,他已经目睹了许多"运动"了,嗜好和技巧的浪潮是那样的大起大落,弄得人什么名堂也摸不清,只知道每次风气改变,总是有利可图罢了。眼前这个玩意儿说不定正是一个应当克服自己原始厌恶的例子,否则就会错过机会。他站起来走到那张画前面,拼命用别人的眼光来看它。在那些番茄色方块块上面,在他看来好像是一片夕照,后来却有个人走过时说:"他这些飞机画得多妙,可不是!"番茄色方块块下面是一条白带子,加上些垂直的黑条条;他简直看不出有任何意义,后来另外一个人走过

---

① 莫奈(1840—1926),法国画家,印象画派创始人之一。
② 高更(1848—1903),法国后期印象派画家。

来,低声说:"他这前景表现得多好!"表现?表现什么呢?索米斯又回到座位上。这个东西"太出格了",他父亲在世时就会这样说,所以他觉得简直一文不值。表现!啊!听说大陆上现在全是表现派了。现在流传到这儿来了,可不是?他记得一八八七年——也许八八——来过第一次流行性感冒的浪潮,人们说是从中国开始的。这个表现派——不知道又是从哪儿开始的。这东西简直是十足的祸害!

他一直觉察到一个妇人和一个青年站在自己和那张"未来的城市"之间。两个人转过身来;突然间索米斯用目录遮着自己的脸,而且把帽子向前拉下来一点,只从缝隙间望出去。那个背影一点没有错,和从前一样婀娜,虽则上面的头发已经花白了。伊琳!他的离婚妻伊琳啊!这一个,无疑是她的儿子——和乔里恩·福尔赛那个家伙生的——他们的儿子,比自己的女儿大六个月!他一面在脑子里喃喃叙说着自己离婚的那些可恨日子,一面站起身来打算避开,可是很快又坐了下来。她这时已经掉过头来跟儿子谈话;那个侧影仍旧非常年轻,使她的花白头发看去就像在化装跳舞会里撒了粉一样;她的樱唇笑得非常之美,索米斯这个第一个占有者就从来没有看见她这样笑过。他愤愤地承认她仍旧很美,而且身材和已往一样轻盈。那个孩子向她笑得又多么亲热呀!索米斯心里百感交集。母子两个这副亲热样子使他甚感不平。他恨这孩子对她笑成那样子——比芙蕾对自己还要亲热;她不配。她和乔里恩的这个儿子很可以是他的儿子;芙蕾很可以是她的女儿,如果她恪守妇道的话!他把目录放低一点,如果她看见自己,那就更好!她的儿子可能一点也不知道她过去的行为,当着他的面提醒她一下,这将是涅墨西斯女神①的有益指点,因为报应肯定迟早要找上她的!后来有点感到这对于他这样年纪的福尔赛人来说,未免太过分了,所以他掏出表来。四点钟过了!芙蕾又晚了!她是上自己外甥女伊摩根·卡狄干家里去的,总是被他们留在那儿抽香烟、聊天等等。他听见那个男孩子笑了,而且急切地说,"我说,妈,这是不是琼姑的一个可怜虫画的?"

"保尔·波斯特——想来是的,乖乖。"

这两个字使索米斯心里微微震动了一下;他从没有听见她说过这两个字②。接着她望见他了。他自己的眼光一定带有乔治·福尔赛的讽刺神情;因为她一只戴着手套的手把衣褶抓得皱起,眉毛抬起,脸板了下来。她走开了。

"的确非同小可。"男孩子说,又挽起她的胳臂。

索米斯在后面瞠目望着。那孩子很漂亮,福尔赛家的下巴,眼睛是深灰色,很深;可是脸上带有一种朝气,就像泼上一杯陈雪利酒似的;也许是他的微笑,他的头发使然。他们不配有这样的儿子——那两个人!母子两个走进隔壁房间去了,索米斯于是继续端详那张"未来的城市",可是视而不见。他唇边浮起一点微笑。经过这么多年,情绪还这样激动,可说是无聊之至。梦影啊!然而一个人上了年纪,除了一点梦影似的东西,还剩下什么呢?固然,他还有芙蕾!他眼睛盯着门口望。她应该来了;可是当然还要让他等着!忽然间他好像感到一阵风似的——一个矮小的女人身材,穿一件伊斯兰教徒穿的海绿色长袍,系一条金属腰带,发际扎一根缎带,顽强的

---

① 希腊神话中的复仇女神。
② 乖乖原文为 darling,英国女子平时亦用这个词称呼自己的丈夫,但是伊琳和索米斯结婚期间,从没有这样称呼过他,所以索米斯听到时心动。

金红色头发已经一半花白了。她正在和画室招待员说话,索米斯觉得非常眼熟——眼睛、下巴、头发和神情都使他联想到一头就食前的斯凯㹴狗。准是琼·福尔赛!他的侄女琼啊——而且一直朝他的凹间走来。她在他身边坐下,神情专注,掏出个小本子来,用铅笔记下一点。索米斯坐着不动。亲戚真是可恨!"气死人!"他听她喃喃说,接着像不高兴有生人在旁窃听似的,她朝他看看。糟糕透顶了!

"索米斯!"

索米斯微微偏过头来。

"你好吗?"他说,"有二十年不见了。"

"对了。你怎么想得到上这儿来的?"

"积习难改,"索米斯说,"这些算什么东西!"

"东西?噢,对了——当然喽;这些还没有入时呢。"

"永远不会,"索米斯说,"一定亏得厉害。"

"当然亏本。"

"你怎么知道?"

"这是我的画店。"

索米斯完全出于诧异地嗤了一声。

"你的画店?你怎么想到来这样一个画展?"

"我又不把艺术当作杂货店。"

索米斯指指那张"未来的城市"。"你看这个!谁会生活在这样的城市里,或者拿来挂在墙壁上,和它生活在一起?"

琼端详一下这张画。"这是写一种意境。"她说。

"他妈的!"

双方再没有说话,后来是琼站起来。"真穿得不像样子!"他心里想。

他说,"你的异母弟和我往日认识的一个女子都在这里。你如果听我劝告的话,就把这画展收掉。"

琼掉头望望他。"咳!你这个福尔赛!"她说着就走开了。在她飘然而去时,那个轻盈的、宽袍大袖的身材望去非常坚决,而且可怕。福尔赛!当然他是个福尔赛!她也是的!可是她还是个女孩子时,就把波辛尼带进他家庭生活中来,并且破坏了那个家庭;从那个时候起,他一直就和琼合不来,而且永远不会合得来!你看她,到今天还没有结婚,而且开了一片画店!……索米斯顿然觉得,他现在对自己家里人知道得太少了。悌摩西家里那两位老姑太已经去世多年;现在再没有什么新闻交易所了。他们在大战时期全干了些什么呢?小罗杰的儿子受了伤,圣约翰·海曼的第二个儿子阵亡了;小尼古拉的大儿子获得帝国勋章或者什么——总之是他们给的。敢说,他们全都入伍了。乔里恩和伊琳的这个孩子恐怕还不到成年;他自己这一代人当然太老了,不过加尔斯·海曼曾经替红十字会开过车子,吉赛·海曼也当过临时警察——这两个德罗米欧哥儿一直是那种见义勇为的人!至于他自己,也曾捐助过一辆救护车,也曾把报纸读得不想再读,也曾烦了许多神,担了许多惊,不做新衣服,而且体重减轻了七磅;在他这样年纪,不知道还能效忠些什么。当初的布尔战争据说把国内所有的人力、物力、财力都用上了,可是现在回顾一下,他觉得自己和自己这一家人对待这次战争和对待布尔战争迥然不同。当然在往昔那个战争里,他的外甥法尔·达尔第受过伤,乔里恩那个家伙的大儿子生肠炎死了,"德罗米欧哥儿俩"参加了骑兵队,琼也当过看护;但这一切好像都属于非常事件,而在这次战争中,人人都尽了自己的责任,而且视为当然,至少在他看来是如此。这好像显示什么新事情的出现似的——不然就是别的什么事情的衰退。是福尔赛家人变得不大个人主义了呢,还是变得更加帝国气,还是不大地方气了呢?还是仅仅因为大家都恨德国人呢?……芙蕾怎么还不来?自己要走又不能走。他望见伊琳母子和琼从隔壁房间出来,沿着屏风的那一头过来。现在那个男孩子站在朱诺面前了。忽然间,索米斯望见朱诺的这一边站着自己的女儿,眉毛抬了起来,当然会这样。他能望见芙蕾的眼睛斜睨着那个男孩子,男孩子也回看她。接着伊琳用手挽着男孩子的胳膊,把他拉走了。索米斯看见他向四下张望,芙蕾则在后面望着这三个人走了出去。

一个愉快的声音说:"叫人有点吃不消,可不是?"

那个递给他手绢的青年又走了过来。索米斯点点头。

"不知道我们下面还会碰到什么。"

"哦!这不要紧的,先生,"年轻人愉快地回答,"他们也不知道。"

芙蕾的声音:"呀,爹!你来了!"简直倒像是索米斯使她久等似的。

年轻人赶快除一下帽子,走开了。

"哼,你真是个守时刻的小姐!"索米斯说,一面上上下下地打量她。

他这个生命中的宝贵财产是中等身材,淡黄肤色,深栗色短发;一双开阔的秀目,褐色眼珠,眼白是那样清澈,使眼睛转动时就像闪光一样,然而停止不动时,被两片黑睫毛的白眼皮一罩,望去简直带有梦意,使人摸不透一样。侧影长得极美,除掉一只坚定的下巴,脸上哪儿也找不出她父亲的痕迹来。

索米斯望着望着,知道自己的神色缓和了下来,又皱起双眉以保持福尔赛的矜持派头。他知道她巴不得能利用一下自己的弱点。

芙蕾用手把他的胳膊一托,说道:

"那是谁?"

"刚才给我拾起手绢的,我们谈了谈画。"

"你总不能买这个,爹?"

"不买,"索米斯恶狠狠地说,"尤其是你刚才看的那座朱诺。"

芙蕾拉一下他的胳膊。"唉!我们走吧!这个画展难看死了。"

两个人走到门口,从那个叫孟特的青年和他的同伴跟前掠过。可是索米斯脸上已经挂出一块"闲人免进"的牌子,年轻人行礼时他只勉强点一下头。

到了街上,索米斯说:"你在伊摩根家里碰见些谁?"

"维妮佛梨德姑姑,和那个普罗芳先生。"

"噢!"索米斯咕噜说,"那个家伙!你姑姑怎么会看中这种人?"

"不知道。他看上去很深沉。妈说她喜欢他。"

索米斯哼了一声。

"法尔表哥跟他的妻子也在。"

"怎么!"索米斯说,"我还以为他们待在南非呢。"

"回来了!他们把那边的农场卖了。法尔表哥打算在萨塞克斯郡高原训练赛马;他们已经在那边有了一幢有趣的老式宅子,还请我去玩呢。"

索米斯咳了一声;这个消息他听来很不好受。"他妻子

21

现在什么样子?"

"不大讲话,不过人很好,我觉得。"

索米斯又咳了一声。"你的表哥法尔是个靠不住的家伙。"

"哦!不是的,爹;他们两个很要好呢。我答应去玩——从星期六住到下星期三。"

"训练赛马吗?"索米斯说。这事很荒唐,可是他不好受却不是为了这个。这个外甥为什么不待在南非呢?没有自己外甥娶那个第二答辩人的女儿的事,他自己的离婚事件,已经够糟糕的了;而且她是琼的异母妹,也是适才芙蕾在水泵柄子下面打量的那个男孩子的异母姐。他如果不当心的话,芙蕾就会知道往日那件丑事的全部底细!一大堆恼人的事情!今天下午就像一群蜜蜂把他团团围住!

"我不喜欢这件事情!"他说。

"我想看那些马,"芙蕾说,"他们而且答应让我骑呢。法尔表哥走动不方便,你知道;可是骑马骑得顶好。他打算让我看他的那些快马呢。"

"跑马!"索米斯说,"可惜大战没有把这件事情结果掉。他恐怕在学他父亲的样子。"

"我一点不知道他父亲的事情。"

"当然,"索米斯板着脸说,"他就喜欢跑马,后来在巴黎下楼梯时,把头颈骨跌断了。对你的姑母倒是大幸。"他皱起眉头,回忆着六年前自己在巴黎调查那座楼梯的情形,因为蒙达古·达尔第自己已经调查不了——规规矩矩的楼梯,就在一家打巴卡拉纸牌的房子里。可能是赢得太多了,不然就是赢得兴高采烈,使他妹夫完全忘其所以了。法国的审讯手续很不严密;这件事弄得他很棘手。

芙蕾的声音分散了他的心思。"你看!我们在画店里碰见的那几个人。"

"什么人?"索米斯咕噜说,其实他完全明白。

"我觉得那个妇人很美。"

"我们上这儿坐坐。"索米斯猛然说。他一把抓着女儿的胳膊转身进了一家糖果店①。对他来说,这事做得有点突兀,所以他相当急切地说:"你吃什么?"

"我不要吃。我喝了一杯鸡尾酒,午饭吃得很饱。"

"现在既然来了,总得吃一点。"索米斯说,仍旧抓着她的胳臂。

"两客茶,"他说,"来两块那种果仁糖。"

可是他的身体才坐下来,灵魂立刻惊得跳了起来。那三个人——那三个人正走进来!他听见伊琳跟她的儿子讲了句什么,儿子回答说:

"不要走,妈;这地方不错,我请客。"三个人坐下来。

索米斯这时候可说是一生中从没有这样窘过,脑子里充满过去的影子;当着这两个他一生唯一爱过的两个女子——他的离婚妻和继妻的女儿——索米斯倒并不感觉害怕,害怕的倒是这个侄女儿琼。她说不定会不知轻重——说不定给这两个孩子介绍——她什么事都做得出来。那块糖吃得太急了,粘着他的假牙托子。他一面用指头挖那块糖,一面瞟自己女儿。芙蕾神情恍惚地嚼着,可是眼睛却盯着那个男孩子看。

---

① 这并不是什么正式茶室,而是糖果店兼设有茶座,以索米斯这样身份的人一般是不进去的。下面乔恩说"这地方不错"也是回答他母亲不赞成这个地方。茶座地方很小,所以双方就弄得面对面了。

他的福尔赛顽强性格在心里说:"只要露一点声色,你就完蛋了!"他死命用手指去挖。假牙托子!乔里恩不知道可用这个?这个女人不知道可用这个?可是过去他连她不穿衣服也见过。这件事情至少是他们剥夺不掉的。而且她也知道,尽管她可以那样恬静,那样神态自若地坐在那里,好像从没有做过他妻子似的。他的福尔赛血液里生出一种酸溜溜的感觉;一种和快感只有一发之差的微妙痛苦。只要琼不突如其来地大煞风景!那个男孩子正在讲话。

"当然,琼姑,"——原来他称呼自己的异母姐"姑姑",真的吗?哼,她足足准有五十岁!——"琼姑,你鼓励他们是很好的。不过——糟糕透了!"索米斯偷瞥了一眼。伊琳的惊异的眼睛正凝望着自己的孩子。她——她对波辛尼——对这孩子的父亲——对这个孩子——都有这种情意呢!他碰一下芙蕾的胳膊,说道:

"你吃完了没有?"

"等等,爹,我还要吃一块。"

她要吃伤呢!他上柜台那边去付账,当他重新转过身时,他看见芙蕾靠近门口站着,拿着一块显然刚由那个男孩子递给她的手绢。

"F.F.,"他听见自己女儿说,"芙蕾·福尔赛——正是我的。多谢多谢。"

天哪!刚才在画店里告诉她的把戏,她已经学会了——小鬼!

"福尔赛吗?怎么——我也姓这个。也许我们是一家呢。"

"是吗!一定是一家。再没有别家姓福尔赛的。我住在买波杜伦;你呢?"

"我住罗宾山。"

两个人一问一答非常之快,索米斯还没有来得及干涉时,谈话已经结束了。他看见伊琳脸上充满惊讶的神情,便微微摇一下头,挽起芙蕾的胳臂。

"走吧!"他说。

芙蕾没有动。

"你听见吗,爹? 我们是同姓——奇怪不奇怪? 难道我们是堂姊妹吗?"

"什么?"他说,"福尔赛? 也许是远房本家。"

"我叫乔里恩,先生。简称乔恩。"

"哦! 哦!"索米斯说,"是的,远房本家。好吗! 你很不错。再见!"

他走了。

"谢谢你,"芙蕾说,"再见!"

"再见!"他听见那个男孩子也回了一句法语。

第二章　精细的芙蕾·福尔赛

索米斯从糖果店里出来,第一个冲动是向女儿发脾气:"把手绢丢掉!"而她的回答很可能是:"从你那里听来的!"所以他的第二个冲动是不必打草惊蛇。可是她是准会问他的。索米斯睨了女儿一眼,发现她也同样斜睨着自己。她轻声说:

"为什么你不喜欢那些亲戚,爹?"

索米斯的嘴角一翘。

"你怎么会有这样想法?"

"显而易见。"她说了一句法文。

"显而易见!"这是什么话!

索米斯虽然讨了一个法国老婆已有二十年,但是对于法国语言仍旧很少好感;太戏剧性,而且总使他脑子里联想起家庭中那许多微妙的嘲讽。

"怎么显而易见?"他问。

"你一定认识她们;然而你一点不露出来。我看见她们看你呢。"

"那个男孩子我从来没有见过。"索米斯说了一句实话。

"是的;可是别的人你却见过,亲爱的。"

索米斯又看她一眼。她耳朵里听到些什么呢？还是她姑姑维妮佛梨德,还是伊摩根,还是法尔·达尔第跟他的妻子在谈论吗？在家里，这件往日的丑事一直小心瞒着她，维妮佛梨德还警告他好多次，说无论如何不能有一点风声传到她耳朵里。到现在为止，她只知道，而且只应当知道，他从前并没有结过婚。她的褐色眼珠里那种南方的犀利眼光常使他见了害怕，现在又和他的眼睛碰上，可是却显出十足的无知。

"是这样，"他说，"你祖父和他的哥哥不和。所以两家不来往。"

"多浪漫呀！"

"她这句话什么意思？"索米斯想。这话在他听来既放肆又可怕——就好像她说的是"多有趣呀！"

"而且两家以后也仍旧不来往。"他又接上一句，可是立刻懊悔起来；这话说得带有挑战的意味。芙蕾在微笑。在这种年代，年轻人都以一意孤行引以为得意，对任何正正经经的成见都不理会，他的话恰恰会激起她的牛性子。接着，他想起伊琳脸上的神情，又放下心来。

"为什么不和？"他听见芙蕾问。

"为了一幢房子。对你来说是古话了。你祖父就在你出生的那一天死的。他活到九十岁。"

"九十岁？除掉缙绅录，难道还有许多福尔赛家人吗？"

"我不知道，"索米斯说，"他们现在全都住开了。老一辈子全死光了，只剩下悌摩西。"

芙蕾拍起手来。

"悌摩西吗？多有意思啊！"

"有什么意思？"索米斯说。他很不高兴芙蕾会觉得悌摩西有意思——对他的族人是一种侮辱。这个新一代对任何坚固顽强的事物都要嘲笑。"你去看看他——老家伙说不定要显圣呢。"哼!悌摩西要是能看见自己侄孙、侄孙女这种闹哄哄的英国,他准会骂出来。索米斯不由自主地向伊昔姆俱乐部望了一眼;对了——乔治仍旧在拱窗里,手里仍旧拿着那张粉红报纸。

"罗宾山在哪儿,爹?"

罗宾山!罗宾山!当初那出悲剧发生的中心!她要知道罗宾山做什么?

"在塞莱,"他说,"离里士满不远。怎么?"

"那幢房子在那边吗?"

"什么房子?"

"引起他们闹得不和的那一幢。"

"对的。可是这一切跟你有什么关系?我们明天回家了——你还是想想你做衣服的事情吧。"

"放心!全都想过了。家族仇恨,是吗?就像《圣经》或者马克·吐温小说里写的——真有意思。你在这场争吵中怎么办的,爹?"

"你不要管。"

"不要管!可是如果要我继续下去的话?"

"哪个说要你继续下去?"

"你,亲爱的。"

"我?我说这事情跟你毫不相干。"

"我也正是这样想,你知道;那就行了。"

她真是利嘴;他对付不了;安耐特有时候说她精细,正是如此。现在只有跟她打岔的一法。

"这一家有一块蔷薇花针织品,"他说,在一家商店前面站住,"我想你也许会喜欢。"

索米斯替她付钱买下针织品,两个人又向前走去;芙蕾说:

"你可觉得,那个男孩子的母亲是她这样年纪的女子里最美的了?"

索米斯打了个寒战。简直老脸,这样死缠着不放。

"我好像没有注意到她。"

"亲爱的,我看见你的眼角在瞄她呢。"

"你什么都看见——而且好像看见的还不止这些。"

"她丈夫是什么样子? 如果你们的父亲是弟兄,你们应是嫡堂弟兄了。"

"死了,我听说是。"索米斯说,忽然气愤起来,"我有二十年没有见到他了。"

"他是做什么的?"

"画家。"

"这太妙了。"

"你如果不想惹我生气的话,最好把这些人忘掉。"这样一句话已经到了索米斯嘴边,可是又被他咽下去——千万不能让她看出自己的心情。

"他曾经侮辱过我。"他说。

芙蕾一双骨碌碌的眼睛盯着他的脸望。

"我懂了! 你还没有回敬他,所以现在还耿耿于怀。可怜的老爹! 你让我来试一下!"

这简直像睡在黑暗里,有一只蚊子在脸上飞来飞去一样。芙蕾这样地执拗,在他还是第一次看见,所以两个人到达旅馆时,他就恶声恶气说:

"我总是尽量容忍。不要再讲这些人了。我上楼去,到

29

晚饭时才下来。"

"我在这里坐坐。"

索米斯临走前把躺在椅子上的芙蕾看了一眼——眼睛里又是恨，又是喜欢——就走进电梯，上了五楼和安耐特住的双套间。他站在起坐间的窗子前面——窗子正俯视海德公园——用一根指头敲着玻璃。他的心情又烦乱、又毛躁。岁月和新兴趣为他敷治好的旧日创伤现在又在痛楚了，中间夹着不快和焦虑，还有那块不消化的果仁糖也在胸口微微作痛。安耐特回来没有呢？这并不是说在这种为难的时候她对自己有什么帮助。过去只要她问起自己第一次结婚的事情，他总是叫她不要啰唆；她只知道这是他一生中最热情的一次，而他和自己结婚不过是为了有一个家庭，勉强做的。她对这件事好像一直怀恨在心，而且时常用来挟制他。他倾听一下。门内传来一点声响，一个女人走动时的轻微簌簌声。她在里面。他敲一敲门。

"谁？"

"我。"索米斯说。

她刚在换衣服，现在还没有完全换好；镜子前面是一个惊人的美丽身体。她的胳膊、肩膀、头发——颜色比他第一次看见她时已经深得多了——颈子的线条、衣服的光彩、黑睫毛的灰青眼睛，看上去都有一种华贵派头——敢说她四十岁还是和过去一样漂亮。她是一笔很不错的财产，一个顶好的管家婆，一个相当懂事和慈爱的母亲。只要她对他们之间的关系不要总是那么酸溜溜的，那么直言无忌就好了！她对他没有真感情，他对她也同样没有；可是索米斯有一种英国人的通病，总是不满意她对他们的结合从不虚情假意地粉饰一下。

他和她这个国家的无数男女一样,主张结婚应当建筑在互爱的基础上,但是如果结婚后发现双方并没有爱情,或者从来没有真正爱过,——因而显然不是建筑在爱情的基础上——那也不能说穿。事实就是如此,爱情是不存在的——但是事实既然如此,你就只能这样下去!这样,你就两面都讲得过去,而且不会像法国人那样变得满腹牢骚,只图眼前,做出伤风败俗的事来。还有,为了财产着想,也必须如此。两个人之间没有爱情,这件事他知道,她也知道,而且双方都心照不宣,可是他仍旧指望她不要在谈话或者行动中承认有这种情况存在,他而且永远不能理解她骂英国人假道学是什么意思。他说:

"下星期你请些什么客人上家里去?"

安耐特照样用口红细细涂着嘴唇——他总是不愿意她搽口红。

"你妹妹维妮佛梨德,和卡狄干一家,"她拿起一支细睫毛笔,"还有普罗斯伯·普罗芳。"

"那个比利时家伙?请他做什么?"

安耐特懒洋洋地掉过头来,在一边睫毛上点一下,说道:

"他逗得维妮佛梨德很高兴。"

"我倒想有个人能逗逗芙蕾;她太乱了。"

"乱?"安耐特重复一下,"你难道第一次看见她这样吗,朋友①?她生来就乱,正如你说的。"

她难道永远不能去掉她这种故意做作的卷舌音吗?②

他碰一碰她脱下来的衣服,问道:

---

① 法文 mon ami 的直译,而法文这句话的意思是"亲爱的"。
② "乱",英文为 restive,安耐特把 r 读得特别重。

31

"你下午做什么了？"

安耐特看看镜子里的他。刚才涂得鲜红的嘴唇笑了，又丰满，又带有讽刺。

"自得其乐。"她说。

"哦，"索米斯抑郁地说，"大约做马路巡阅使。"

这句话是他用来形容女子那样莫名其妙地进进出出商店的情形。"芙蕾的夏装置了没有？"

"你倒没有问我置了没有。"

"我问不问反正对你都无所谓。"

"很对。她置了；我也置了——可是贵得厉害。"

"哼！"索米斯说，"那个普罗芳在英国干吗？"

安耐特抬起她才画过的眉毛。

"他欢喜赛船。"

"哼！他是个乏味的人。"索米斯说。

"有时候，"安耐特回答，从她的脸色看出她在暗笑，"不过有时候也很有意思。"

"他有一点黑人的血统。"

安耐特直起身子。

"黑人血统？"她说，"这是什么意思？他母亲是亚美尼亚人。"

"那么，就这样吧，"索米斯说，"他懂画不懂呢？"

"他什么都懂——他是见过世面的。"

"你给芙蕾找个客人。我要让她散散心。她星期六又要上达尔第家去；我不赞成。"

"为什么？"

要讲清楚为什么，非得牵涉到家族历史不可，所以索米斯

只说:

"吊儿郎当的。太不像话了。"

"我喜欢那个小达尔第太太,又安静,又聪明。"

"我对她一点不了解,只是……这件衣服很新呢。"索米斯从床上拿起一件时装。

安耐特从他手里拿过来。

"你替我扣上,好吗?"她说。

索米斯给她扣上。他从她身后望见镜子里安耐特脸上的表情,有点好笑,又有点鄙薄,那意思等于说:"谢谢!这种事情你永远做不好的!"不错,他幸而并不是法国人!他给她扣好衣服后甩一下手,同时说:"这儿开得太低了,"说完就走到门口,打算避开她到楼下去找芙蕾。

安耐特停一下手里的粉扑,意想不到地突然说:

"你真粗鄙!"

这话他懂得——他有他的缘故。她第一次用这句话时,他还当作她是说"你真是个开小店的"①!后来弄清楚以后,简直有点啼笑皆非。他对这句话很气愤——他并不粗鄙!他如果粗鄙的话,隔壁房间那个家伙,早上漱口的时候声音总是那么难听,又怎么说呢?还有楼下大厅里那些人,一开口总是扯开嗓子使全世界都听得见,认为这就是教养,这又怎么说呢?满口的胡说八道!说她的后颈开得太低了,就是粗鄙!本来是粗鄙!他话也不答就走了出去。

他从另外一头走进楼下大厅,一眼就看见芙蕾还是坐在原来地方;腿跷着,一只穿着丝袜和灰色鞋子的脚缓缓荡着,

---

① 法文粗鄙(grossier)和英文开小店的(grocer)读音相近。

足见她正在遐想。一双眼睛也看得出来——她的眼睛有时候就显出这种迷惘的神情。后来,忽然间她又会如梦方醒,重又像猴子一样活泼,一样乱起来。她而且懂得那样多,那样有主意,而年纪还不到十九岁。那个可恶的新名词怎么讲的?疯丫头!唧唧喳喳的,腿子也露出来——不像话的年轻女人!糟的简直是魔鬼,顶好的也只是泥塑的天使。芙蕾决不是疯丫头,决不是那种满嘴俚语、没有教养的女子。然而她执拗得真可以,而且那样豪兴,就是要享受一下生活。享受一下?这句话并不使索米斯产生清教徒的忧虑;但却产生和他自己气质相近的忧虑。他一直担心明天会享受不了这么多,以致今天不敢享受。现在看见女儿这样今日不知明日事,他觉得简直可怕。她坐在椅子上那个派头就说明这一点——她像在做梦。他自己从来不做梦——做梦是做不出名堂来的;不知道她这是遗传的哪一个!肯定不是遗传的安耐特!不过安耐特做女孩子时,在他缠着她的那些日子里,也曾有过一种花枝招展的神气。现在可没有了!

芙蕾从椅子上站起来——举动又快又乱,一屁股坐到一张书桌前面,急急忙忙拿起信纸和笔就写,好像信没有写好以前连呼吸都来不及似的。忽然间她看见了索米斯,脸上急切的失魂落魄神情消失了。她微笑地向索米斯飞一个吻,做出一副好看的样子,仿佛有点迷惑,又有点厌烦。

哼!她真"精细"——"精细!"

第三章 罗宾山

乔里恩·福尔赛在罗宾山度过自己孩子的十九岁生日,静静地在做着事情。他因为心脏不好,现在做什么事情都是静静地做;他跟他家所有的人一样,就是不喜欢听到死。这种心理,他一直到两年前才知道。那一天他上医生那里去检查某些症状时,医生告诉他的话是:

"随时随地,而且只要人吃力了就会……"

他听到只是付之一笑——福尔赛家人对一件不愉快事实的反应向来就是如此。可是在归途火车中那些症状变得更厉害了,他这才充分领会到那句死刑判决的严重意义。丢下伊琳、自己的孩子、自己的家、自己的工作——虽则他现在已经不大作画了——这是什么滋味!丢下这一切去进入无以名状的黑暗,进入不可想象的状态,进入那种连坟上风吹草动都不觉得,连泥土和青草的香味都闻不出的空虚里!这种空虚尽管他竭力揣摩,但永远揣摩不出,而且仍旧抱着一线希望,企图能够重见自己的所亲!理解到这一点使他感到极其尖锐的精神痛苦。那一天他在抵家之前就决定不告诉伊琳。他得比任何人都更加谨慎,因为稍不小心就会泄露出来,而且使伊琳和自己一样痛苦,几乎是一样痛苦。医生说他在别的方面都没有毛病,而且七十岁一点不能算老——所以他还会活一个很长的时候,只要他能够!

这样一个结论,奉行了将近两年之后,把乔里恩性格里精细的一面充分发挥了出来。他除掉心神不宁的时候,天生就不孟浪,现在简直成了节制的模范。不能过分吃力的老年人,总是那副耐着性子的可怜相,他却用微笑遮盖起来,即便是一个人独处时,嘴边也还挂着微笑。他不断地想出各种方式掩饰自己不能吃力,不让人看出他的苦衷。

他一面暗笑自己这样做作,一面还装模作样过起淡泊生活来;酒和雪茄全戒掉,只喝一种没有咖啡的特制咖啡。总之,他在自己温和讽刺的隐蔽下,就像在这种处境下的一个福尔赛所能做到的那样,尽量照顾到自己的安全。自从伊琳母子进城以后,他觉得不需要避人耳目,就在这个晴朗的五月天悄悄地整理文件,这样即使他明天就死,也不会使任何人感到不便;事实上,他是将自己的尘世财产情况最后料理一下。他把财产清单录好,锁在自己父亲的一口古老的中国橱柜里,把钥匙装进一个信封,上面写好:"中国橱柜钥匙,内有我的财产确切情况,乔·福",放在贴胸口袋里,如果碰到意外,这个信封总会在他身边找到。这样做了以后,他按一下铃唤茶,就走到外面那棵老橡树下面等茶吃。

人都要受死刑判决的;乔里恩的判决不过稍微确定一点、迫切一点,所以他已经安之若素,也像别人一样经常想些其他事情。他这时想的是自己儿子。

乔恩今天正满十九岁。而乔恩最近已经决定自己的职业了。他既不像他父亲进的是伊顿公学,也不像他的亡兄进的是哈罗公学,而是进的那些新型中学之一;这类中学的办学宗旨在于避免公立中学教育的流弊,而保存其优点,可是说不定保存了流弊,而避免了优点,因此乔恩本年四月间毕业时,对自己将来学哪一行简直毫无所知。那个原来看上去永远不会完的大战,却在乔恩正要入伍之前突然结束了,而他还要等六个月才能及龄。从那时候起,乔恩一直都这样想,认为现在可以决定学哪一种行业了。他跟他父亲讨论了好几次,表面看来好像什么行业他都高兴学——不过教会、军事、法律、戏剧、证券交易所、医科、商业和工程,当然不在考虑之列;从这些讨论里,乔里恩清楚看出儿子其实什么都不想学。他自己像他这么大时,也完全是这种心思。不过对他来说,这种愉快的空虚不久就被他的早婚结束掉,而且带来不幸的后果。他被迫只好进劳埃德保险社当个保险业务员,而在他的艺术才能露头角之前,他已经重又过着富裕的日子了。他也教过乔恩画过小猪和其他动物,可是发现他永远做不了一个画家时,便认为他这样什么事情都不愿意干,可能表明他将成为一个作家。不过乔里恩认为做一个作家一定要有生活经验,因此乔恩目前除掉上上大学、旅行旅行,以及可能准备进法律界而外,好像没有事情可做。以后的事情以后再看,很可能以后也看不出。但是尽管他提出这许多撩人的建议,乔恩仍旧决定不了。

乔里恩一向怀疑世界究竟真正变了没有,他和儿子的几次讨论也证实这一想法。有人说,这是个新时代。他自己的时代虽则不算太长,但也阅世不少了;他觉得除掉表面上有点些微差别外,这个时代和已往的时代还是一样。人类仍旧分为两种:一种人灵魂里有玄想的,是少数,一种没有玄想的,是多数,另外还夹有他这样的混合种,形成一个中间地带。乔恩好像是有玄想的;这在他看来是坏事。

所以两星期前,当他听见儿子说起想要搞农场时,他脸上的微笑就显得比平时还要带有深意。儿子一段话是这样说的:"爹,我很想搞一个农场试试,如果不使你花钱太多的话。我看这大约是唯一不伤害别人的生活方式;此外还有艺术,不过这对我是谈不上。"

乔里恩抑制住自己的微笑,回答说:

"好的;你又要回到我们家第一代乔里恩在一七六〇年那种情况去了,他就是种田的。这将证实周期论,而且我有把握,你碰巧还会种出更大的萝卜来呢。"

乔恩有点扫兴,当时就这样说:

"可是,爹,这个打算你认为好不好呢?"

"亲爱的,行;只要你认真去搞,你做的好事将比多数人做的都要多,好事委实太少了。"

可是他跟自己却这样说:"不过他不会喜欢的。我给他四年时间考虑。反正,对他的身体只有好处,没有害处。"

他把这事告诉了伊琳;跟她商量以后,他就写信给女儿达尔第太太,问他们萨塞克斯郡高原附近可有什么农场愿意收乔恩做学徒的。好丽的回信表示非常热心。在他们邻近有一家非常之好;她跟法尔都欢迎乔恩到他们家去住。

明天乔恩就要走了。

乔里恩一面呷着放了柠檬的淡茶,一面从老橡树的枝叶间凝望着外面的景色;三十二年来,这片景色在他眼中一直都很幽美。他坐在下面的这棵橡树好像一天都没有老!暗金色的嫩叶子,那样的年轻;介乎灰白与淡绿的粗大而纠结的树身,又那样苍老。这是一棵充满回忆的树,它还会几百年活下去——除非有什么野蛮人把它砍掉——它将会看见旧英国随着人事的变迁迅速消逝。他记得三年前一个晚上,那时他站在窗口,搂着伊琳,望见一架德国飞机在天上盘旋,看去就像在老橡树头上似的。第二天他们在盖基农场那边田里发现一个炸弹坑。那还是他受到医生死刑判决之前。否则的话,他就会巴不得那颗炸弹把自己结果掉。那就可以省掉他许多彷徨不安,省掉无数次内心里那种凛凛恐惧。他原来指望可以像福尔赛家的人一样,正常地活到八十五岁,那时伊琳将是七十岁。照现在这样,他可不能和她偕老了。不过总算还有乔恩,乔恩在她的生命里比他还要重要;乔恩是爱自己母亲的。

当年在这棵橡树下面,老乔里恩就是等待着伊琳从草地那边走来时溘然长逝的;现在乔里恩坐在树下忽发奇想,觉得现在把一切都安排停当,还不如闭上眼睛,就此消逝。像这样寄生虫似的黏附着生命的有气无力的结尾,简直有点不体面。他这一生只有两件遗憾:一件是年轻时和他父亲分开得太久了,一件是和伊琳结婚太迟。

他从自己坐的地方可以望见一丛苹果树正在开花。自然界更没有比果树开花更使他感动的了;他忽然一阵心酸,觉得自己说不定不会再看见果树开花了。是春天啊!肯定说,当一个人的心还很年轻,还爱看美的东西时,他是不应当死的!灌木丛中乌鸫尽情地叫着,燕子高飞,头上的树叶子闪闪发光;田野那边嫩叶子的颜色深深浅浅,真是应有尽有,又被地平线上的夕阳加上一层光彩,一直伸延到远处沿天边的一抹苍茫烟树里。狭花坛上伊琳种的那些花今天傍晚显示出一种惊人的个性,像许多小精灵从心里道出生命的欢乐。只有中国和日本画家,也许还有达·芬奇,在画每一朵花或者每一只鸟兽时懂得抓着这种惊人的小我——是小我,然而又是大我,又是普遍的生命。这些人才是画家呢!"我画的东西是不会流传的!"乔里恩暗想,"我一直是个业余画家——仅仅是个爱好者,不是创造者。不过,我死了还会留下乔恩呢。"这个孩子总算没有被那个鬼战争攫去,真是大幸!他如果从军的话,说不定很快就送掉小命,就像可怜的乔里二十年前在德兰士瓦流域那样。乔恩有一天将会有所成就——只要不受到这个时代的坏影响——他是个有想象力的家伙!他想到要搞农场,不过是一时高兴,过一阵子兴头就会过去。就在这时候,他望见他们从田野上走来,母子两个挽着胳膊,是从车站走回来的。他起身漫步穿过玫瑰花圃去迎上他们。……

那天晚上,伊琳走到他房间里,靠着窗口坐下,一言不发,后来还是乔里恩问她:"亲爱的,有什么事情?"

"我们今天碰见一个人。"

"碰见谁?"

"索米斯。"

索米斯!最近这两年来,他脑子里从来不去想这个人;深知对他没有好处。现在听见了,他的心跳得就有点别扭,好像心脏在胸口滑了一跤似的。

伊琳静静地说下去:

"他跟他女儿也在画店里,后来又到我们喝茶的糖果店。"

乔里恩走过去,手搁在伊琳肩上。

"他是什么样子呢?"

"头发花白了;其余的和从前差不多。"

"那个女儿呢?"

"很美。至少,乔恩觉得很美。"

乔里恩的心脏又滑了一跤。他妻子的脸上有一种紧张和迷惘的神情。

"你没有问……?"他开始说。

"没有,不过乔恩知道他们的名字。那个女孩子落下一块手绢,他拾了起来。"

乔里恩在床边上坐下来。真是倒霉!

"琼跟你在一起的。她多事没有?"

"没有;可是当时的情形很别扭,也很紧张,乔恩是看得出的。"

乔里恩叹了一口长气,说道:

"我时常盘算,这样瞒着他是不是对头。他总有一天会发现的。"

"发现得越迟越好,乔里恩;年轻人的看法总是那样地浅薄而且不近情理。你十九岁时,你的母亲如果像我过去那样子,你将是什么一个想法?"

对啊!就是这个道理!乔恩简直崇拜自己的母亲;而且对人生的那些悲剧,那些残忍的要求一点不知道,对不幸福婚姻的内心苦痛一点不知道,对妒忌或者情爱也一点不知道——到现在还是什么都不知道!

"你告诉了他什么呢?"他终于问。

"说他们是亲戚,不过我们和他们并不认识;说你向来不大喜欢你的家里人,他们也不喜欢你。我想他会向你问起的。"

乔里恩笑了。"这看上去倒有点像空袭了,"他说,"反正,这些时本来有点寂寞。"

伊琳抬头看看他。

"我们早知道有一天会这样。"

他忽然激动起来,回答她说:

"我绝对不能容忍乔恩责备你,连脑子里都不许有这种念头。他是有想象的;只要好好告诉他,他就会懂得。我看我还是趁早告诉他,免得他从旁人那里打听到。"

"等一等,乔里恩。"

就像她的为人——既没有远见,又从来不肯迎上前去。可是——谁知道呢——说不定她是对的。违反母亲天性的做法总不大好。说不定还是由这孩子去——只要可能的话——等到他经验有了,能够有一个标准来衡量这出老悲剧的是非所在,等到爱、忌妒和思慕使他的心肠变得更软了,再说。不管怎样,非要小心不可——尽量小心!伊琳出去以后很久,他还醒在床上盘算怎样一个小心法。他得写信给好丽,告诉她,乔恩到现在还不知道家里过去的事情。好丽是谨慎的,她得跟她丈夫说好,一定要说好!乔恩明天走时可以把信带去。

随着马厩上叮当的钟声,乔里恩用来整理他财产情况的一天就这样消逝了;他的另外一天正在心情杂乱的阴影中开始,而这种心情却是他没法对付和整理的。……

可是乔恩在他儿时用作活动室的房间里,也醒在床上;没有亲身经历的人总不相信有所谓"一见钟情"的事,但是乔恩这时苦恼着的恰恰就是这件事。自从那双横扫过朱诺的乌溜溜的眼睛向他的眼睛闪射一下之后,他的心里就开始感觉到——深信这就是他的"意中人";因此下面的事情在他看来既很自然,也很像奇迹。芙蕾!对于一个极其容易感受语言魅力的人来说,单单这个名字就足够使他着迷了。在一个顺势疗法的时代①,学校里实行男女同校,男孩子和女孩子从小就混在一起,所以大起来也不觉得男女有别;可是乔恩却不属于这个时代。他的新型中学只收男生,他的假期也是跟些男朋友或者单独和他父母在罗宾山度过的。他从来没有注射过小量毒剂,所以对爱情的细菌也没有免疫性。现在他躺在黑暗里,体温升得非常之快。他醒在床上,脑子里映着芙蕾的容貌,同时回忆着她讲的话,尤其是那句法文的"再见!"多么地温柔轻盈啊!

天亮时,他仍旧毫无睡意,所以他爬了起来,匆匆穿上网球鞋、长裤和毛线衫,不声不响下了楼,从书房落地窗走到外面。天刚亮;闻得到一股青草香。"芙蕾!"他在想,"芙蕾!"屋子外面白茫茫的一片,看去非常神秘,除掉小鸟才开始啁啾外,什么都好像还没有睡醒似的。"我要上小树林那边去。"他心里说,就跑过田野。到达小池边上时,太阳正升起来,从这里进了小树林。林中风信子开得一地,像一片地毯;落叶松中间像有一种神秘——那边的空气闻上去有一种浪漫气息。乔恩嗅着新鲜的空气,望着阳光中的风信子,这时光线已经逐渐强烈起来。芙蕾!跟"美"正好押韵!她住在买波杜伦——这也是个好听的名字,就在泰晤士河上一个什么地方。他待会儿就能在地图上找到。他要写信给她。不过她会回信吗?唉!她非回信不可。她不是说的"再见"吗!她落下手绢真是运气!要不然他就永远不会认识她。他越想起那块手绢,越觉得自己运气不坏。芙蕾!的确跟"美"正好押韵!他

---

① 顺势疗法,即以一种在健康人身上产生同样病症的药物进行治疗,如用健康人吃了会生痢疾的药以治疗痢疾患者。

脑子里洋溢着音韵；很多辞藻争着要联在一起；他简直要作诗了。

乔恩这个样子待了半个多钟点，然后回到房子那边，由于太高兴的缘故，便搬了一架梯子，从窗子里爬进卧室。后来想起书房内落地窗还开着，就下楼先把梯子搬走，再关上窗子，这样可以灭迹，免得家人看出他的心情。这件事情太秘密了，不能让任何人知道，连他母亲也不能知道。

第四章 古　墓

　　有些人家,里面的灵魂已经被时间带走了,而把遗下的躯壳留在伦敦无人过问。但是湾水路的悌摩西家却不完全如此,因为悌摩西的灵魂还有一只脚跨在悌摩西的身体里面,还有史密赛儿保持着屋内的气氛不变;屋子一天只开两次窗子透空气,经常仍旧是樟脑和波尔图葡萄酒的气味。

　　在福尔赛家人的想象中,这所房子现在颇有点像中国丸药盒子,层层叠叠装着丸药,而最下面的一层就是悌摩西。现在人都见不到他了——至少家族中有些人是这样说;那些人都是由于旧日的习惯或者心不在焉时,偶尔有一次把车子开到门口,来看这位在世的叔父。这些人里面有佛兰茜——她现在已经完全从上帝手下解放出来(她坦白地自称信仰无神论);有尤菲米雅——从老尼古拉手下解放出来;有维妮佛梨德·达尔第——从那位"名流"手下解放出来。不过话又说回来,现在人人都解放了,或者自称如此——他们说的解放,恐怕并不完全是一样东西。

　　有这个缘故,所以索米斯在"画店巧遇"后的第二天早上向帕丁顿车站走去时,根本就没有打算见到悌摩西本人。当他站在那座小房子前面新刷白了的台阶上,全身被正南的阳光晒着时,他的心微微动了一下:这座房子过去曾经住过四个福尔赛,而现在只有一个像冻蝇一样仍旧住着;这所房子过去索米斯曾经走进来无数次,走出去无数次,把一捆捆的家族闲话或者卸掉,或者背走;这是一所"老年人"的房子,属于另一个世纪、另一个时代。

史密赛儿的出现使索米斯嘴边浮出一点淡淡的友情;他看见史密赛儿仍旧穿着一件高到腋下的束胸,原因是一九〇三年前后她们出外看见的时新装束,一直被裘丽姑太和海丝特姑太认为不像样子,所以现在史密赛儿还是穿得和往日一模一样;史密赛儿——在用人里面真是个宝,现在再看不见这种人了。她这时一面向索米斯回笑,一面说:"怎么!是索米斯先生,好久没看见您了!您好吗?悌摩西先生知道您来,一定非常高兴。"

"他怎么样了?"

"在他这样年纪,也算得相当地精神了;不过,当然啊,他是个了不起的人呢。上次达尔第太太来的时候我还跟她说过:福尔赛小姐①、裘丽太太和海丝特小姐要是看见他吃烤苹果时仍旧那样馋法,一定喜欢。可是他耳朵很聋。我总觉得,这是上帝保佑。否则在那些空袭的日子里,我真不知道拿他怎么办呢。"

"哦!"索米斯说,"你们当时把他怎么办的呢?"

"我们就把他丢在床上,把电铃通到酒窖里,这样只要他一按铃,厨娘和我就能够听见。千万可不能让他知道外面在打仗啊。当时我就跟厨娘说,'要是悌摩西先生打铃,不管他们炸成什么样子,我总要上去。我那些女主人要是看见他尽

———————
① 这是安姑太在世时的正式称呼,因为她是长女。

是打铃,没有人来,准会晕了过去。'可是他在空袭的时候睡得非常之稳。那一次白天的空袭,他又正在洗澡。真是上帝保佑,否则的话,他说不定会看出街上的人都朝天上望呢——他是时常看窗子外面的。"

"对啊!"索米斯咕噜了一句。史密赛儿变得有点贫嘴了。"我只是过来看看有什么事情要照应。"

"是啊。别的事情倒没有,只是餐厅里有点老鼠味道,弄得我们想不通。奇怪,餐厅里一点吃的没有,怎么会有老鼠,悌摩西先生在大战前不久就不下楼吃饭了。老鼠真是可恶的东西;谁也不知道它们下次从哪儿钻出来。"

"他起床不起床呢?"

"起床;他早上总要在他那张床和窗子中间活动一下,并不是为了换换空气,这是危险的。他而且一个人很舒服;天天要把遗嘱拿出来看。这在他是最大的安慰——那个遗嘱。"

"史密赛儿,我要看看他,如果不碍事的话;他说不定有话要跟我说呢。"

史密赛儿束胸上面的一张脸红了起来。

"这真是太难得了!"她说,"要不要我陪您在屋子里转一转,先派厨娘上去告诉他?"

"不用,你上去告诉他,"索米斯说,"我可以一个人在屋子里转转。"

人不好在别人面前显出伤感,而索米斯现在就觉得在那些充满旧日回忆的屋子里走一转,准会有感触。史密赛儿兴冲冲离开之后,索米斯就走进餐厅,用鼻子嗅一下。在他看来,并不是什么老鼠,而是木头开始腐烂的味道,所以他把护壁板察看一下。在悌摩西这么大的年纪,值得不值得把壁板

47

漆一下,他可没有把握。这间餐厅一向是全幢房子最时髦的一间;索米斯唇边只浮起一点隐约的微笑。橡木的半截护壁板,上面是深绿色的墙壁;天花板上一道道仿制的梁柱,从上面用链子垂挂着一张沉重的枝形吊灯。那些画都是悌摩西六十年前有一天在乔布生拍卖行买来的,真是便宜货——三张斯奈德①的静物,两张淡着色的钢笔画,画的是一个男孩、一个女孩,相当漂亮,上面的签名是"J. R."——悌摩西一直认为这两个字母说不定会查出是"约书亚·雷诺兹"②的缩写,可是索米斯尽管欣赏这两张画,却发现只是约翰·鲁宾逊的手笔;还有一张靠不大住的莫兰③,画的一匹白马正在被钉上蹄铁。深红天鹅绒的窗帘、十把深色桃花心木的高背椅子、深红色天鹅绒垫子、土耳其地毯、一张大桃花心木的桌子,和这间小屋子很不相称;这就是索米斯从四岁时候所能记得的屋子,到现在不论身体或者灵魂都一点没有变。他特地看看那两张钢笔画,心里想:"拍卖时我要买这两张。"

他从餐厅走进悌摩西的书房。连过去进来过没有他都不记得了。室内从地板到天花板都是排列的书,索米斯带着好奇看着。一边墙上好像全是教育用书,都是悌摩西的出版社在四十年前出版的——有时候一种书留了二十部之多。索米斯看了看书名,打了一个寒噤。中间的墙壁和他父亲在公园巷书房里放的那些书简直一模一样,从这些他忽然有了个幻想,好像詹姆士和自己顶小的兄弟有一天一同出门,买了人家的两套旧书似的。第三面墙他走近时比较兴奋。敢说这些书

---

① F. 斯奈德(1579—1657),法兰德斯画家,早期多画静物。
② 约书亚·雷诺兹(1723—1792),英国人像画家,英国画派领袖。
③ 乔治·莫兰(1763—1804),英国乡村景物画家。

该是悌摩西自己喜爱的了。不错,那些书全是做样子的。第四面墙全是挂着厚帘幕的窗子。一把附有桃花心木读书架的大椅迎着窗口放着,读书架上面一份折好的《泰晤士报》,颜色已经有点黄了。报纸的日期是一九一四年七月六日,悌摩西就是从这一天起开始不下楼,好像预备大战到来似的;现在这份报纸仿佛还在等他。屋角上是一架大地球仪;这是一个悌摩西从没有见过的世界,原因是他一直认为除掉英国之外,任何地方都靠不住,而且他对海洋总是厌恶;他在一八三六年一个星期天下午,曾经同裘丽、海丝特、斯悦辛和海蒂·却斯曼一同在布赖顿码头搭上一条游船,在海上晕得非常厉害;这全怪斯悦辛,他总是异想天开地玩,不过总算他也晕船了。这件事情索米斯全都清楚,过去分别从这些人嘴里听到至少有五十遍。他走到地球仪面前,用手转了一下;地球仪发出隐隐的吱吱声,转动了有一寸光景,一只死去的"长脚爹爹"①跃进他的眼帘,就在纬度四十四度上。

"乔治说得对,真是古墓啊!"索米斯想。他从书房里出来,上了楼。在楼梯转角地方,他站下来看看那只放蜂鸟标本的盒子。这是他童年最喜欢的,现在看上去还是一点不旧,用几根铅丝吊在蒲苇上面。他想,要是把盒子打开,恐怕这些蜂鸟不但不会唱歌,而且整个儿都会垮掉呢。这东西不值得拿去拍卖。他忽然想起安姑太来——亲爱的老安姑太挽着他的手站在盒子前面,说:"你看,小索米!这些蜂鸟多漂亮、多美丽啊!"索米斯记得自己当时回答:"它们不会叫啊,姑姑!"那时他只有六岁,穿一身假黑丝绒的衣服,淡青的领子——这套

---

① 英语盲蜘蛛的俗称。

衣服他记得很清楚！安姑太！鬈鬈的头发，瘦瘠的、和善的手，尖尖的鼻子，严肃的、衰老的笑容——一位了不起的老太太，安姑太啊！他上楼走到客厅门口。门外两侧挂的是那些小肖像。这些，他一定要买回来！画的是他的四位姑母，他三叔斯悦辛青年时候和他五叔尼古拉童年时候的小肖像。这些全是一位常和他家来往的年轻女子画的，时间约在一八三〇年前后，那时候小肖像很时髦，而且很耐久，就像是画在象牙上似的。他常听到家中人谈起那位女子："亲爱的，真有才气；她对斯悦辛很不错，可是没有多久就害痨病死了；我们常常谈起——她就像济慈。"①

对了，就在这儿！安、裘丽、海丝特、苏珊——简直是个孩子；斯悦辛，天蓝的眼睛，红红的两颊，黄头发，白背心——跟真人一模一样；还有尼古拉，一只眼睛朝天，就像爱神。现在想起来，尼古拉叔叔始终都有点这种派头——一直到死都很了不起。是啊，这个女子当初一定有些才气，而且小肖像总有它自己的一块冷清园地，不大受到艺术变迁的竞争大流影响。索米斯打开客厅的门。屋子有人打扫过，家具也没有盖上②，窗帘拉开，好像他那些姑母仍旧住在这里耐心等待着似的。他脑子里忽然有了一个想法：等悌摩西死了——为什么不能说？等他死了，把这座房子像卡莱尔③的故居一样保存起来，放上一块牌子，对外开放，可不正是下一代的责任吗？"维多利亚中期住宅——门票一先令，附送目录。"说道地话，这应

---

① 英国浪漫派诗人济慈也是在 26 岁时患肺病夭折，故云。
② 西俗，主人不在家时要将家具盖上，悌摩西久不下楼，所以索米斯也指望用人会将家具盖上。
③ 卡莱尔(1795—1881)，英国文人，故居在伦敦切尔西区采因街 24 号。

是最完备的了,而且在今天的伦敦可能是最古老的了。它十足代表那个时代的趣味和文化,这就是说——只要他把自己送给他们的这四张巴比松派油画带回去,收进自己的藏画里就行了。沉静的天蓝色墙壁;红花和凤尾草图案的绿窗帘;生铁炉架子前面的针织屏风;桃花心木的古玩柜,玻璃后面放满了各种小玩意儿;玻璃珠的脚垫;书架上有一排放的是济慈、雪莱、骚塞、库柏、柯尔律治的诗集,拜伦的《海盗》(但是拜伦别的诗都没有),以及维多利亚时代的诗人作品;暗红天鹅绒镶宝橱,放满了家族的遗物:海丝特用的第一把扇子①,他们外祖父的鞋扣子,三瓶浸制的蝎子;一根颜色很黄的象牙,是他的叔祖爱德加·福尔赛做贩麻生意时从印度寄回来的;一张黄色的纸条竖在那里,上面全是春蚓秋蛇,天晓得写的什么!还有墙上挂满的这些画——一律都是水彩,只有那四张巴比松油画是例外,所以看上去仍是外国人派头,而且真假很难说——许多鲜明的、插图性质的绘画,"数蜜蜂""搭渡船去呀",两张弗里思②风格的画,全是些指套戏法和箍裙的题材,是斯悦辛送的。许许多多的画,都是索米斯过去带着傲慢的兴趣看了无数次的;一批油光闪亮的金框子倒很难得。

还有这座小三角式钢琴,收拾得洁无纤尘,照旧严封固扃;还有裘丽姑太的贴满干海藻的簿子。这些金脚椅子,比外表结实得多。壁炉的一边是那张大红缎子的长沙发,过去总是安姑太坐在这儿,后来是裘丽姑太,都是迎着光坐着,身子挺得笔直。壁炉的另一边是室内唯一的一把真正舒服的椅

---

① 这把扇子当是海丝特第一次出来交际用的,所以生前甚为珍视。
② 见第二部第 67 页注释①。

子,背光放着,这是海丝特姑太坐的。索米斯把眼睛眯起来;他好像看见她们仍旧坐在这里。啊!连那股气息也还没有变,各式各样的料子、洗过的花边窗帘、紫薄荷袋子、干制过的蜜蜂翅膀。"对啊,"他想,"再没有这样一个人家了;应当把它保存起来。"他们看了准会好笑,可是要找一个始终不走样的上流生活标准,要谈起居生活上的讲究,这要超过今天不可以道里计——今天这些地铁和汽车,这样永远冒着烟雾,这些跷着大腿、光着脖子的女孩子,腿子一直露到膝盖,后背一直露到腰(如果你肯留意的话;这很投合每一个福尔赛的鬼心眼,可是完全不合他们的上流女子标准),还有吃饭时两只脚钩着椅子脚,开口就是那些俚俗的话和狂笑——一想到芙蕾和这些女子交往,他就不禁胆寒;还有那些眼带凶光、能干的、年长一点的妇女,她们很能安排生活,但也使他看了胆寒。对啊!他的这些老姑母,尽管脑筋闭塞,眼界不宽,连窗子也不大开,至少还保持着风度和典型,至少对过去和未来是尊重的。

他带着相当抑郁的心情关上门,蹑手蹑脚地上了楼。上楼梯时,他朝一个地方看了一下:哼!东西放得齐齐整整,还和上世纪八十年代时一样,墙壁上糊的是一种黄色的油漆纸。上了楼之后,他望着四扇门踟蹰起来。悌摩西住的哪一间房呢?他倾听一下,耳朵里听到一种像是小孩子在缓缓拖着竹马的声音。这一定是悌摩西的房间了!他敲一下门,史密赛儿开门出来,脸上通红。

悌摩西先生正在散步,她没法子引起他的注意。索米斯先生如果到后房间来,就可以从门里望见他。

索米斯走进后房,站在那里观看。

这位硕果仅存的老一辈福尔赛已经起床,走路慢得真可以,精神完全集中在散步上,在床脚和窗子中间约有十二英尺的一段距离之间来回走着。方方的脸,下半部由于不再刮脸的缘故,已经长满了白胡子,不过尽量剪得很短,下巴和额头望上去一样宽,头发也和胡子一样白,鼻子、两腮和额头则是苍黄。一只手拿着一根长手杖,另一只手提着纯毛睡袍的边,袍脚下能看得见他卧床很久的脚踝和套着纯毛拖鞋的脚。他的神情就像生气的小孩子,全神贯注在自己没有到手的东西上。每次转身时,他总要挂一下手杖,然后顺手一拖,就好像表示自己还能不倚靠手杖似的。

"他看上去还很强健。"索米斯小声气说。

"是啊,先生。您该看看他洗澡的样子——真是有意思;他的确洗得很开心呢。"

这几句话声音说得相当大,使索米斯顿有所悟。悌摩西已经回返童年了。

"他对事情一般还有兴趣吗?"索米斯问,声音也高起来。

"当然;吃饭和翻他的遗嘱。看他把遗嘱翻来翻去,真是有趣,当然并不看它;有时候他会问起公债的价钱,我就写在石板上给他看,写得很大。当然,写的总是一样的价钱,就是一九一四年他最后看到的价钱。医生在大战爆发时关照我们不要让他看报纸。开头他可真闹得厉害;不过不久也就习惯了,因为他也知道看报很费神;几位姑太太——愿上天保佑——在世时,他常说自己最善于保养精神,的确如此。他在这件事情上,常拿几位姑太太开心;您还记得,索米斯先生,她们总是那样的活络。"

"我要是进去,会是怎样情形?"索米斯问,"他会不会记得我呢？你知道,我是在海丝特小姐一九〇七年去世后,替他立遗嘱的。"

"哦！是吗,"史密赛儿半信不信地回答,"我可说不准。我想他说不定会记得；这么大的年纪还有这样精神,真不容易。"

索米斯走进门框里,等悌摩西转过身来,高声说道:"悌摩西叔叔！"

悌摩西回身走了一半路,停下来。

"呃?"他说。

"索米斯！"索米斯扯开喉咙喊,手伸了出来,"索米斯·福尔赛！"

"不是的！"①悌摩西说,把手杖在地板上重重捣一下,照样散步。

"好像没有用。"索米斯说。

"是啊,先生,"史密赛儿回答,有点沮丧,"您看,他还没有散完步呢。他永远是一次只做一件事。我猜他今天下午会问我您来看了煤气没有,跟他讲清楚可着实费劲呢。"

"你想要不要弄个男人来照顾他？"

史密赛儿双手举了起来,"男人！不行,不行。厨娘跟我完全照顾得了。屋子里来了一个生人,他会立刻发神经的。姑太太们向来就不喜欢家里用男人。而且,我们都把他看得很了不起呢。"

"我想医生总来吧？"

"天天早上来。诊金是特约的价钱,因为经常要来；悌摩

---

① 这是悌摩西自问自答,不是回答索米斯。

西先生已经很习惯了,根本不理会他,只把舌头伸出来一下。"

"看见这个样子使我很难受,很伤心。"索米斯说,转身要走。

"唉!先生,"史密赛儿焦急地说,"您不能这样看。他现在不能烦神,就可以过得非常快活,的确快活。就像我跟厨娘说的,梯摩西先生比从前更像个男子汉了。您知道,他不散步洗澡时,就是吃饭,不吃饭时,就睡觉;就是这样。身上没有一个地方痛,心里没有一点记挂,什么都没有。"

"嗯,"索米斯说,"这话有点道理。我要下去了。噢,我要看看他的遗嘱。"

"我要等一会儿才能取出来,先生;他把它放在枕头下面,醒着的时候会看见我的。"

"我只想知道是不是我替他立的那一张,"索米斯说,"你哪一天看一下上面的日期,告诉我知道。"

"好的,先生;不过我敢说就是那一张,因为您记得,我和厨娘都做了见证,上面还有我们的签名呢,我们就做了这一次。"

"对。"索米斯说。他也记得。史密赛儿和厨娘剑痕都是正式见证,但是遗嘱上并没有给她们留下什么,为了使她们对梯摩西的死无所希冀。他完全承认这件事情做得简直小心过头,但是梯摩西要这样做,而且说到底,海丝特姑太已经给了她们不少啦。

"好吧,"他说,"再见,史密赛儿。好好招呼他,哪个时候他留下什么话,你把它记下来,告诉我。"

"好的,索米斯先生;我一定照做。今天碰见您来,真是新鲜。厨娘听到准会高兴得跳起来。"

索米斯跟她握握手走下楼。在那只帽架跟前足足站了有两分钟之久,过去把帽子挂在上面不知有多少次呢。"就这样子整个儿完了,"他想着,"完了又重新开头。可怜的老头儿!"他侧耳细听,盼望悌摩西拖竹马的声音说不定会从楼梯间传下来;或者说不定会有什么鬼魂从楼梯栏杆上面露出一张衰老的脸,同时一个苍老的声音说:"怎么,亲爱的索米斯吗!我们刚才还说有一个星期没有看见他呢!"

没有——一点没有!只有一股樟脑味,和门上面透进扇形窗格的日光照出的灰尘。这所古老的小房子!真是一座古墓!他转过身来,走出大门,赶火车去了。

第五章　家乡的原野

　　他的脚踏着家乡的原野,

　　他的名字是——法尔·达尔第。①

就在这同一个星期四的清晨,法尔·达尔第(他今年是四十岁了)从自己在萨塞克斯郡高原北部租下的大宅子里走出来,而他的心情正有点像上面两句诗里的那种心情。他的目的地是纽马克特;自从一八九九年秋天,他从牛津溜了出来去看剑桥郡的让点赛之后,这地方他到今天还没有光顾过。他在门口停下来,跟妻子亲一个吻,同时把一小瓶波尔图葡萄酒塞进口袋。

"不要过分走累了,法尔,而且不要赌得太多。"

有她的胸口抵着自己胸口,眼睛望着自己的眼睛,法尔对自己残废的腿和钱袋都放心了。他应当有点节制;好丽的话永远是对的——她有一种天生的干才。她的脑子总是那样快,总是那样机灵地及早看出他的心情;自从布尔战争时在南非那边成全了他们的浪漫婚姻之后,这二十年来他

---

① 借用司各特小说《罗布·罗伊》第34章中的两句诗:
　　我的脚踏着家乡的原野,
　　我的名字是马格雷高。

竟而对自己这位年轻的表妹极端忠实,不但忠实,而且一点不觉得是牺牲,一点不感到厌倦,这在他自己看来也许不算什么,可是在别人眼中那简直是奇事,——他究竟有一半达尔第的血液啊!她总是那样的敏捷,总是比他机灵,善体人意。由于两人是表亲结婚,他决定,或者毋宁说好丽决定,不生孩子;虽则脸色黄一点,她却保持了美观和苗条身材,以及头发的浓郁颜色。法尔特别佩服她在照顾自己的生活外,还能够骑术一年年娴熟,并能有她自己的生活。她始终不放弃练琴,而且看书看得很多——小说、诗歌,什么都看。他们在哥罗尼角①那边办农场时,她把农场上所有的黑人妇孺照顾得都非常之好。说实在话,她真是聪明;然而一点不托大,一点不自命不凡。法尔为人虽不怎样谦虚,却逐渐承认她比自己强,而且并不忌妒——这真是对好丽的最大恭维。人们说不定会注意到,他看好丽时,好丽从没有不觉察,而好丽看他时,他却有时候不知道。

　　他在门洞里吻了她,因为在车站月台上不打算这样做,虽则她要陪他上车站并把车子开回来。非洲的天气和养马的辛勤使他的脸色黑了一点,而且皱纹多了,那条在布尔战争中受伤的腿又使他行动不大方便,——不过可能在刚结束的这次大战中却救了他的命②——但是除此以外,他看上去还和当年向好丽求爱时差不多;笑起来仍旧是嘴咧得那么大,仍旧那样迷人,睫毛只有变得更浓、更深了,睫毛下面的眼睛眯起来仍旧是那种鲜明的淡灰色,雀斑深了些,两鬓微微花白。他给

---

① 即好望角的别称。
② 指因残废而不能入伍。

人家的印象是一个在阳光充足的气候下和马在一起勤奋生活过的人。

他在大门口把车子猛然转一个弯,问道:

"小乔恩几时来?"

"今天。"

"你要给他买什么东西吗?我可以星期六带下来。"

"没有;不过你可以搭芙蕾的那班车一同回来——一点四十。"

法尔把福特汽车开得飞快;他开车子仍旧像男人在一个新国家①的坏路上开车子一样,决不放慢,而且准备碰上凹坑时就送老命。

"她是个头脑清楚的女孩子,"法尔说,"你觉得不觉得?"

"是啊。"好丽说。

"索米斯舅舅跟你爸爸——关系不是不大好吗?"

"不能让芙蕾知道,也不能让乔恩知道,当然,什么都不能提。只有五天,法尔。"

"场内秘密②!行!"只要好丽说不碍事,那就不碍事了。好丽狡黠地打量他一下,说道:"你可看出她要我们请她时说得多漂亮啊?"

"没有看出!"

"就是这样。你认为她怎么样?"

"漂亮,聪明;可是我敢说,她的牛性子上来时,什么时候都可以闹别扭。"

----

① 指英国于布尔战争胜利后成立的南非联邦。
② 用赛马的行话。

59

"我弄不懂,"好丽咕噜说,"她是不是就是那种时下女子。回国碰上这一大堆情形,真把人搅糊涂了。"

"你?你很快就摸熟行情了。"

好丽一只手插进他的大衣口袋。①

"你使人心中有数,"法尔说,鼓舞起来,"那个比国佬普罗芳你觉得怎么样?"

"我觉得他有点像个'好魔鬼'。"

法尔笑了。

"他在我们家的客人里真是个怪人。老实说,我们族里已经闹得很不体面了,索米斯舅舅娶了个法国老婆,你爹爹又娶了索米斯的第一个妻子。我们的祖父辈看到这种情形,准要晕倒!"

"哪一家的老一辈子都会这样,亲爱的。"

"这个车子,"法尔忽然说,"要踢两脚才行②;它的后足上坡时简直不得劲。下坡时我得放一下手才能赶上火车呢。"

由于爱马的缘故,他对汽车总是没法子从心里喜欢,所以这部福特,他开起来总和好丽开起来看去有点两样。火车总算赶上了。

"回去当心些;不然它就会把你摔下来。再见,亲爱的。"

"再见。"好丽喊,向他飞一个吻。

在火车里,他有一刻钟徘徊在好丽、早报、晴朗的天色和纽马克特的模糊回忆之间,后来就钻进一本方方的小书③里

---

① 亲热的表示,借此回答法尔的恭维。
② 法尔是个跑马迷,因此把车子当作马对待。
③ 即《罗夫赛马指南》。

去;书里全是马名、亲系、主支以及关于马的外表形状的注释。他的福尔赛血统使他一心要弄到一匹名种,可是他现在仍旧坚决压制达尔第家性格里那个发一笔大财的念头。他自从把南非那边的农场和养马卖掉,赚了一笔钱回到英国来,就看出这儿很少出太阳;他跟自己说:"我非得有点消遣不可,不然这个国家就会使我消沉下去。打猎还不够,我得养马和训练跑马。"由于在一个新国家里居住了多年,比别人特别精明一点、决断一点,法尔看出近代养马术有它的弱点。那些人全迷在时尚和高价钱上面。他要买筋骨好的马,家世滚他妈的!然而这时候他已经对某一血统着了迷了!他半意识地想着:"这个混蛋气候真有点鬼,弄得人团团转。没有关系,我一定要买一匹有梅弗莱血统的。"

他怀着这样心情到达了自己梦想的地点。这是一次比较清静的赛马,最投合那些喜欢看马而不喜欢看赌棍面孔的人的口味;法尔始终都盯着遛马的场子转。二十年的殖民地生活使他摆脱掉从小养成的纨绔习气,只剩下爱马者的那种十足整洁的派头,对他称作的某些英国男子的"嘻嘻哈哈"派头,和某些英国女子的"浓妆艳抹"打扮,全看不入眼,觉得又特别又可厌——好丽一点不是这样子,而好丽就是他的理想。他眼明手快,人又机智,一上来就虑着怎样做一笔交易,挑一匹马,再喝它一杯酒;当他眼望着一匹梅弗莱牝驹走去时,靠近他身边有人慢吞吞地说:

"法尔·达尔第先生吗?达尔第太太怎样?很好吧,我希望。"他看出原来就是他在自己妹子伊摩根家里碰见的那个比利时家伙。

"普罗斯伯·普罗芳——我们在一起吃过午饭。"那声音说。

"你好?"法尔咕噜一声。

"我很好。"普罗芳先生回答,他笑得那样慢吞吞的,简直没有人学得了。好丽称他是个"好魔鬼"。哼!这两撇浓浓的、剪得很尖的上须,倒有点魔鬼派头;不过懒洋洋的,而且脾气不坏,眼睛长得很秀,有一种意想不到的神采。

"这儿有一位先生想认识你——你的一位舅父——乔治·福尔西①先生。"

法尔看见一个大块头,胡子剃得光光的,就像一头公牛,双眉微皱,一只深灰色的眼睛里蕴含着讽刺的幽默。他隐隐记得旧时跟他父亲在伊昔姆俱乐部吃饭时曾经见过这个人。

"我过去常跟你父亲一起看赛马,"乔治说,"你的马养得怎么样?要不要买一匹我的马?"

法尔笑起来,借此掩饰一种突如其来的感觉:养马已经不时新了。他们这儿什么都不当作一回事,连养马也不当一回事。乔治·福尔赛,普罗斯伯·普罗芳!连魔鬼本人都不见得比这两个人更加看透一切呢。

"我还不知道你喜欢跑马。"他对普罗芳先生说。

"我并不。我不喜欢跑马。我是个游艇手,却不喜欢驾游艇,不过我喜欢看见我的朋友。法尔·达尔第先生,我备了一点午饭,就是一点点,你可愿意吃一点;不多——就是一点午饭——在我的车子里。"

"谢谢,"法尔说,"承情之至。我大约一刻钟后就来。"

---

① 原文是把 Forsyte 读成 Forsyde,译文因在译名中省去 t 音,只好把"赛"的音改为"西"的音,以示普罗芳的外国口音。

"就在那边。福尔西先生也来的,"普罗芳先生用一只戴了黄手套的指头指了一下,"小小汽车里吃顿小小的午饭。"他向前走去,穿得一身笔挺,懒洋洋的,神情淡漠。乔治·福尔赛跟在后面,又整洁,又魁梧,一脸的滑稽样子。

法尔仍旧站在那里望那匹梅弗莱牝驹。乔治·福尔赛当然上了年纪了,不过这个普罗芳说不定和自己一样大;法尔好像觉得自己年纪特别小,好像这匹梅弗莱牝驹是这两个人嘲笑的玩具似的。那马已经变得不真实了。

"这匹'小'雌儿,"他好像听见普罗芳的声音说,"你看中它什么地方?我们全得死啊!"

然而乔治·福尔赛,他父亲的好朋友,却还在跑马!梅弗莱血统——这比别的血统究竟好多少呢?还不如把他的钱赌一下的好。

"不行,不行!"他忽然喃喃自语起来,"要是养马都没有意思,那么做什么事情也没有意思!我来做什么的?我要买下它。"

他退后两步,看那些到草场上来的客人向看台拥去。服饰讲究的老头子,精明而壮硕的汉子,犹太人,天真得就像是一生从来没有见过马的教练员;轻佻而懒散的高个子女人,或者步履轻快、大声说话的女人;神情装得很严肃的年轻人——有两三个都只有一条胳膊!

"人生在世界上就是赌博!"法尔心里想,"铃声一起,马跑起来,钞票就换手;铃声再起,马又跑起来,钞票又回来了。"

他对自己竟而有这种哲学见解颇为骇然,就走到草场门口去看梅弗莱牝驹遛弯儿。它的动作不坏;所以他就向那部

"小小"车子走去。那顿"小小"午饭是许多男子梦想到而很少吃得到的;吃完午饭,普罗芳陪他回到草场那边去。

"你妻子是个漂亮女子。"他出其不意说了一句。

"我认为最漂亮。"法尔冷冷地回答。

"是啊,"普罗芳先生说,"她的脸生得很漂亮。我就喜欢漂亮女子。"

法尔望望他,有点疑心,可是这个同伴的浓厚魔鬼气息中夹有一种好意和直率气味,使他暂时放下心来。

"哪个时候你们高兴来坐游艇,我愿意带她海上去游览一下。"

"谢谢,"法尔说,重又不放心起来,"她不喜欢航海。"

"我也不喜欢。"普罗芳先生说。

"那么你为什么要驾游艇呢?"

比利时人的眼睛显出微笑。"啊!我也不知道。我什么事情都做过了;这是我做的最后一件事情。"

"一定他妈的很花钱呢。我觉得你的理由不够。"

普罗斯伯·普罗芳先生的眉毛抬了起来,噘出厚厚的下唇。

"我是个很随便的人。"他说。

"你参加了大战吗?"法尔问。

"对——啊,这个我也做了。我中了氯气;有点小小不好受。"他带着一种深厚而懒洋洋的富贵神气微笑着。他不说"稍微",而说"小小",是真正弄错还是做作,法尔可拿不准;这个家伙显然什么事都做得出来。这时那匹梅弗莱牝驹已经跑赢了,一群买主正围成一个圈子;普罗芳先生站在人群当中问道:"你打算叫吗?"

法尔点点头。有这样一个懒洋洋的撒旦站在身边,他得有个坚定的信念才行。虽则他外祖父事先见到,遗留给他每年一千镑的定息收入,再加上好丽的祖父遗留给好丽的每年一千镑定息收入,使他能免于破产的威胁,他能动用的资本并不太多;卖掉南非农场的那笔钱大部分已经用在萨塞克斯郡的产业上了。所以叫了没有多久,他就盘算:"他妈的!这已经超出我的价钱了!"他的限价——六百基尼——已经超出,只好不叫。那匹梅弗莱牝驹在七百五十基尼的叫价下拍了板。他正在着恼地转身要走,耳朵里却听见普罗芳先生慢吞吞的声音说:

"哦,那匹小小牝驹是我买下了,不过我不要;你拿去送给你的妻子吧。"

法尔看看这个家伙,重又不放心起来,可是他眼睛里的善意却使他实在没法生气。

"我在大战时发了一笔小小的财,"普罗芳先生说,看出法尔脸上的狐疑,"我买了军火股票。我要把钱花掉。我一直都在赚钱。自己的需要很小。我愿意我的朋友拿去用。"

"我照你的价钱向你买。"法尔突然拿下主意。

"不,"普罗芳先生说,"你拿去。我不要它。"

"不像话。一个人不能——"

"为什么不能?"普罗芳先生微笑说,"我是你们家的朋友。"

"七百五十基尼又不是一盒雪茄。"法尔忍不住说。

"好吧;你就替我养着,等我要的时候再说,你爱把它怎么样就怎么样。"

"只要仍旧是你的,"法尔说,"我倒也无所谓。"

"那就这样吧。"普罗芳先生咕噜了一声,走开了。

法尔在后面望着;他也许是个"好魔鬼",可是也说不定不是。他望见他和乔治·福尔赛又走在一起,这以后就不再看见了。

看赛马的那两天晚上,他都在他母亲格林街的家里过夜。

维妮佛梨德·达尔第已经六十二岁,但仍旧保养得很后生,尽管被蒙达古·达尔第折磨了三十三年,最后几乎是幸运地被一座法国楼梯给解放了。对她来说,自己最喜欢的大儿子经过这许多年后忽然从南非回来,而且简直没有什么变,媳妇也很讨人喜欢,实在是天大的喜事。在上世纪七十年代自己还没有结婚时,维妮佛梨德原是自由、享乐和时髦的先锋,现在却承认今天这些"女士"们是她年轻时代所望尘莫及的。比如说,她们把结婚离婚就看得很随便,而维妮佛梨德有时就懊悔自己没有那样做;两次、三次、四次随便之后,说不定会给她找到一个不是那样烂醉如泥的伴侣,那岂不很好;不过,他总算给自己生了法尔、伊摩根、毛第和班尼狄特(现在已经快升到上校了,而且在大战中一点没有受伤)——这些孩子到现在一个还没有离婚呢。那些记得他们父亲的为人的,看见孩子们个个用情专一,时常感到诧异;不过,维妮佛梨德总喜欢这样想,他们其实全是福尔赛家人,都像她而不像他们父亲,只有伊摩根也许是例外。她哥哥的"小女儿"芙蕾使她有点摸不着头脑,这孩子和那些摩登年轻女子一样地好动——"她是风里的一朵小小火焰",普罗斯伯·普罗芳有一天晚饭后这样说过——可是她并不轻佻,也不大声说话。维妮佛梨德自己持重的福尔赛性格天然使她不喜欢这种时下风气,不喜欢这些摩登女子的习惯和那句口头禅:"反正什么都是一样！花吧,因为明天就要穷了!"①她觉得芙蕾总算有这样一个特点,她想要得到一样东西,非弄到手决不改变心思——至于后果如何,由于年纪太轻,她当然不会看出来。这孩子而且长得很不错,有她母亲的那种法国人的装饰天性,带她出去很争面子;人人都转过头来看她,这对维妮佛梨德来说非常重要,因为维妮佛梨德自己就爱讲究和出风头;也就是在这上面使她在蒙达古·达尔第身上上了那样的大当。

星期六早饭时,她和法尔谈着芙蕾,连带谈到了那个家族秘密。

"法尔,你岳父和你舅母②伊琳的那段小小经历——当然是旧话了;不过不必让芙蕾知道——反而多出事情。你舅舅索米斯对这一点很认真。所以你要当心点。"

"好的!可是事情非常碍手——好丽的小兄弟要下去跟我们住一段时间学农事。已经来了。"

"唉!"维妮佛梨德说,"这真糟糕!他是什么样子?"

"我过去只见过一次——在罗宾山,那时我们回去看看,是在一九○九年;身子光着,画上许多蓝条子、红条子——小家伙很好玩。"

维妮佛梨德觉得这还"不错",也不再烦心了。"反正,"她说,"好丽是懂事的;她会知道怎样应付。我不预备告诉你舅舅。只会使他烦神。你回来真是一件好事,现在我这样上了年纪。"

"上了年纪!怎么!你还是和过去一样年轻呢。那个普

---

① 仿自《旧约·以赛亚书》第22章第13节:"我们吃喝吧,因为明天要死了。"
② 好丽不是伊琳所生,故不称岳母。

罗芳,妈,人靠得住吗?"

"普罗斯伯·普罗芳吗？哦！人挺有意思。"

法尔哼了一声,就把梅弗莱牝驹的那段事情重又叙述一遍。

"他就是这个派头,"维妮佛梨德说,"他什么怪事都做得出来。"

"哼,"法尔尖刻地说,"我们家里跟这种家伙来往可不大行;他们太不在乎了,和我们不对头。"

这话倒是真的;维妮佛梨德足足有一分钟默然无语,然后才说:

"是啊！反正他是外国人,法尔;我们得担待些儿。"

"好吧,我先收下他的马,再想法子补他的情。"

不一会他就和母亲告别,受了她一吻,去马票行,去伊昔姆俱乐部,再去维多利亚车站。

第六章 乔 恩

法尔·达尔第太太,在南非待了二十年之后,忽然堕入爱的深渊了,幸而她爱上的是自己的东西,因为她的对象是窗前的那片景色,那片绿油油高原上面的幽静而清澈的春光。总算又看见英国了!比她梦寐以求的英国还要美。事实上这也是机缘凑巧,这对夫妇碰巧找到的这片南部高原,在晴朗日子的确可爱。好丽有她父亲的一双眼睛,很能够欣赏这里丘陵的起伏和石灰岩的光彩,认为非常难得;对她来说,一个人从那条近似峡谷的小径走上去,然后一路漫步向桑克登堡或者安柏莱走去,仍旧是一种乐事,使她一点不想给法尔分享,因为法尔对自然的爱总杂有一点福尔赛天性,想从自然捞点好处,比如这里的草地情况适合不适合他那些马试腿等等。

她顺着那部福特汽车的性子,很平稳地开着回家,心里盘算着她使唤乔恩的第一件事,便是把他带到高原那边去,让他看看这个五月天空下面的景色。

她以一种没有被法尔耗尽的母爱,期待着自己这位异母兄弟。返国后不久,这对夫妇就去罗宾山住了三天,但是没有见到乔恩——那时他还在上学;她的记忆中的乔恩因此也和法尔的一样,是一个蹲在池边的金黄头发的小孩,身上涂了许多蓝条子、黄条子。

在罗宾山待的三天使人又兴奋,又感慨,又窘。她想到死去的乔里,想到法尔的求爱;二十年不见,父亲老了,他那种带有讽刺的温和派头使人觉得戚然,以好丽天生的那样心细如发,自然不难看出;尤其是和她的继母见面,使她仍旧隐隐约约记得这就是当年的那位"浅灰衣服的太太",那时她还很小,爷爷还在,还有布斯小姐因为这位不速之客教她钢琴,非常生气——这一切,都弄得好丽心绪很乱,很苦恼,而她一直指望罗宾山的生活是非常平静的。不过好丽素来能够不露声色,所以表面上一切还是处得很好。

临别的时候,她父亲吻了她一下,敢说他的嘴唇那时有点儿抖。

"亲爱的,"他说,"战争后的罗宾山并没有变吧,是不是?你要是能够把乔里带回来,就好了!我说,这些灵魂学玩意儿你受得了受不了?在我看,当这棵橡树死掉时,它就是死掉了。"

从她的热烈拥抱中,他大约觉察到自己有点泄露心事,所以立刻换了讽刺口吻。

"灵魂学——怪字眼,他们越是想法子证明,越是看出他们掌握了物质。"

"怎么讲?"好丽问。

"怎么!你看看他们那些显灵的照片。你一定要有点物质的东西,才能显出光影来,才能拍照。这哪里行,所以弄到后来,我们会把一切物质都叫作精神,或者一切精神都叫作物质——究竟怎样叫,我也不晓得。"

"可是你难道不相信灵魂存在吗,爸?"

乔里恩原在望着她,他脸上显出一种顽皮的神气,给她的印象很深。

"啊,亲爱的,我很愿意从死里面捞到一点东西。我曾经探索过一阵。可是天哪!我发现凡是灵魂学能够解释的,没有不可以用精神感应、潜意识和尘世解脱来解释的。我真愿意能够相信灵魂存在。愿望是思想之母,但是产生不了证据。"

好丽当时在他的前额上重重吻了一下,同时感到这正证明乔里恩的物质全要变成精神的理论——他的前额碰上去就像没有东西似的。

但是那次短短的归宁给她印象最深的,是看见她继母一个人在看乔恩写来的一封信,她这样看她当时并没有为人觉察。她认为这是她见到的最美的形象。伊琳就好像沉浸在儿子的来信里,站在一扇窗子面前,光线落在她的脸上,落在秀发上;她的嘴唇动着,浮着微笑,深褐色的眼珠显出喜悦和生气,一只没有拿信的手按着自己胸口。好丽就像看见一幅神圣的母爱图画似的,悄悄走开了,深信乔恩一定很不错。

当好丽看见乔恩一手拎了一只皮包从车站上走出来时,她就证实了自己的预见。他有点像乔里,那个她早已遗失了的童年偶像,但是神情急切,而且不大拘束,眼珠的颜色深一点,头发的颜色鲜明一点——因为他没有戴帽子;整个说来是个很有意思的"小"弟弟!

他的试探性的客气使一向习于年轻人老脸皮厚一套的好丽,觉得有趣;他看见要由好丽开汽车回家,而不是由他来开,觉得不安。他要不要试一下?当然,战后他们在罗宾山还没有买过车子,他只开过一次,开到一个坡子上去,所以她还是不让他开为妙。他笑起来又温柔又动人,很有吸引力,不过这个字眼,她听说,现在已经完全过时了,汽车开到房子门口时,他掏出一封弄皱的信给她,她就在他洗脸时拆开一看——信很短,可是她父亲写时一定煞费踌躇。

亲爱的好丽:

你和法尔切记着乔恩并不知道家里的历史。他母亲和我觉得他现在年纪还小,这孩子很宝贝,是她的命。善体余意。

父字

就是这样几句话;可是想到芙蕾要下来,好丽重又感到不安和懊恨起来。

喝完了茶,她就执行向自己许下的诺言,带了乔恩去爬山。两个人坐在一处长满了荆棘和藜藿的废石灰矿边上,谈了很久。绿草坡上的远志草和地钱苔星星点点开着花,云雀在唱,矮树丛里的画眉鸟也在唱,不时看见一只向陆地飞来的海鸥在暗淡的天空里盘旋,颜色雪白,天上淡淡的月亮已经升起来。时而闻到一股幽香,就像有许多目不能见的小人在草地上奔跑,把青草的香气踩了出来似的。

乔恩本来沉默着,忽然说道:

"哎,这太美了!一点没有尘俗气息。海鸥飞翔,羊群的铃声——"

"'海鸥飞翔,羊群的铃声!'你是个诗人,亲爱的!"

乔恩叹口气。

"唉,老天!不行呢!"

"试试看!我在你这样大时就试写过。"

"是吗?妈也说'试试看';不过我真不行。你写的有什么可以给我看看呢？"

"亲爱的，"好丽轻声说，"我已经结婚十九年了。我只在想结婚时才写诗的。"

"哦！"乔恩说，转过身去用手蒙着脸；她能看见的一边面颊有点儿红起来。难道他真如法尔说的，"中了花邪风"吗？这样地早？可是这样只有更好，他对小芙蕾就不会去注意了，而且星期一他就要开始去种田了。她微微笑了。那个跟在耕犁后面的是彭斯呢，还仅仅是农夫皮尔斯①呢？现在任何一个年轻男子，和多数的年轻女子，好像都是诗人了；她在南非读了不少这类诗集，都是哈契司-本发兹书店进口的，从这些上面也可以看出；而且那些诗写得相当不错——很不错；比她当初写的好得多！不过话又说回来，诗歌其实是从她年轻的时期时新起来的——就和汽车一样。晚饭后，在矮客厅里用木柴生了个火，靠着火两人又谈上半天，好像除掉什么真正重要的事情外，也没有什么可以从乔恩嘴里了解的了。好丽把他的卧房查了两遍，看见什么都有了，就在门口和他分手，深信自己将会爱这个兄弟，而且法尔也会喜欢他。他很热情，可是并不啰唆；能够耐心听别人谈话，能够体贴，而且不大谈自己。他显然很爱父亲，而且崇拜自己的母亲。他喜欢骑马、划船、击剑，不喜欢球赛。他把扑蜡烛的蛾子救下来，不喜欢蜘蛛，但不去弄死它们，只用纸捻起来扔到门外。总之，他很和蔼可亲。好丽去睡觉时，心里想，如果有人伤了他的心，他一定会非常难受；可是又有谁会伤他的心呢？

~~~~~~~~~~

① 彭斯是苏格兰农民诗人，《农夫皮尔斯》是英国中世纪诗人兰格伦的长诗，好丽是在这里想乔恩会不会成为诗人，因为比喻确切，故而自己好笑起来。

这一边乔恩还没有睡,正坐在窗子口就着烛光,用一支铅笔一张纸写他的第一首"真正的诗",因为月光不亮,写字看不大见,只使夜色看上去有点浮动,就像用银子镂出来似的。这样一个夜里正好给芙蕾散步,流连夜色,并且向前走去——翻山越岭到远方①。乔恩开阔的额头蹙成许多皱纹,在纸上写了又擦,擦了又写,把完成一件艺术作品的一切手续都做了;他的心情好比春风在含苞的花朵中间初试歌声那样。有些孩子虽然进了学校,但是由于在家里受的熏陶,对美的爱好却还未泯灭,乔恩就是这些(少数)孩子里面的一个。当然,他得把这种爱好藏起来,连图画教师都不给知道;可是爱好却保持着,保持得又严峻又纯洁。而他这首诗在他看来却和外面月夜恰恰相反,夜像长了翅膀,他的诗则像跛了脚。可是他仍旧要留着。不像样子,只是用来表现自己无法表现的心情,总比没有的好。他带点迷惘想着:"这首诗可不能给妈看了。"入睡之后,他睡得非常之甜,人完全被新奇的事情打垮了。

① 英国诗人约翰·盖(1685—1732)的《乞丐的歌剧》中的歌词。

第七章 芙 蕾

为了避免使乔恩问些没法回答的问题,弄得人很窘,好丽告诉乔恩的只是:

"有一个女孩子要跟法尔下来度周末。"

为了同样的理由,法尔告诉芙蕾的也只是:

"我们有个年轻人跟我们住在一起。"

所以这两个周岁小驹——法尔心里就这样称呼他们——见面时全都意想不到,最最满意地意想不到。好丽是这样给他们介绍的:

"这是乔恩,我的兄弟;芙蕾是我们的表妹,乔恩。"

乔恩当时正从大太阳里穿过落地窗走进来,被这件天降奇迹弄得简直摸不着头脑,仅仅来得及听见芙蕾泰然地说了一句:"你好?"好像乔恩从来没有见过她似的;同时看见她的头微微动了一下,快得不能再快地么动了一下,他隐约理解到自己是没有见过她。所以他迷迷糊糊地执着她的手鞠了一躬,变得比坟墓还要沉寂。他懂得不说话最是上策。童年时,他就着一盏油灯看书,被他母亲捉到,他愚蠢地说,"妈,我不过在这里翻翻。"那时他母亲回答说:"乔恩,不要说谎,因为你的脸色看得出——谁也不会相信你。"

这句话他一直记得,因此总缺乏说谎所必备的那种信心。

芙蕾的谈话又快又一门心思,谈到什么事情都很快活,他只是听着,或者把松饼和果酱递给她,而且慌不及地就走开了。有人说,在患了战栗性谵妄症时,你只看见一个固定的东西,相当地黑,可是会突然改变形状和地位。乔恩现在看见这个固定的东西,眼睛乌黑的,头发也相当地黑,改变着地位,但是从不改变形状。他知道自己和这个东西之间已经有一种秘密的了解(尽管没法了解),这使他很兴奋,所以热烈地期待着,把自己那首诗也动手抄出来——当然决不敢拿给她看——后来还是马蹄的嘚嘚声把他惊醒,从窗口伸出头去看,这才望见她跟法尔骑马走了。她一点没有浪费时间,可是看见这种光景,使他很难受。他自己的时间显然浪费了。如果他没有在那一阵可怕的狂喜之下,拉起脚来溜掉,他们说不定也会约他去的。他坐在窗子口望着他们消失,后来又在路埂上出现,又消失了,最后重又在高原边上清清楚楚地现出来有一分钟光景。"蠢货!"他想,"我总是错过机会。"

为什么他不能够那样泰然自若呢?他两手撑着下巴,想象自己如果能和她一同骑马出游的情景。一个周末仅仅是一个周末啊,而他已经错过了三小时。除了他自己外,可曾见过有什么人显得这样蠢呢?没有见过。

他很早就换上晚餐服,第一个下楼。再不能错过机会了。可是他没有能碰上芙蕾,因为她是最后一个下楼。晚饭时他坐在她的对面,真是糟糕——就是说不出话来,因为怕把话说错了;就是没法按照那唯一的自自然然的派头望她;总之,他就是没法正常对待这个他在幻想中已经一同翻山越岭到远方的人;同时他自始至终还感到自己在她的眼中,以及在所有在座人的眼中,一定是个傻瓜。对啊,糟糕透了!而她却是那样健谈——一下谈到东,一下谈到西。奇怪的是,他觉得这种艺术既困难,又可恨,而她却学得这样好。她一定认为他没出息。

他姐姐的眼睛带着一种惊异的神情盯着他,逼得他到后来只好望着芙蕾;可是她的眼睛立刻睁得又大又急,好像在说,"唉!你千万不要——"于是逼得他只好望着法尔;法尔对他一笑,逼得他只好望着盆子里的肉片——肉片至少还没有眼睛,也不会笑,所以他匆匆忙忙吃完了。

"乔恩预备做个农夫,"他听见好丽说,"做个农夫和诗人。"

他带着责备的神气抬起眼睛,看见好丽的双眉就像他父亲一样抬了起来,自己哈哈一笑,觉得好了一点。

法尔把普罗斯伯·普罗芳先生的事情重又说了一遍;这是再妙没有了。因为法尔讲着时眼睛望着好丽,好丽的眼睛也望着法尔,而芙蕾则好像微蹙着眉头想着自己的一些心事,这样乔恩总算真正能随意望她了。她穿了一件白衣服,很简单,而且式样很好;胳膊光着,发际别一朵白玫瑰花。经过那样强烈的不自在之后,就在那迅速随便看她一眼的刹那间,他看见她变了,就像人们在黑暗中看见的一棵娉婷的白色果树一样;他看见她像一首诗在他心灵的眼睛前面一亮,或者一首歌曲渐飘渐远,终于消失掉。

他一面暗笑,一面盘算她有多大年纪——她好像比自己镇静得多,老练得多。为什么不能说他们从前见过呢?他忽然想起当时母亲脸上那种又迷惑,又痛苦的样子;那时她回答他说:"对了,是亲戚,不过我们不认识他们。"他母亲是爱美成性的,如果她真的认识芙蕾,决不会不欢喜她!

晚饭后和法尔单独在一起时,他一面恭顺地呷着波尔图葡萄酒,一面回答这位新发现的姐夫的亲密表示。至于骑马(这在法尔总是最要紧的事),他可以用那匹小栗色马,自己上鞍子,自己卸鞍子,骑了回来之后,大致地照料一下。乔恩说,他在家里这一套全做惯的,同时觉得主人对自己的估价已经提高了一步。

"芙蕾,"法尔说,"还不能骑得怎么好,不过很起劲。当然,她父亲连马和小车子都分别不出的。岳父骑马吗?"

"过去常骑;不过现在他——你知道,他——"他停下来,很不愿意说出"老"字。他父亲是老了,然而又不老;不老——永远不老!

"很对,"法尔说,"多年前我在牛津跟你哥哥也认识,就是那个在布尔战争中病故的。我们在新学院花园里打过一场架。那真是稀奇,"他接上一句,遐想着,"从这里就生出多少事情来。"

乔恩的眼睛睁得大大的;一切都在把他向历史考据上推,可就在这时,门口来了好丽的温柔声音:

"你们两个来。"他于是站起身来,可是他的心把他推向一个比好丽摩登得多的人儿。

原来芙蕾说,"夜景太美了,不能待在屋子里。"所以他们全走到外面来。月光把露水照得雪白,一座旧日晷投出一条长长的影子。两道黄杨篱笆形成一个直角,望去又黑又高,将果园隔开。芙蕾从篱角开口处转过身来。

"你们两个过来!"她叫。乔恩瞄一下法尔和好丽,跟上前去,芙蕾就像阴魂一样在果树中间跑着。在她上面,花儿开得那样幽美,那样像浪花一般,而且有一股老树干的气息和荨麻香。她忽然不见了。他以为自己和她失散,接着就几乎撞到她身上,原来她站着并没有动。

"好玩吗?"她叫。乔恩回答说:

"自然!"

她伸手摘下一朵花,用指头转着,并且说:

"我想我可以叫你乔恩吧?"

"我想完全可以。"

"好吧!可是你知道我们两家有仇吗?"

乔恩讷讷地说,"有仇?为什么?"

"真像故事里的,可也真无聊。所以我要装着我们没有见过。我们明天早点起来,在早饭前出去散步,畅谈一下怎么样?我就恨做事情做得慢,你呢?"

乔恩快活得只能低低答应一声。

"那么六点钟碰头。我觉得你母亲很美。"

乔恩热情地说:

"对啊,她是美。"

"我喜欢各种样子的美,"她说,"只要令人兴奋。我一点不喜欢希腊的那些艺术。"

"怎么!你不喜欢欧里庇得斯[①]吗?"

"欧里庇得斯吗?不喜欢,我就吃不消希腊剧本;太长了。我觉得美总是快的。我喜欢看一张画,看完就跑开。我就受不了一大堆东西放在一块。你看!"她把那朵花在月光下举起来,"这比整个果园都美,我觉得。"

忽然间,她用另一只手抓着乔恩的手。

---

① 欧里庇得斯(约前480—约前406),古希腊三大悲剧作家之一。

"世界上所有的事情,谨慎是最糟糕的,你觉得不觉得?你嗅嗅月光看!"

她拿那朵花抵着乔恩的脸;乔恩昏昏然同意说,世界上所有的事情,谨慎是最坏的坏事,于是弯下身子吻了一下那只抓着他的手。

"这不错,可是太老式。"芙蕾静静地说,"乔恩,你太沉默了。可是沉默如果快,我还是喜欢。"她放掉他的手。"你想我丢掉手绢是故意的吗?"

"不会!"乔恩叫出来,觉得非常骇异。

"当然是故意的。回去吧,否则他们会觉得这件事情也是故意的了。"她又像一个阴魂在果树中间跑起来。乔恩在后面追,心里装满了爱,装满了春天,脚下踏着白色的花片,月光照得简直不像人间。两个人从进园的地方走出来,芙蕾故作庄重地走着。

"里面真美。"她神情恍惚地向好丽说。

乔恩缄口不言,带着万一的希望,想她说不定会认为这种沉默也是快的。

她随便向他道了晚安,做得很端庄,使他觉得适才就像做梦。

回到自己房间里,芙蕾脱下长服,裹上一件宽大的睡衣,发上仍旧别着那朵白花,样子就像个日本少女;她跷腿坐在床边上,就着烛光写道:

亲爱的齐丽:

  我相信我在恋爱。这事弄得我很苦,可是却甜在心里。他是我的一个远房堂兄——真是个孩子,比我大约大六个月,可是要小上十年。男孩子总是爱上比自己年长的人,女孩子则是爱上比自己年轻的,不然就是爱上四十岁的老头子。你不要笑,他的眼睛是我看见的最最真实的东西;而且他沉默得非常纯洁!我们第一次碰面是在伦敦一起看伏斯波维基那座朱诺,这事非常有浪漫气息。现在他就睡在隔壁房间,月光正照着树上的花;明天清早,在他们醒来以前,我们要一同去散步,到高原仙境去。我们两家有仇,这的确叫人听起来很兴奋。是啊!所以我可能要耍点花样,说你请我到你家来住——那时候你要心里有数!我父亲不愿意我们认识,可是我办不到。生命太短促了。他有一个非常美丽的母亲,漂亮的银灰头发,年轻的脸,深褐色的眼睛。我现在住在他姐姐家里——她嫁给我的表哥;这把人都搅昏了,可是我明天一定要从她嘴里套出一点话来。我们常说爱情是掠夺的竞赛;这全是胡说,爱情是竞赛的开始,而且你愈早认识到这一点,亲爱的,就对于你愈好。

乔恩(不是缩写,而是乔里恩的简称,他们说这是我们家祖传的一个名字)是那种来得快、去得快的性格;五英尺十英寸来高,还在长个子,而且我相信他会成为一个诗人。你假如笑我,我就永远不睬你了。我看出前途困难重重,可是你知道,我真正喜欢一样东西时,一定会弄到手。爱情的主要作用之一就是使你看见空中仿佛有人似的,就像月亮里出现一张人脸似的;而且觉得自己同时又活跃、又温柔,心里有一种怪滋味——像第一次深深呼吸到白色香橙花的香气——就在你胸罩上面。这是我的初恋,可是我觉得这也会是我的最后一次恋爱,这当然荒唐,因为自然的规律和道德的规律都不是如此。你如果笑我,我就打你,你假如告诉别的人,我就永远不饶恕你。讲了这么多,我简直不想发这封信了。反正,今天晚上睡过再说。晚安,我的齐丽!

芙蕾

第八章 草原牧歌

两个年轻的福尔赛从那条小径埂子上钻出来,面向着东方望着太阳时,天空一点云彩都没有,高原上还满是露水。他们上坡时走了好一段路,现在还有点喘息;两人肚子里有些什么话无从知道,总之并没有说;但是大清早上肚子里没有装进早点,则是件尴尬事情;而他们就这样在云雀歌声中向前走去。溜出来很好玩,可是一感受到高原上的自由,那种搞阴谋的快感也消失了,两个人全沉默下来。

走了半英里路光景,芙蕾开口说,"我们做了一件大错事。我饿了。"

乔恩掏出一根巧克力糖来。两个人分吃掉,话匣子也就打开了。他们讨论了各人家庭的性质,以及他们出生前的情形,在这个荒凉的高原上听来很不真实,然而又很动人。在乔恩的历史上,只有一样东西始终是实在的,那就是他的母亲;在芙蕾历史上,唯一实在的东西是她的父亲;关于这两个人,他们都谈得很少,就好像远远望见他们不以为然的脸色似的。

高原低了下去,然后又朝着桑克登堡围子①的方向逐渐

---

① 萨塞克斯郡高原上一处古壕沟,长了一丛山榉树,当地人视为古迹之一。

升了起来;晶莹的一片远海映入眼帘,一只鹞子在迎着太阳回翔,两扇茹毛饮血的褐色翅膀几乎照得通红。乔恩最喜欢鸟儿,而且能够一动不动地坐着瞭望它们;他眼睛尖,而且对自己喜欢的东西记性很好,所以谈起鸟儿来很能娓娓动听。可是桑克登堡围子里一只鸟也没有——在那座山榉树的伟大神庙里,生意全无,这样的大清早上简直给人以悚然的感觉;两个人很高兴地从围子那一边出来,到了阳光下面。现在是轮到芙蕾开口了。她谈到狗,以及人们怎样对待它们。用链子把狗拴起来顶坏了!这种人她真想给他们吃鞭子。乔恩很诧异她有这样的人道主义精神。听来好像她家附近有一条狗,被什么农人拿来拴在鸡圈尽头,不管阴晴寒暑都这样拴着,连声音都叫哑了!

"糟糕的是,"她愤然说,"那个可怜的东西看见过路的人就要吠,否则也不会拴在那儿。我真觉得人是顶狡狯的畜生。我有两次偷偷地把它放掉;两次它几乎咬了我,后来它就欢喜得像发了疯似的;可是它最后总要溜回家去,他们于是又把它拴起来。我有办法的话,就把那个男人拴起来。"乔恩看见她咬牙切齿讲着,眼睛里闪出凶光。"我要在他前额上贴一张条子,'畜生';给他一点教训!"

乔恩同意这是好办法。

"这些人要把东西拴着,"他说,"是出于他们的财产意识。我们的上一代脑子里只有财产;所以就有了上次大战。"

"哦!"芙蕾说,"我从来没有想到这上面过。你家里人跟我家里人就是为了财产吵架的。反正我们全都有财产——至少,你家里人我想是有的。"

"是啊,幸亏如此;我想我赚钱是不行的。"

"你假如行,我想我也就不会喜欢你了。"

乔恩一只手颤巍巍地伸到她胳臂下面。

芙蕾的眼睛看也不看,唱了起来:

> 乔恩,乔恩,农人的儿子,
> 偷了一头猪,一溜烟跑掉!

乔恩的胳膊悄悄搂着她的腰。

"这有一点突然啊,"芙蕾泰然说,"你时常这样吗?"

乔恩的胳膊拿开了。可是一看见她笑,他又把胳膊搂上;芙蕾又唱了起来:

> 哪一个愿意到高原上去散心啊,
> 哪一个愿意跟我去骑马?
> 哪一个愿意起来跟我去啊——①

"你唱,乔恩!"

乔恩唱起来。云雀儿,羊铃儿,和远远在斯泰宁②那边晨祷的钟声,也一起唱起来。两个人唱了一支,又唱一支,后来是芙蕾说:

"天哪!我肚子饿了!"

"哎呀!真对不起!"

她把乔恩的脸仔细张一下。

"乔恩,你真是个宝。"

她拿他的手托一托自己的腰。乔恩快活得简直要晕过去。一条黄白相间的狗追着一只野兔从他们身边掠过。他们

---

① 大约是一支流行的歌曲,所以乔恩也会唱。
② 萨塞克斯郡一个幽美的村落,村中有一座12世纪的教堂。

望见狗和兔子顺着坡子跑得望不见了,后来芙蕾叹口气说:"谢天谢地,它决不会捉到的!什么时候了?我的表停了,我从来不开。"

乔恩看看自己的表。"天哪!"他说,"我的表也停了。"

两个人又向前走,可只是手挽着手。

"草要是干的,"芙蕾说,"我们就坐上半分钟。"

乔恩脱下大衣,两个人一同坐在大衣上面。

"你闻!真正的野茴香啊!"

他的胳膊重又搂着她的腰,两个人默默地坐了有几分钟。

"我们真是傻子!"芙蕾叫着,跳了起来,"我们要晚得不像话了,而且神气那样地可笑,他们准会防备我们起来。你记着,乔恩!我们不过是出来散散步,开开胃口,可是把路迷了。懂吗?"

"懂。"乔恩说。

"这不是玩的;他们会禁止我们的。你会说谎吗?"

"恐怕不大行;不过可以试试。"

芙蕾眉头皱起来。

"你知道,"她说,"我看出他们不愿意我们做朋友。"

"为什么不?"

"我告诉过你了。"

"可是这太无聊了。"

"是啊;可是你不晓得我父亲的为人啊!"

"我想他非常之欢喜你的。"

"你知道,我是独养女儿。你也是独养儿子——你母亲的。这麻烦不麻烦?要求于我们的太多了。等到他们要求完结时,人也就跟死掉一样了。"

"是啊,"乔恩低声说,"人生太短促了。我要永久活下去,而且什么都尝一下。"

"而且什么人都爱一下?"

"不,"乔恩说,"我只想爱一次——你。"

"真的吗!你慢慢来了。看!那不是石灰矿?现在没有多远了。跑吧。"

乔恩跟在后面,担心会不会惹她生气。

石灰矿里满是阳光和蜜蜂的嗡嗡声。芙蕾把头发向后一甩。

"为了预防不测,"她说,"你可以吻我一下,乔恩。"说时把面颊向着他。乔恩狂喜地吻了那个滚烫的、柔软的秀靥。

"现在,你记着!我们迷了路;下面只管让我去讲。我预备对你相当不好;这样把稳些;你也要试行对我不好!"

乔恩摇摇头。"这个不成。"

"看在我的面上,好不好;至少等到下午五点钟。"

"谁都会看出来的。"乔恩垂头丧气地说。

"你尽量地办吧。你看!他们来了!用你帽子招招!呀!你没有戴帽子。我来招呼一声!离开我一点,装作不高兴的样子。"

五分钟后,乔恩随着大家进了屋子,而且竭力摆出不高兴的神气,听见芙蕾在餐厅里的声音说:

"呀!我简直要吃人了!他要做个农人——可是走迷了路!这孩子真是个笨蛋!"

第九章 戈 雅

午饭过后,索米斯上楼进了自己买波杜伦附近的房子的画廊。正如安耐特说的,他心里有"气"。芙蕾还没有回家。家里指望她星期三回来;打来一个电报说要星期五回来,到了星期五又改为星期天下午;这里她姑姑、她的表姐卡狄干一家和普罗芳那个家伙都来了,就因为缺少了她,弄得什么事都没有劲。他站在那张高更前面——这是他收藏中最怕痛的一张。战前他把这张丑陋的大东西连同两张早年的马蒂斯①买下,因为这些后期印象派画家当时闹得很厉害。他正在盘算普罗芳会不会要,那他就可以脱手——这家伙好像有钱不知道怎样花——就听见他妹妹的声音说:"我看这张画可不像话,索米斯。"他这才看见维妮佛梨德已跟着他上了楼。

"你这样看吗?"他冷冷地说,"我花了五百镑买来的。"

"可想得到的! 就算是黑人女人,也不是生得这副模样。"

索米斯发出一声怒笑。"你上来又不是和我谈这个的。"

"是啊。你知道乔里恩的孩子住在法尔夫妇那儿吗?"

索米斯猛然转过身来。

---

① 亨利·马蒂斯(1869—1954),法国后期印象派画家。

"什么?"

"就是这样,"维妮佛梨德懒洋洋地说,"他要学农场,这个时期都住在他们那里。"

索米斯转过身去,可是在他来回走着时,维妮佛梨德的声音仍旧追着他。"我打了法尔招呼,叫他们切切不要对这两个人提起从前的事情。"

"你早先为什么不告诉我?"

维妮佛梨德耸一下她的肥阔肩膀。

"芙蕾想到什么就做什么。你总是惯坏她。还有,老兄,这有什么害处呢?"

"害处!"索米斯喃喃地说。"怎么,她——"他止住不说下去。朱诺,丢掉手绢,芙蕾的眼睛,她问的那些问题,现在又这样迟迟不回家——这些在他看来都是不祥之兆,但是出于本性,他却不能把这些告诉别人。

"我觉得你太小心了,"维妮佛梨德说,"我要是你,就把从前的事情讲给她听。把女孩子看作还是和从前一样,是不成的。她们从哪儿来的那么多知识,我也说不来,不过她们好像什么都懂。"

索米斯那张眼睛鼻子挤在一起的脸上掠过一阵痛苦的痉挛,维妮佛梨德赶快又说:

"你假如不愿意谈的话,我可以替你谈。"

索米斯摇摇头。想到自己的爱女获悉那件旧日的丑事,脸上太难堪了,除非碰到绝对必要时。

"不要,"他说,"还没有到时候。能够不讲我绝对不讲。"

"这真没有道理,亲爱的。你想想那些人怎么会不讲呢!"

"二十年的时间很长了，"索米斯低声说，"除掉我们家里人以外，哪个还会记得？"

维妮佛梨德被他堵得没有话说。近来她变得愈来愈喜欢安静了，因为蒙达古·达尔第在她年轻时总闹得她心绪不宁。由于油画总使她感到抑郁，所以她不久就下楼去了。

索米斯走到屋角上挂着的那张戈雅真迹面前，那张"摘葡萄"的壁画摹本也并排挂着。他买到这张戈雅真迹很能说明人们的既得利益和欲望是多么的牢固；这些就像蛛网一样把生命的美丽翅膀束缚在上面。这张真戈雅的高贵主人的祖先是在一次西班牙战争①中弄到手的——换句话说，是抢来的。那位高贵的主人始终不懂得这张画的价值，一直到九十年代才由一位有胆识的批评家发现一位名叫戈雅的西班牙画家是个天才。在戈雅的作品中，这只能算是平平，可是在英国差不多是独一无二的，因此那位高贵的主人便成了众目睽睽的人物。他本来收藏宏富，而且具有贵族的高雅修养；这使他除掉感官的享受外，还坚持一种更健全的原则，认为一个人必须什么都懂，而且必须对生活极端感兴趣；有这些原因，所以他满心要一辈子守着这张增加他名气的名画，而在死后把它捐给国家。也是索米斯的运气来了，一九〇九那一年英国上议院受到了猛烈的攻击②，弄得那位高贵的主人又惊又恨。他私下跟自己说，"如果他们认为二者可以兼得，那他们就是完全转错了念头。只要他们能让我安静地享受，那么我死后

---

① 指半岛战争（1808—1814），当时英国和西班牙、葡萄牙联合对法国作战。
② 这一年，英国上议院否决了财政大臣劳合·乔治提出的国家预算，因为预算建议征收地价税、煤矿租用税和超额税，结果不得不举行普选。

就可以把一些画捐给国家。可是,如果国家要恐吓我,而且这样子掠夺我,我不把全部收藏卖掉才是——呢。他们不能又要我的财产,又要我热心公益——不能都要。"他这样考虑了几个月之久,后来一天早上,他在报纸上看到一位政治家的演说①,就打电报给他的代理人到他的乡间别墅来,并且把波得金②带来。当时波得金对于古物的市价是再内行不过的了;他把那批藏画看了之后,就说,如果让他在美国、德国和别的爱好艺术国家全权处理的话,这些画要比在英国卖的钱多得多。主人热心公益——他说——是尽人皆知的,但是这些画的确独一无二。那位高贵的主人把他的意见放在自己烟斗里,抽上了一年。一年之后,他又看到那位政治家的另一篇演说,就打电报给他的代理人:"让波得金全权处理。"就在这个当儿,波得金想出一个办法,把那张戈雅和另外两张难得的画给这位高贵主人的祖国留了下来。他一只手把这些画送到外国市场上,另一只手拟了一张英国私人收藏家的名单。他先从国外获得了他所认为的最高出价,然后把这些画和价钱交给英国私人收藏家去考虑,要他们超过那些价钱,以显出他们热心公益。二十一张画里,有三张画算是达到了目的,包括那张戈雅在内。为什么会这样呢?原来这里面的一位私人收藏家是纽扣制造商——他因为造了无限若干的纽扣,总想使自己的妻子得到"纽扣夫人"的称号。因此他就买了一张独一无二的画送给国家。他那些朋友都说,"这是他的总打算的一部分。"第二位私人收藏家是一位反美派,他买了一张独一

---

① 劳合·乔治当时坚持自己的征税主张,到处做煽动性的演说,终于在1911年英国下议院通过了法案,取消上议院对财政预算的否决权。
② 波得金无考,当是当时的一个出名的画商。

无二的画"给那些美国鬼子一点颜色看"。第三位私人收藏家就是索米斯,比前面两位收藏家头脑要冷静些;他亲自上马德里跑了一趟,认为戈雅的价钱还要看涨,于是买了下来。目前戈雅并没有涨价,不过它总会上来的;索米斯这时望着这张肖像——又像贺加斯①,又有点马奈②的毫不做作派头,但是在使用油彩上却有种独特的、辛辣的美——仍旧觉得十分满意,自命没有走眼,虽则买进的价钱是那样的大——他从来就没有出到过这样大的价钱。肖像旁边就挂着那张"摘葡萄"的摹本,你看她——这个小鬼头③——神情恍惚地回望着他:索米斯最喜欢芙蕾的这种神情,因为这样子使他放心得多。

他正在继续端详这张画时,鼻子里忽然透进一股雪茄烟的味道,同时听到一个声音说:

"我说,福尔西先生,你打算把这小小一批画怎么办?"

就是那个比国佬——他母亲是亚美尼亚人,就好像荷、比血统还不够似的!他从心里感到冒火,可是勉强说:

"你也是法眼吗?"

"哎,我自己也藏了几张。"

"后期印象派有吗?"

"有,有,我比较喜欢它们。"

"你看这一张怎么样?"索米斯说,指指那张高更。

普罗芳先生的下唇和两撇又短又尖的小胡子鼓了出来。

"倒还不错,我觉得,"他说,"你打算卖吗?"

索米斯抑制着那句"无所谓"的口头禅没有说——跟这

---

① 威廉·贺加斯(1697—1764),英国油画家、版画家。
② 马奈(1823—1883),法国画家。
③ 这话不是指画中人,而是指索米斯脑子里联想起的芙蕾。

个外国家伙犯不着啰唆。

"对啊。"他说。

"你预备卖多少钱?"

"照原价。"

"好的,"普罗芳先生说,"我很愿意买这张画。后期印象派——这些人已经完全过时了,不过很有趣。我对藏画不大感兴趣,不过也有几张,就那么小小一点。"

"你感兴趣的是什么呢?"

普罗芳先生耸一下肩膀。

"人生非常之像一群猴子在抢空果壳。"

"你年纪还轻。"索米斯说。这个家伙如果一定要发什么议论,也用不着暗示财产不牢靠。

"我也不愁,"普罗芳先生说,微笑着,"我们生,我们死。半个世界在饿着肚子。我在自己本国养了一小堆小孩子;可是这有什么用?等于把我的钱扔在河里。"

索米斯望望他,转身去看自己的戈雅。他不懂得这个家伙要的什么。

"我的支票上开多少钱呢?"普罗芳先生追着问。

"五百镑,"索米斯简短地说,"不过你假如并不怎么感兴趣的话,我看你还是不要买吧。"

"没有关系,"普罗芳先生说,"我很高兴买下这张画。"

他用一支镶了很多金子的自来水笔签了一张支票。索米斯望着他写支票,心里很不舒服。这个家伙怎么知道他想卖掉这张画呢?普罗芳先生把支票递给他。

"英国人在画上真好玩,"他说,"法国人也是这样,我的国家的人也是这样。他们全都很好玩。"

"我不懂得你的话。"索米斯说得口气很硬。

"就像帽子一样，"普罗芳先生迷离惝恍地说，"一下大，一下小，一下翻上去，一下翻下来——这就是风气。真好玩。"他微笑着，重又飘然走出画廊去了，和他抽的上等雪茄的烟一样淡，一样不实在。

索米斯已经把支票拿在手里，他的心情就好像占有权的固有价值受到质问一样。"他是个不拘国界的人。"索米斯心里说，同时看见普罗芳和安耐特从走廊下面钻出来，漫步穿过草地向河边走去。他妻子看中这个家伙什么地方，他可不知道，要么是他能够讲她的祖国语言；就在这时，他心里掠过一点普罗芳先生会叫作的"小小疑虑"：安耐特太漂亮了，跟这样一个"不拘国界"的人一起走，是不是合适。便是这样远，他还能望见静静阳光中普罗芳的雪茄袅出的一缕缕青烟；望见他的灰色鹿皮鞋、灰色帽子——这家伙是个纨绔！他还能够望见自己妻子的头迅速地转动一下，在她可爱的颈子和肩膀上竖得那样笔直。她颈子的这种姿势总使他觉得太有点卖弄，有种目空一切的派头——并不很神气。他望见他们沿着花园尽头的小径走去。一个穿法兰绒裤子的年轻人在那里和他们搭上——一定是星期天来的客人，河那边来的。他又回过头去看自己的戈雅，眼睛瞪着那个芙蕾的替身，心里烦着维妮佛梨德带来的消息，忽然听见他妻子的声音说：

"马吉尔·孟特先生，索米斯。你约他来看你的藏画的。"

就是他在科克街附近画店里碰见的那个兴高采烈的年轻人！

"你看，我来了，先生；我住的地方离潘本只有四英里路。

天气真好啊!"

他看出这就是他一时大方的结果;现在他把这位客人打量一下。年轻人的嘴长得非常之大,又大又弯——他好像总咧着嘴笑。他为什么不把上须全留起来?就留这么愚蠢的一小撮,看上去就像个剧场的小丑。时下的这些年轻人真是胡闹,留这点牙刷般的胡子或者蛞蝓的腮须,简直是故意要降低自己的身份。哼!装腔作势的家伙!别的方面还像样子,法兰绒裤子很干净。

"很高兴看见你!"索米斯说。

年轻人本在四下张望,这时忽然变得呆住了。"呀!"他说,"好画!"

索米斯看出这一句话是指的那张戈雅摹本,心情有点说不出来。

"是啊,"他淡淡地说,"这不是戈雅。是个摹本。我因为有点像我女儿,找人临下的。"

"怪不得!我觉得这张脸好像见过。她在家吗?"

这样坦率地表示感兴趣简直使索米斯招架不住。

"她傍晚就回来,"他回答,"我们看看画怎样?"

索米斯和他就这样看起来,这是他从来不感到厌倦的。他想一个人把摹本当作真迹,就是懂画也就很有限了,可是两个人一段接一段,一个时代接一个时代看了过去,年轻人的一些坦率而恰当的话却使索米斯有点惊异起来。他生来就很精明,而且表面虽然看不出,内心却能够感受;三十八年的时间花在这唯一的嗜好上,并不仅仅使他只懂得这些画的市价,而不懂得一些别的。他可以说是画家和画商之间不可少的一环。为艺术而艺术,以及一切类似的话,当然是狗屁。可是艺术眼光和鉴赏力却是要紧的。一件艺术品能得到相当多的有鉴赏力的人称赏,就决定了这张画的市场价值,换句话说,就使这件艺术品真成为"艺术品"。这里并没有真正的分歧。而且他对那些绵羊似的哑巴客人,睁着一双大白眼的客人,相当地熟悉;所以听见孟特看见一张毛沃随口就说:"挺不错的草堆子!"看见一张詹姆斯·马里斯就说:"他不过随便画了就裱!马修才真正了不起,先生;你能够钻得很深。"索米斯并不觉得稀奇。一直等到年轻人站在一张惠斯勒①面前,吹了一声口哨说道,"先生,你觉得他真正看见过裸体女人吗。"索米斯才忍不住问:

"孟特先生,恕我冒昧,你是干什么的?"

"我吗?先生,我本来打算做个画家,但是被大战毁掉了。后来你知道,我在战壕里,时时梦想着证券交易所,觉得交易所里又舒服,又暖和,而且声音闹得不大不小。可是和平又把这个毁掉了,股票现在好像完结了,可不是。我复员不过一年光景。先生,你看我干哪一行好?"

"你有钱吗?"

"啊,"年轻人回答,"我有个父亲;我在大战期间养活了他,所以现在他非养活我不可。不过应不应当容他抱着财产不放,当然还是个问题。你对这个问题有什么意见,先生?"

索米斯微笑一下,脸色苍白而且戒备起来。

"我告诉老头子,他还得工作,他几乎气昏了。你知道,他有田地;这是他的心腹之患。"

"这是我的真正的戈雅。"索米斯淡淡地说。

---

① 惠斯勒(1834—1903),美国印象派画家。

"老天！他真行啊！我有一次在慕尼黑看到一张戈雅①，一下子就打中我的中柱②。一个面貌极端凶恶的老太婆穿着一件最华贵的花边衣服。他就是不迁就公众趣味。这位老兄简直是个炸弹；在世时一定打破了不少旧习气。他还不会画画？他使委拉斯开兹③都显得板滞了，你说对不对？"

"我没有委拉斯开兹。"索米斯说。

年轻人眼睛睁得多大。"没有，"他说，"只有国家和暴发户买得起他，恐怕。唉，那些财政破产的国家为什么不把它们的委拉斯开兹和提香和别的名件全强迫那些暴发户买下来，然后通过一条法律，勒令凡是藏有大名家作品的——根据名单——都必须拿来挂在公共美术馆里。这好像是个办法。"

"我们下去喝茶好吗？"索米斯说。

年轻人有点垂头丧气的样子。"他不傻啊。"索米斯想，跟在他后面离开画廊。

楼下一群客人正围着安耐特的茶盘聚集在客厅靠壁炉的角上；以戈雅的讽刺和卓越的笔力，戈雅的独特而新颖的"线条"，戈雅的大胆的光影处理，他一定能把这一群人画得很动人。藤萝里透进来的阳光、铜器的可爱白色、古老的刻花玻璃、淡琥珀色红茶里的薄薄的柠檬片，恐怕画家里面只有他能够画得好；也只有他能够画得好穿着黑花边衣服的安耐特；安耐特带有一点金发西班牙女子的美，不过缺少这种稀有女性的灵魂气息。你看，维妮佛梨德虽则头发花白了，可是她穿着

---

① 慕尼黑美术馆所藏的戈雅作品《西班牙玛丽亚·路易丝皇后》。
② 孟特爱打板球，讲话常引用板球场上的话做比喻，就如法尔喜欢引用赛马术语一样。此处中柱喻心门或心窝。
③ 委拉斯开兹(1599—1660)，西班牙著名画家。

紧身衣的身子仍旧很挺;索米斯花白头发,两颧瘦削,相当出众;马吉尔·孟特轻松活泼,正在全神注意;伊摩根黑黑的头发,眉目传情,身体有点胖了起来;普罗斯伯·普罗芳,脸上的那种神情好像在说,"怎么,戈雅先生,你画这一小撮人有什么用?"最后还有杰克·卡狄干,眼神奕奕的,肤色红红的,一脸孔的生活规律:"我是英国人,我要保养得很好。"这一切,也只有他画得了!

奇怪的是——这里得顺带说一下——伊摩根当初做闺女时,有一天在悌摩西家里曾经说她决不嫁好男人——好男人都乏味——却偏偏会嫁给杰克·卡狄干;这人的健康实在太好了,你在他身上简直找不到一点原始罪恶的痕迹,而伊摩根晚上睡觉时很可以和千千万万的其他英国人睡在一起,然而分别不出这些人和她选择的同床共枕人有什么分别①。她有时谈到他,总是那种"有意思的"派头,"唉!杰克把身体保养得简直太好了;他一生从来没有生过一天病。大战时从头到尾连指头都没有痛过一下。你实在想象不出他多么地健康呢!"的确,他实在太健康了,连伊摩根跟人家调情他也看不出,这对她来说倒也慰情聊胜于无。可是她照样非常喜欢他,只要他是个运动机器和两个和他一模一样的小卡狄干的父亲就行了。她的眼睛这时正带着恶意把他和普罗芳先生对比。普罗芳先生好像什么"小"运动和游戏都玩过,从九柱球到海上捕鱼,但是每一个运动,每一种游戏,他都玩腻了。伊摩根有时也希望杰克能够玩腻一下,可是他仍旧像女学生玩曲棍球似的一门心思继续玩着,而且继续谈着;她有把握,杰克到

① 这是指卡狄干身体太好了,一上床就呼呼大睡起来。

了悌摩西外叔祖那样的年纪一定会在卧房内地毯上打室内高尔夫,而且赢得了人家。

这时他正在告诉人家今天早晨打高尔夫球打到最后一个洞时,怎样"赢了一个职业球员——人很有意思,球也打得不错";还谈他午饭后怎样划船一直划到卡弗舍姆①,并且想鼓动普罗芳先生吃茶后和他打一回网球——对他的身体好——"可以保持健康"。

"可是健康有什么用处?"普罗芳先生说。

"是啊,先生,你保持健康为了什么呢?"马吉尔·孟特轻声说。

"杰克,"伊摩根也说,就像受了传染似的,"你保持健康究竟为了什么呢?"

杰克·卡狄干拿出全副健康的样子,张着大眼睛望。这些问题就像蚊子哼,他举起手来挥开。在大战期间,当然,他保持健康是为了杀德国人;现在大战结束了,他或者不知道,或者为了体贴别人的情绪,不愿意讲出自己的生活规律。

"可是他对的,"普罗芳先生出其不意地说,"现在除掉保持健康,便没有别的事情可做。"

这句话在星期天下午讲未免太深奥了,所以原可以不了了之,但是小孟特的活跃性情偏偏不放过。

"对啊!"他叫,"这是大战的伟大发现。我们全当作我们在进步——现在才懂得我们不过在变。"

"变得更糟。"普罗芳先生蔼然说。

"你多高兴啊,普罗芳!"安耐特轻声说。

---

① 雷丁近郊一个住宅区,在泰晤士河左岸。

"你来打网球吧!"杰克·卡狄干说,"你心里有疙瘩。我们很快就可以把它消掉。你打吗,孟特先生?"

"我乱打一气,先生。"

索米斯趁这当儿站起身来,他一向靠来指导自己生活的是一种预防未来的深固本能,现在这个本能却被搅乱了。

"等芙蕾来的时候——"他听见杰克·卡狄干说。

啊!为什么她没有来?他穿过客厅、穿堂和门洞,到了骑道上面,站在那里倾听有没有汽车声音。一切都是静静的,一派星期天景象;盛开的紫丁香在空气中散发着香气。天上有些白云,就像鸭绒被日光染上一层金黄。他猛然想起芙蕾出生的那一天,自己痛苦地等着,一只手拿着芙蕾的生命,一只手拿着她母亲的生命,在那里权衡不下来。他那时救下了她,成了他生命中的花朵。而现在呢!现在她会不会给他带来烦恼——带来痛苦——带来烦恼呢?眼前的情形使他很不放心。一只乌鸫的夜歌打断了他的遐想——一个大家伙,就歇在那棵刺球花上。索米斯近年来对园中鸟雀颇为留意,常和芙蕾在园中溜达,观察这些鸟儿;芙蕾的眼睛就像针一样尖,随便哪个鸟巢她都识得。他看见芙蕾养的那只衔猎物的狗,躺在驰道上一处阳光里,就向狗叫道:"喂,老东西——你也等她吗!"那狗拖着一条不乐意的尾巴慢慢走来,索米斯机械地在它头上拍一下。狗、乌鸫、刺球花,在他看来全都是芙蕾的一部分;恰恰就是这样。"我太疼她了!"他想,"太疼她!"他就像一个人有条船舶在海里开着,但没有保险。又是这种没有保险的情况——就像多久以前的那一次,他在伦敦的茫茫大海里酸溜溜地、默默无言地到处乱闯,渴想着那个女人——她的前妻,也就是那个可恨的男孩子的母亲。啊!汽车总算来了！停了下来。车上有行李,可是没有芙蕾。

"芙蕾小姐沿那条拉纤的小路走过来。"

走这么长的路吗？索米斯瞪着一双眼睛,车夫的脸上露出一丝笑容。他笑什么？他很快转过身去,说了一句,"好吧,席姆斯!"就走进屋子,重又上楼到了画廊。这里可以望得见河边,他站在那里盯着那边望,完全没有想到要看见芙蕾的影子至少还得一小时。走过来！还有那个家伙的笑！那个男孩子——！他突然离开了窗子。他不能偷看她。她如果有事情要瞒着他的话——她一定会瞒着;他不能偷看。索米斯觉得心里空空的,从心里发出的一阵苦味一直升到嘴里。杰克·卡狄干赶球的连珠叫喊,小孟特的笑声,在寂静中升起,传到室内。他希望他们使普罗芳那个家伙多跑跑。那张"摘葡萄"上面的女孩子一只手撑着腰站在那里,带着焦切梦想的眼睛朝他望去。"我从你没有我膝盖高的时候起,"他想,"就为你用尽了心思。你总不会伤我的心吧?"

可是那张戈雅摹本并不答腔,鲜明的色调正开始变得柔和下来。"这里面没有真正的生命,"索米斯想,"她为什么不来呢?"

第十章 三 人 行

在高原下面的旺斯顿地方，那四个第三代中间——也不妨说第四代的福尔赛中间——周末假期延长到第九天上，把那些坚韧的经纬拉得都要断了。从来没有看见芙蕾这样"精细"过，好丽这样警戒过，法尔这样一副场内秘密的面孔过，乔恩这样不开口，这样烦恼过。他在这个星期学到的农业知识很可以插在一把小刀尖子上，一口气拿来吹掉。他生性本来极不喜欢欺骗，他对芙蕾的爱慕使他总认为隐瞒不但毫无必要，而且简直荒唐；他愤恨、恼怒，然而遵守着，只在两个人单独在一起的片刻间尽量找点调剂。星期四那天，两个人站在拱窗前面，穿好衣服等待时，芙蕾向他说道：

"乔恩，我星期天要从帕丁顿车站坐三点四十分的火车回家了；你如果星期六回家去，就可以在星期天进城带我下去，事后正来得及搭最后一班车回到这里。你反正是要回去的，对不对？"

乔恩点点头。

"只要跟你在一起都行，"他说，"不过为什么非要装成那样——"

芙蕾把小拇指伸进乔恩的掌心：

"你闻不出味道，乔恩；你得把事情交给我来办。我们家里人很当作一回事情。目前我们要在一起,非得保持秘密不可。"门开了,她高声接上一句,"你真是蠢货,乔恩。"

乔恩心里有什么东西在折腾;这样自然,这样强烈,这样甜蜜的爱情要这样遮遮掩掩的,使他简直忍受不了。

星期五晚上将近十一点钟时,他把行李打好,正在凭窗闲眺,一半儿惆怅,一半儿梦想着帕丁顿车站;就在这时他听见一点轻微的声响,就像有个指甲在他门上敲着似的。他跑到门后面倾听着。又是那个声音。确是指甲。他开了门。呀!进来的是多么可爱的一个仙女啊!

"我想让你看看我的化装衣服。"仙女说,就在他床脚迅速做出一个姿势。

乔恩透了一口长气,身子倚着门。仙女头缠白纱,光脖子上围了一条三角披肩,身上穿了一件葡萄紫的衣服,腰部很细,下面裙子完全铺了出来。仙女一只手撑着腰,另一只手举起来,和胳臂形成直角,拿了一柄扇子顶在头上。

"这应当是一篮葡萄,"仙女低声说,"可是现在我没有。这是我的戈雅装束。这就是那张画里的姿势。你喜欢吗?"

"这是个梦。"

仙女打了个转身。"你碰碰看。"

乔恩跪下来恭恭敬敬把裙子拿在手里。

"葡萄的颜色,"她轻轻说,"全是葡萄——那张画就叫'摘葡萄'。"

乔恩的指头简直没有碰到两边的腰;他抬起头来,眼睛里露出爱慕。

"唉!乔恩。"仙女低低说,弯身吻了一下他的前额,又打了一个转身,一路飘出去了。

乔恩仍旧跪着,头伏在床上;这样也不知待了多久。指甲敲门的轻微声响,那双脚,和簌簌的裙子——就像在梦中——在他脑子里翻来覆去地转;他闭上的眼睛仍看见仙女站在面前,微笑着,低语着,空气里仍旧留下一点水仙花的微香。前额被仙女吻过的地方有一点凉,就在眉毛中间,好像一朵花的印子。爱洋溢在他的灵魂中,一种少男少女之爱,它懂得那样少,希望的那样多,不肯丝毫惊动一下自己的幻梦,而且迟早一定会成为甜蜜的回忆——成为燃烧的热情——成为平凡的结合——或者千百次中有那么一次看见葡萄丰收,颗颗又满又甜,望去犹如一片红霞。

在本章和另一章里,关于乔恩·福尔赛已经写了不少,从这里也可以看出他和他的高祖,那个多塞特郡海边的第一个乔里恩之间相去是多么的远了。乔恩就像女孩子一样敏感——时下女孩子里,十有九个都不及他那样敏感;他和他姐姐琼的那些"可怜虫"一样地富于想象;也像他父母的儿子那样很自然地富于感情。可是他内心里仍旧保留自己老祖宗的那一点东西,一种坚韧不拔的灵魂气息,不大愿意暴露自己的想法,而且决不承认失败。敏感的、有想象的、富于感情的孩子在学校里常常混得很不好,可是乔恩天生就不大暴露自己,因此在学校里仅仅一般地郁郁不乐而已。直到目前为止,他只跟自己的母亲无话不谈,而且随随便便;那天星期六他回罗宾山时,心里很沉重,因为芙蕾关照他连自己母亲都不能随便说出他们相爱,连他们重又见面的事都不能讲——除非她已经知道了。可是他从没有什么事情瞒着自己母亲过;这事他太受不了啦,使他几乎想打个电报给母亲托词不回家,在伦敦住下去。而且他母亲看见他的头一句话就是:

"你在那边见到我们在糖果店里碰见的那个小朋友吧,乔恩。你现在看看觉得怎样?"乔恩心情一松,脸涨得通红,就回答说:

"好玩得很,妈。"

她的胳膊抵了他的胳膊一下。

乔恩从没有比这个时候更爱她了,因为这好像证明芙蕾的顾虑靠不住,他的心也放了下来。他转过头看看她,可是她的笑容里有一点异样——这一点点恐怕只有他能够看得出——使他把一肚子要说的话全止住了。笑里还能夹杂着忧虑吗?如果能,她脸上就有忧虑。乔恩于是大谈其农场、好丽和高原。他讲得很快,一面等待她再回到芙蕾上来。可是没有。他父亲也没有提到芙蕾,不过他当然也知道。这样绝口不提芙蕾简直令人信不了,简直不像真事——而他是一脑门子都想的她;他母亲则是一脑门子想的乔恩,他父亲又是一脑门子想的他母亲! 三个人就是这样度过那个星期六晚上。

晚饭后,他母亲弹了钢琴;她弹的好像全是他最喜欢的曲子,他盘着一条腿坐着,手指伸进头发里使头发竖了起来。她弹琴时,他的眼睛盯着她,可是看见的却是芙蕾——芙蕾在月下果园里,芙蕾在日光照着的石灰矿里,芙蕾穿着那件化装的衣服,摇曳着,低语着,弯着腰吻他的前额。听琴时,他一度无意间瞄了一眼坐在另一张沙发里的老父。爹为什么是这副神气? 他脸上的表情那样又愁苦,又疑虑。这使他感到有点不过意,就站起身过去,坐在他父亲的椅子靠手上。从这里他就可以看不见他的脸;忽然他又看见了芙蕾——在他母亲的一双雪白纤削的按着键子的手上,在她的侧面和花白的头发上;也在这个长房间尽头开着的窗子里,窗子外面五月的夜晚正在散步。

上楼睡觉时,他母亲到了他房间里。她站在窗口,说道:

"那边你爷爷种的柏树长得真好。我总觉得这些树在月亮斜西时最美。可惜你没有见过你爷爷,乔恩。"

"他在世时,你和爹结婚没有?"乔恩忽然问。

"没有,亲爱的;他——九二年死的——很老了——八十五岁,好像。"

"爹跟他像吗?"

"有点像,不过人要细心些,不及他那样实在。"

"我从爷爷那张肖像上看出来;这张像谁画的?"

"琼的一个'可怜虫'。不过画得很好。"

乔恩一只手挽着母亲的胳臂。"妈,你把我们家里那件斗气的事讲给我听听。"

他觉得她的胳臂在抖。"不行,亲爱的;让你父亲告诉你,哪一天他认为适当的时候。"

"那么真是严重了。"乔恩说,深深抽进一口冷气。

"是啊。"接着双方都不再说话,在这个时候,谁也知道抖得最厉害的是胳臂还是胳臂里的手。

"有些人,"伊琳轻轻地说,"认为上弦月不吉利;我总觉得很美。你看那些柏树的影子!乔恩,爹说我们可以上意大利去玩一趟,我跟你两个,去两个月。你高兴吗?"

乔恩把手从她胳臂下面抽出来;他心里的感觉是又强烈又混乱。跟他母亲上意大利去走一趟!两个星期前那将是再好没有的事;现在却使他彷徨无主起来;他觉得这个突如其来的建议和芙蕾有关系。他吞吞吐吐地说:

"噢!是啊;不过——我说不出。我应当吗——现在才开始学农场？让我想一下。"

她回答的声音又冷静，又温和：

"好的，亲爱的；你想一下。可是现在去比你认真开始之后去好些。跟你一起上意大利去——！一定很有意思！"

乔恩一只胳臂挽着她的腰，腰身仍旧像个女孩子那样地苗条坚挺。

"你想你应当把爹丢下吗？"他心怯地说，觉得自己有点卑鄙。

"爹提出来的；他觉得你在认真学习之前，至少应当看看意大利。"

乔恩的自咎感消失了；他懂了，对了——他懂了——他父亲和他母亲讲话都不坦白，跟他一样不坦白。他们不要他接近芙蕾。他的心肠硬了起来。她母亲就好像感觉这种心情变化似的，这时候说：

"晚安，乖乖。你睡一个好觉之后再想想。不过，去的确有意思！"

她很快搂了他一下，乔恩连她的脸都没有看见。他站在那里觉得自己完全像做顽皮小孩时那样在那里生气，气自己不跟她好，同时又认为自己没有错。

可是伊琳在自己房间里站了一会之后，就穿过那间隔着她丈夫房间的梳妆室，到了乔里恩的房间里。

"怎么样？"

"他要想过，乔里恩。"

乔里恩看见她嘴边挂着苦笑，就静静地说：

"你还是让我告诉他的好，一下子解决。乔恩反正天性正派。他只要了解到——"

"只是!他没法了解;这是不可能的。"

"我想我在他这么大时就会懂得。"

伊琳一把抓着他的手。"你一直不像乔恩那样只是个现实主义者;而且从来不单纯。"

"这是真的,"乔里恩说,"可不是怪吗?你跟我会把我们的经过告诉全世界然而不感到一丝惭愧;可是我们自己的孩子却使我们说不出口。"

"我们从来不管世界赞成与否。"

"乔恩不会不赞成我们!"

"唉!乔里恩,会的。他正在恋爱,我觉出他在恋爱。他会说:'我母亲一度没有爱情就结婚。她怎么会的!'在他看来,这是罪恶!而且的确是罪恶!"

乔里恩抓着她的手,带着苦笑说:

"唉!为什么我们出世时这么年轻呢!如果我们出世就很老,以后一年年变得年轻的话,我们就会懂得事情怎样产生的,并且丢掉我们所有的不近人情的想法。可是你要晓得,这孩子如果真在恋爱,他就不会忘记,就是上一趟意大利也不会忘记。我们家里人都很顽强;而且他会凭直觉知道为什么把他送到意大利去。要治好他只有告诉他,让他震动一下。"

"总之让我试试。"

乔里恩站着有半晌没有说话。在这个魔鬼和大海之间——也就是在讲出真情的可怕痛苦和两个月看不见自己妻子之间——他心底里仍盼望着这个魔鬼;可是她如果要大海,他也只好忍受。说到底话,这在将来那个一去不返的离别上,倒也是个训练。他抱着她,吻一下她的眼睛说:

"就照你说的办吧,亲爱的。"

第十一章 二 重 奏

爱情这个"小小的"情感碰到毁灭的威胁时,就会长得惊人地快。乔恩半小时前到达帕丁顿车站,可是在他看来,已经晚了整整一星期了。他站在约定的书摊前面一群星期日游客中间,穿的一套海力斯粗花呢服装,好像在抒发着他激动的心情。他看着书摊上小说的名字,终于买了一本,免得引起书摊伙计的疑心。小说的名字叫《荒径之心》!这总该有它的意思,虽则看上去实在讲不通。他还买了两份《妇女镜报》和《陆居人》①。每一分钟都像一小时那样长,而且充满可怕的幻想。过了十九分钟,他看见芙蕾提了一只手提包,随着挑夫推着她的行李走来。她来得很快,神色泰然,招呼他时就像招呼一个兄弟一样。

"头等车,"芙蕾跟挑夫说,"靠窗的位子;对座。"

乔恩真佩服她这样地镇定。

"能不能我们单独弄一间包厢?"他低低说。

"没有用;这是慢车。过了梅登黑德也许可以。装得自然些,乔恩。"

乔恩的眼睛鼻子挤成一副苦相。两个人上了车——另外

---

① 一种农业的报纸,这因为乔恩喜欢农业才买的。

还有两个混蛋!——唉!天哪!他在心慌意乱之下给了挑夫小费,神情很不自然。这个坏家伙把他们带到这种车厢里来,就不配给小费,而且看上去就像知道他们的事情似的。

芙蕾打开《妇女镜报》,装着读报。乔恩也学着她打开《陆居人》。车开了。芙蕾扔下《妇女镜报》,探出身子来。

"怎么样?"她说。

"好像有半个月了。"

她点点头,乔恩脸上立刻高兴起来。

"放自然些。"芙蕾低声说,哧哧笑了起来。他觉得很难过。有意大利压在头上,他怎么能装得自然呢?他本来打算慢慢告诉她,现在却冲口而出。

"家里要我跟母亲上意大利去两个月。"

芙蕾的眼皮垂下来;脸色有点发白,咬着嘴唇。

"哦!"她说。就这么一声,可是什么都在里面了。

这声"哦"就像击剑时一只手迅速抽回来准备反击似的。反击来了。

"你得去!"

"去?"乔恩连声音都不大发得出。

"当然。"

"可是——两个月——太可恨了。"

"不,"芙蕾说,"六个星期。那时候你该把我忘记了。① 我们在你回来之后的第二天在国立美术馆碰头。"

乔恩笑了。

"可是如果你忘记了我呢?"他向着火车声音喊。

---

① 这是教乔恩装作在六个星期后好像忘掉芙蕾了。

芙蕾摇摇头。

"别的什么混蛋也许——"乔恩低低说。

她的脚碰了他一下。

"没有别的混蛋。"她说,重又举起《妇女镜报》。

火车停下来:两个客人下去,另一个上来。

"如果永远不能单独在一起,"乔恩想,"我真要死了。"火车又开动了,芙蕾又探出身来。

"我从不放手,"她说,"你呢?"

乔恩拼命地摇头。

"决不!"他说,"你给我写信吗?"

"不写;但是你可以写——寄到我的俱乐部。"

她还有个俱乐部;真了不起!

"你探听过好丽的口气没有?"他问。

"探过,可是一点摸不到什么。我也不敢多问。"

"是什么缘故呢?"乔恩叫出来。

"我总会打听出来。"

接着是大半晌的沉默,后来芙蕾开口说:"这是梅登黑德了;等着,约翰①!"

火车停下来。剩下的一个客人下去了。芙蕾把窗帘拉下。

"快!"她叫,"头伸出去。尽量装出凶恶的样子。"

乔恩擤一下鼻子,做出横眉竖目的神气;有生以来,他从没有显得这副模样过!一位老太太缩了回去,一位年轻太太正来开门。门柄转过去,可是门开不开。火车动了,年轻太太

---

① 这是芙蕾故意把乔恩的名字读错,免得车中乘客注意到这个陌生名字。

三脚两步跳上另一车厢去了。

"好运气!"乔恩叫,"门卡住了。"

"是啊,"芙蕾说,"我拉着门不放的。"

火车开动了,乔恩跪了下来。

"当心过道里有人,"她低声说,"——快点起来!"

她吻了他。这一吻虽则只有短短的十秒钟,可是乔恩的灵魂已经出了窍,而且飞出去很远很远;等到他重又对着那个故作端庄的人儿坐着时,他的脸色就像死人一样。他听见她叹口气,这在他简直是有生以来听到的最可贵的声音——清楚地说明他在她心里的地位。

"六个星期并不太长,"她说,"只要你在那边保持冷静,而且装出不想我的样子,你很容易六个星期就回来了。"

乔恩抽了口气。

"要叫他们相信,乔恩,这是最最要紧的事,你懂吗?如果你回来时,我们还是和从前一样要好,他们就会真正着急起来。可惜你去的不是西班牙;爹说,马德里有一张戈雅的画,里面一个女孩子就像我。不过并不是我——我们有一张摹本呢。"

乔恩觉得像一道阳光透过云雾。"我就改上西班牙去,"他说,"妈不会反对的;她从没有去过西班牙。而且爹认为戈雅很不错。"

"哦!对了,他是个画家——是吗?"

"只画水彩画。"乔恩说,老老实实的。

"到了雷丁之后,乔恩,你先出站,到卡弗舍姆水闸那边等我。我把车子打发回家,然后我们沿着拉纤的小路走回去。"

乔恩感激地抓着她的手,两人默默坐着,完全忘掉世界,只用一只眼睛瞄着过道里。可是火车现在像是加倍快了起来,车子的声音简直完全浸没在乔恩的叹息里。

"我们快到了,"芙蕾说,"那条拉纤的小路非常显眼。再来一个吧①!唉!乔恩,不要忘记我。"

乔恩用接吻回答她。不多一会,一个(如果有人在场看见的话)满脸通红、神色仓皇的青年——据人说——从火车上跳下来,急急忙忙沿着月台走去,一面伸手到口袋里去摸车票。

等到她在卡弗舍姆水闸走过去一点的地方和他重又会面时,他已经经过一番努力,显得相当自如了。如果非要分手不可的话,他决不使性子!明媚的河上吹来了一阵清风,把柳树叶的背面翻起向着太阳,带着轻微的萧萧声随在两人后面。

"我告诉我们的车夫,说我晕车,"芙蕾说,"你出站时神情很自然吗?"

"我不知道。怎么叫自然?"

"你要装得极端快活,这在你就叫作自然,我第一次看见你时,觉得你跟别人完全不一样。"

"我看见你时,也完全是这样想法。我立刻知道我决不会爱上第二个人了。"

芙蕾大笑。

"我们的年纪太轻了,有点不像话。两小无猜的爱情现在已经过时了,乔恩。而且,这种爱情非常浪费。你想,如果不这样的话,你会过得多有意思。你还没有自立呢;真是可惜

---

① 指接吻。

得很。现在又有了我。怎么办!"

乔恩弄得莫名其妙。在他们就要分手的当儿,她怎么能讲出这种话来?

"你假如是这样想法,"他说,"我还是不去的好。我去告诉妈,说我应当努力工作。世界上是这种情形!"

"世界上是这种情形!"

乔恩双手插进裤袋里。

"可是的确如此,"他说,"你想想那些饿得快死的人!"

芙蕾摇摇头。"不来,不来,我从不,从不让自己白白地吃苦头。"

"白白地!可是情形实在太糟了,一个人当然应当出点力。"

"哦!对了,我全知道。不过你救不了那些人,乔恩,他们全没出息。东边扶起来,西边又倒。你看看他们,一直都大批大批地死掉,可是仍旧你争我夺,尔虞我诈的。全是白痴!"

"你替他们难受吗?"

"唉!难受是有的,不过我不打算替他们担忧。这没有好处。"

两个人都默然无语,这是第一次相互看出对方的性情来,所以都有点彷徨不安。

"我觉得人都是畜生和白痴。"芙蕾执拗地说。

"我觉得他们是不幸的。"乔恩说。这情形就像两个人吵过嘴似的——而且是在这样一个严重关头,因为眼看着走到这条柳岸最后的一个口子时,他们就要分手了。

"好吧,你去帮助你那些不幸的人去,不要再想我。"

乔恩站着不动。前额上冒出汗珠,手足都在抖。芙蕾也站着不走,皱着眉头看河。

"我一定要有个信仰,"乔恩说,人有一点难受,"上天生我们全指望我们过得幸福。"

芙蕾大笑。"是啊;而且你如果不当心的话,恰恰就不会过得幸福。不过也许你对幸福的看法就是使你不幸。当然,有不少人都是这样。"

她脸色苍白,眼睛里显出忧郁,嘴唇闭得很紧。这样望着河流的难道就是芙蕾吗?乔恩有一种不真实的感觉,好像自己正经历着小说里的一幕情景,男主角得在爱情和责任之间做出抉择。可是就在这时候,她转过头来望着他。再没有比这种生动的神情更令人心醉的了。他的感觉完全像狗颈上的链子被人拉了一下那样——使他摇尾乞怜、舐嘴咧唇地来迁就她。

"我们不要闹了,"她说,"时间就到了。你看,乔恩,你正好望得见我要过河的地方。就在那里,河水转弯的地方,树林边上。"

乔恩望见一面三角墙,一两处烟囱,掩映在树林中的一片白墙——觉得心往下一沉。

"我再不能闲聊了。前面那道篱笆再不能过去,太引人注目。我们走到那边就分手吧。"

两人并排向那边篱笆走去,手挽着手,一声不响;篱笆上的山楂花有红有白,正在盛开。

"我的俱乐部叫符咒俱乐部,在皮卡迪利的斯特拉顿街。信寄到那里不会丢掉,我差不多每星期都要去一趟。"

乔恩点点头,一张脸变得非常严肃,眼睛直瞪瞪。

"今天是五月二十三,"芙蕾说,"七月九号那天我将在

《巴克斯和阿里阿德涅》①前面等你,下午三点钟。你来吗?"

"来。"

"你假如和我一样,就行了。世界上的那些人由他们去!"

一对携带儿女出来透空气的夫妇走了过去,按照星期天的习惯走成长长的一串。

他们里面最后的一个穿过边门。

"天伦之乐!"芙蕾说,一头钻到篱笆下面去。山楂花纷纷落在她头上,一簇粉红的花扫上她的粉颊。乔恩妒忌地抬起一只手来把花挡着。

"再见,乔恩。"有这么一秒钟,两人紧紧握着手站着。接着两个人的嘴唇第三次接上;分开时,芙蕾挣开身子从边门穿了出去。乔恩站在原来的地方,前额抵着那簇粉红花。走了!要等过六个星期零五天!等于永恒!而他却待在这里,放过最后的一眼!他赶到边门边上。她正随在那些掉队的孩子后面,走得很快。头回过来了。他望见她做了一个飞快的手势,就向前赶去,那走在后面的一家人遮得他望不见了。

他脑子里想出了一首滑稽歌曲,歌词是这样:

　　帕丁顿呻吟——从没有那样难听——
　　他发出一声凄怆的帕丁顿呻吟——

他立刻快步走回雷丁车站。从雷丁到伦敦,伦敦到旺斯顿,一路上他都把那本《荒径之心》摊在膝上,脑子里诌着一首诗,但是由于感情太充沛了,简直押不了韵。

---

① 提香的名画。

第十二章 神　经

芙蕾赶着路。她非迅速动起来不可;时间已经晏了,到了家里,她还得用尽一切方法来遮盖。她经过了小岛、车站和旅馆,正预备上摆渡,忽然看见一条小船上面站了一个年轻人,船系在小树丛上。

"福尔赛小姐,"他说,"让我把你送过去。我特地来的。"

她望着他,惊得都呆了。

"没有关系。我刚和你家里人喝过茶。我想我可以省掉你最后一段路。我正要回潘本去,所以是顺路。我叫孟特。我在画店里见过你——你记得——就是那天你父亲请我到府上来看画的。"

"哦!"芙蕾说,"对了——那个手绢。"

她认识乔恩还得感激他呢;她抓着他的手,上了小船;由于心情还在激动,而且人有点喘,所以坐着一声不响。那个年轻人可不然。她从没有听见一个人在这样短的时间讲了这么多话过。他告诉她自己的年龄,二十四岁;体重,一百五十一磅;住的地方,离这儿不远;形容自己在炮火下的感受,中毒气时是什么滋味;批评了那座朱诺,提到自己对这个女神的看法;谈到那张戈雅摹本,说芙蕾和那张画上并不太像;迅速地概括了英国的现状;谈到普罗芳先生——或者不管什么名字①——说他人非常之好;认为她父亲有几张很不错的画,有些有点过时;希望能够再把小船划来,带她到河上去玩,因为自命很靠得住;问她对契诃夫的看法,谈了自己的看法;希望哪一天两个人一同去看俄国芭蕾舞——认为芙蕾·福尔赛这个名字简直妙极;骂自己家里人在孟特的姓上给他取了个马吉尔的名字;大致形容了一下他的父亲,说她如果要看好书的话,应当读一读《约伯记》②;他父亲就像还有着田地时的约伯。

"可是约伯并没有田地,"芙蕾低声说,"他只有牛羊和骆驼,而且搬走了。"

"啊!"马吉尔·孟特说,"我们老爷子如果搬走了就好了。我并不是要他的田地。田地在今天真是麻烦透顶,你说是不是?"

"我们家里从来没有过田地,"芙蕾说,"别的东西全有。好像我们一个叔祖一度在多塞特郡有过一个农场,完全感情用事,因为我们原籍是多塞特郡人。那个农场使他赔了不少的钱,很受罪。"

"他卖掉吗?"

"没有;还留着。"

"为什么?"

"因为没有人肯买。"

"对他反而好!"

---

① 孟特和普罗芳初会,所以不一定说得正确。
② 《旧约》中的一篇。

"不,对他不好。爹说他很气愤。他的名字叫斯悦辛。"

"多妙的名字!"

"你知道我们没有靠近,反而更远了。河在流呢。"

"好极了!"孟特叫,把双桨暗暗沉一下,"难得碰见一个会打趣的女子。"

"可是不及碰上一个有心计的男子。"

小孟特举起一只手来扯自己头发。

"当心!"芙蕾叫,"你的脑壳啊!"

"不要紧!脑壳很厚,划一下没关系。"

"你划行不行?"芙蕾狠狠说,"我要回去。"

"啊!"孟特说,"可是你知道,你回去之后,我今天就看不见你了,'菲尼'①,就像法国女孩子说完祈祷跳上床时说的那样。那一天你有了个法国母亲,并且谈起你这样一个名字,你说是不是个吉祥日子?"

"我喜欢我的名字,但那是我父亲起的,妈想要叫我玛格丽特。"

"荒唐。你叫我 M.M.,我叫你 F.F.②,好不好?这样合乎时代精神。"③

"我什么都无所谓,只要回去就行。"

孟特捉到一只螃蟹,回答说:"这很讨厌④!"

"你划好不好?"

"我划呢。"他荡了几桨,带着忧郁的焦切。"当然你知

---

① 法语"完了"的译音。
② M.M.和 F.F.是两个人名字的缩写。
③ 大战时英国盛用简称,故云。这个风气现在更厉害了。
④ 指螃蟹,亦指芙蕾的话。

道,"他冲口而出,又等一下,"我是来看你的,不是看你父亲的画。"

芙蕾站起来。

"你不划,我就跳下河去游泳。"

"当真吗?那样我就可以跳下去追你。"

"孟特先生,我晕了,而且人很疲倦;请你立即送我上岸吧。"

她登上花园上岸的地方时,孟特站起来,两手扯着头发望着她。

芙蕾笑了。

"不要这样!"孟特说,再也按捺不住了,"我晓得你要说:'滚吧,该死的头发!'"①

芙蕾一个转身,向他扬一扬手。"再见,M.M.先生!"她叫,就走进蔷薇丛里。她看看手表,又望望大房子的窗户。她有一个怪感觉,好像大房子里没有人住似的。六点钟过了!鸽子正群集归栖,日光斜照在鸽棚上,照在它们雪白的羽毛上,而且像暴雨一样落在后面林子高枝上。从壁炉角上传来弹子的清响,——没有问题是杰克·卡狄干;一棵有加利树也发出轻微的簌簌声;在这个古老的英国花园里,这树是个出人意料的南国佳人。芙蕾到达走廊,正要进去,可是听见左边客厅里的人声又站住了。妈!普罗芳先生!她从那扇遮挡壁炉角落的阳台屏风后面听见这些话:

"我不,安耐特。"

---

① 这句引文是套的莎士比亚《麦克白》第5场第1景麦克白夫人的话:"滚吧,该死的血迹,滚吧!"

120

爹可知道他喊妈"安耐特"吗？她一直都站在父亲这边——在夫妇关系不正常的人家，孩子们总是不帮这一边，就帮那一边——所以站在那里踌躇不决。她母亲低低的、柔媚而有点清脆的声音正在说着——她只听出一句法文："明天。"普罗芳就回答："好的。"芙蕾眉头皱起来。一个轻微的声音传到外面寂静里①，后来是普罗芳的声音："我散一回步去。"

芙蕾三脚两步从落地窗进了那间早晨起坐的小间。他来了——从客厅里出来，通过阳台，到了草地上；方才倾听别的声音时，已经听不见的弹子声，现在重又听见了。她抖擞一下，进了穿堂，打开客厅的门。安耐特坐在两扇窗子之间的长沙发上，跷着腿，头枕在一只垫子上，樱唇微启，明眸半合，那样子看去非常之美。

"啊！你来了，芙蕾！你爹等得都要发脾气了。"

"他在哪儿？"

"在画廊里，上去吧！"

"你明天打算怎样，妈？"

"明天？我和你姑姑上伦敦去。"

"我本来想你会去的。你替我买把小阳伞行吗？要素底子的。"

"什么颜色？"

"绿的。客人全要回去的吧，我想？"

"是啊，全要回去；你去安慰你爹去吧。现在，吻我一下。"

---

① 指接吻声。

芙蕾穿过房间,弯下身子,在前额上受了一吻,掠过沙发另一头椅垫上的人坐过的印子出去了。她飞步上楼。

芙蕾并不是那种旧式的女儿,定要父母按照管束儿女的标准来管束他们自己。她要自顾自,不愿别人干涉,也不想干涉别人;何况,一个正确的本能已经在盘算怎样一种情形对她自己的事情最有利了。

在一个家庭起了风波的气氛下,她和乔恩的恋爱将会获得一个更好的机会。虽说如此,她仍旧很生气,就像花朵碰上冷风一样。如果那个男人当真吻了她母亲,那就——很严重,她父亲应当知道。"明天""好的!"而她母亲又要上伦敦去!她转身进了自己卧室,头伸到窗子外面使面颊凉一下,因为脸上突然变得滚烫。乔恩这时该到达车站了!她父亲可知道乔恩什么呢?也许什么都知道——大致知道。

她换了衣服,这样看上去就好像回来有一会了,然后跑上画廊。

索米斯顽强地站在那张史蒂文斯[①]前面一动不动——这是他最心爱的一张画。门响时,他头也不回,可是芙蕾知道他听见,而且知道他在生气。她轻轻走到他身后,用胳膊搂着他的脖子,把头从他肩膀上伸出去,和他脸挨着脸。这种亲近的方法从来没有失败过,可是现在不灵了,她晓得下面情形还要糟糕。

"怎么,"索米斯硬邦邦地说,"你这算来了!"

"就这么一句话吗,我的坏爸爸?"芙蕾说,用粉颊在他脸上挨挨。

[①] 阿尔弗雷德·史蒂文斯(1818—1875),英国雕刻家和画家。

索米斯尽可能地摇头。

"你为什么叫我盼得这样焦心？一再不回来！"

"亲爱的，这又没什么害处。"

"没害处！你懂得多少有害处、没害处？"

芙蕾放下胳膊。

"那么，亲爱的，你就讲给我听听；而且一点不要遮遮掩掩的。"

她走到窗口长凳子旁边坐下。

她父亲已经转过身来，瞪着自己的脚；样子很抑郁。"他的脚长得很小，很好看。"她心里想，眼睛恰巧和他的眼睛碰上。索米斯的眼光立即避开。

"你是我唯一的安慰，"索米斯忽然说，"然而你闹成这种样子。"

芙蕾的心开始跳起来。

"闹成什么样子，亲爱的？"

索米斯又看了她一眼，如果不是眼中含有亲热，说不定可以称得上偷看她。

"你懂得我过去跟你讲的话，"他说，"我不愿意跟我们家那一房有任何来往。"

"我懂得，亲爱的，可是我不懂得为什么我不应当来往。"

索米斯转过身去。

"我不打算列举理由，"他说，"你应当相信我，芙蕾！"

他说话的神情使芙蕾很受感动，可是一想到乔恩，她就不作声，用一只脚敲着壁板。她不自觉地摆出一副摩登姿态，一只腿将另一只腿盘进盘出，弯曲的手腕托着下巴，另一只胳臂抱着胸口，手抱着另一只胳臂的肘部；她身上没有一处不是歪歪扭扭的,然而——尽管如此——仍旧有一种风采。

"你懂得我的心思。"索米斯继续说,"然而你在那边待上四天。我想那个男孩子今天跟你一起来的。"

芙蕾的眼睛盯着他望。

"我不要求你什么,"索米斯说,"我也不打听你做了些什么。"

芙蕾忽然站起来,两手支颐,凭着窗子看外面。太阳已落到树后,鸽子全都阒静地歇在鸽棚上;弹子的清脆声升了上来,下面微微有点光亮,那是杰克·卡狄干把灯捻上了。

"如果我答应你,譬如说,六个星期不和他见面,"她突然说,"你会不会高兴一点呢?"索米斯无所表示的声音还有一点打颤,使她有点意想不到。

"六个星期?六年——六十年才像话。自己不要迷了心窍,芙蕾;不要迷了心窍!"

芙蕾转过身来,有点吃惊。

"爹,这怎么讲?"

索米斯走到近前盯着她的脸看。

"我看你只是一时神经,"他说,"除此以外,你还当真有什么糊涂心思吗?那太笑话了。"他大笑起来。

芙蕾从来没有看见他这样笑过,心里说,"那么,仇确是深了!唉!是什么呢?"她一只手挽着他的胳膊,淡然说:

"当然不会;不过,我喜欢我的神经,不喜欢你的神经,亲爱的。"

"我的神经!"索米斯愤愤地说,转身走开。

外面的光线暗了下来,在河上投上一层石灰白。树木全失去了葱翠。芙蕾忽然苦念起乔恩来,想着他的脸、他的手和他的嘴唇吻着自己嘴唇时的那种感觉。她双臂紧紧抱着胸口,发出一阵轻盈的笑声。

"哦啊呀!就像普罗芳说的,多么小小的无聊啊!爹,我不喜欢那个人。"

她看见他停下来,从里面口袋里掏出一张纸头。

"不喜欢?"他问,"为什么?"

"没有缘故,"芙蕾说,"就是神经!"

"不,"索米斯说,"不是神经!"他把手里的小纸头一撕两半。"你对的。我也不喜欢那个人!"

"你看!"芙蕾轻轻说,"你看他走路的派头!我不喜欢他这双鞋子;走起来一点声音没有。"

下面,普罗斯伯·普罗芳在暮色中走着,两手插在两边口袋里,轻轻从胡子中间吹着口哨;他停下,望望天,那神情好像说:"我觉得这个小小的月亮不算什么。"

芙蕾身子缩回来,低低说,"他像不像一只大猫?"这时弹子的声音升上来,就好像杰克·卡狄干的一记"碰红落袋"①,把猫儿、月亮、神经和悲剧全盖过了。

普罗芳又踱起来,胡子中间哼着一支调侃的小曲。这是什么曲子?哦!对了,歌剧《弄臣》里面的《女人善变》。正是他心里想的!她紧紧勒着父亲的胳臂。

"就像一只猫在那里探头探脑!"她低声说,这时普罗芳正绕过大房子角上。一天中那个日夜交错的迷幻时刻已经过了——外面静静的,又旖旎,又温暖,山楂花和紫丁香的香气

---

① 英国弹子台有四只角袋和两只腰袋,凡能用自己的弹子击中红,而使自己的球落到袋里时,得三分。

125

仍旧留在河边空气里。一只乌鸫突然唱了起来。乔恩现在当已到了伦敦；也许在海德公园里，走过蛇盘湖，心里想念着她！她听见身边有一点声音，眼睛瞄了一下；她父亲又在撕碎手里的那张纸头。芙蕾看出是一张支票。

"我的高更不卖给他了，"索米斯说，"我不懂得你姑姑和伊摩根看中他什么。"

"或者妈看中他什么。"

"你妈！"索米斯说。

"可怜的爹！"她想，"我看他从来没有快乐过——从没有真正快乐过。我不想再刺激他，可是乔恩回来以后，我当然顾不了他了。唉！一夜的难处一夜当就够了！"①

"我要去换衣服吃饭。"她说。

她到了房间里忽发奇想，穿上了自己的一件"奇装"。那是一件金线织锦的上袄，裤子也是同样料子，在近脚踝的地方束得很紧，肩膀上搭着一条侍童的短斗篷，一双金色的鞋子，缀着金翅膀的墨丘利②的金盔，浑身上下都是小金铃，盔上尤其多；只要一摇头，就叮叮当当响起来。穿好了衣服，她觉得很倒口味，因为乔恩看不到她；连那个活泼的年轻人马吉尔·孟特没有能见到也似乎有点遗憾。可是锣声响了，她就走下楼来。

客厅里被她引起一阵骚动。维妮佛梨德认为"非常有意思"。伊摩根简直着了迷。杰克·卡狄干满口的"美极了""妙不可言""一流""真棒"。普罗芳先生眼睛含笑，说："这

---

① 暗用《新约·马太福音》第6章第34节：一天的难处一天当够了。
② 墨丘利是天帝朱庇特的使者。

是件很不错的小小行头！"她母亲穿一件黑衣服，非常漂亮地坐在那里望她，一言不发。他父亲只好对她来一次常识测验："你穿上这样衣服做什么？你又不去跳舞！"

芙蕾打一个转身，铃子叮叮当当响起来。

"神经！"

索米斯瞪她一眼，转过身去，把胳膊伸给维妮佛梨德。杰克·卡狄干挽着她母亲，普罗斯伯·普罗芳挽着伊摩根。芙蕾一个人走进餐厅，铃声叮叮响……

"小小"的月亮不久就落下去了，五月的夜晚温柔地来到，用它的葡萄花的颜色和香气裹着世间男男女女的千万种神经、诡计、情爱、渴望和悔恨。杰克·卡狄干鼻子抵着伊摩根的雪肩，打起鼾来，健康得就像头猪；悌摩西在他的"古墓"里，由于太老的缘故，也不能不像个婴儿那样睡着；他们都是幸福的，因为有不少、不少的人受到世上错综人事的揶揄，都醒在床上，或者做着梦。

露水降下来，花儿敛上了；牛群在河边草场上吃着草①，用它们的舌头探索着眼睛看不见的青草；萨塞克斯郡高原上的绵羊睡得就像石头一样寂静。潘本林中高树上的雉鸡、汪斯顿石灰矿旁边草窠里的云雀、罗宾山屋檐下的燕子、梅费尔的麻雀，因为夜里没有风，全都睡得很酣，一夜无梦。那匹梅弗莱牝驹，对自己的新地方简直不习惯，微微拨弄着脚下的干草；少数夜游的动物——蝙蝠、蛾子、猫头鹰——则在温暖的黑暗中非常活跃；但是自然界一切白昼里出来的东西，脑子里都享受着夜的宁静，进入无色无声的状态。只有男人和女人

---

① 英国夏季，牛群都在草场上过夜。

还骑着忧心或爱情的竹马,把梦魂和思绪的残烛独自烧到夜静更深。

芙蕾身子探出窗外,听见穿堂里的钟低沉地敲了十二点;一条鱼发出轻微的溅水声,沿河升起的一阵轻风使一棵白杨树的叶子突然摇曳起来,远远传来一列夜车的辘辘声,不时黑暗中传来那一点无以名之的声音,轻微而隐约的、没有名目的情绪表现,是人,是鸟兽,是机器,抑是已故的福尔赛家或者达尔第家或者卡狄干家的幽灵回到这个他们过去有过躯壳的世界来,做一次夜晚的散步,谁也说不出。可是芙蕾并不理会这些声音;她的灵魂虽则远远没有脱离躯壳,却带着迅疾的翅膀从火车车厢飞到开花的篱笆那儿,竭力找寻乔恩,顽强地抓着被他视为忌讳的声音笑貌。她皱起鼻子,从河边的夜晚香气里追忆着乔恩用手隔开山楂花和她秀颊的那一刹那。她穿着那件"奇装",凭窗伫立多时,一心要在生命的烛焰上烧掉自己的翅膀,而那些蛾子也在这时纷纷掠过她的两颊,像朝圣的香客一样,向她梳妆台上的灯光扑去,没想到在一个福尔赛人家火焰是从来不露在外面的。可是终于连她也有睡意了;她忘掉身上的那些铃子,迅速进房去了。

索米斯在他那间和安耐特卧房并排的房间里,也醒在床上;他从开着的窗子听见一阵隐约的铃声,就像是从星星上摇落下来的,或者像露珠从一朵花上滴下来那样,如果人能够听得见的话。

"神经!"索米斯想,"我真说不出。她非常执拗。我怎么办呢?芙蕾!"

他这样一直沉吟到深夜。

第 二 卷

第一章　母　与　子

要说乔恩·福尔赛不愿意随母亲上西班牙去,那是一点不正确的。他就像一只好脾气的狗随着女主人出外散步,把一根美味的羊肉骨头留在草地上。他走时回头看了一下。福尔赛家人被夺掉嘴里的羊肉骨头时,往往会生闷气。可是乔恩生性却不大会生闷气。他依恋自己的母亲,而且这是他头一次出国旅行。他只随便说了一下:"妈,我倒想上西班牙去;你去意大利的次数太多了;我愿意我们两个人都玩得新鲜。"于是意大利就改为西班牙了。

这小子不但天真,而且也很细心。他始终记着自己要把原来建议的两个月缩短为六个星期,因此切不能露出一点马脚。作为一个家里放着一根那样迷人的羊肉骨头,而且主意那样坚定的人,他实在算得上一个好旅伴;他对上哪儿去和几时去都无所谓,吃饭从不在乎,而且十分欣赏这样一个对多数英国人都是陌生的国家。芙蕾拒绝跟他写信,真是极端明智,因为这样子他就可以每次到达一个新地方时,不存有任何希望或者狂热,而把注意力立刻集中在当地风光上面:驴子和荡漾的钟声、神父、庭院、乞丐、儿童、叫唤的公鸡、阔边帽、仙人掌编的篱笆、古老的白色山村、山羊、橄榄树、绿油油的原野、关在小笼子里的鸣禽、卖水人、夕照、西瓜、骡子、大教堂、油画和这个迷人的国土上那些令人眩晕的灰褐色山岭。

天气已经热了,很少看见有什么英国人来此,这使他们玩得很开心。乔恩就他自己所知,并没有非英国人的血统,然而碰到自己本国人时,他却往往内心感到不乐。他觉得英国人一点没有荒唐气息,而且比自己看事物还要实际。他私下跟母亲说,自己一定是个非社会的动物——这样离开那些人,不去听他们谈论人人都谈论的事情,确是开心。伊琳听了,只随便回答一句:

"对啊,乔恩,我懂得。"

在这种与世隔绝的情况下,他有无比的机会来领略母爱的深厚;这是做儿子的很少能理会的。由于肚子里有事情瞒她,他当然变得感觉特别敏锐;而南欧的民族风尚又刺激了他对母亲这种美丽典型的倾倒。他过去总听见人称她是西班牙美人,可是现在他看出完全不是这回事。她的美既不是英国美、法国美、意大利美,也不是西班牙美——是一种特殊的美!他也很欣赏母亲那样的玲珑剔透,这是他以前没有过的。比如说,他就说不出她是否看出他在全神贯注地看那张戈雅的《收葡萄的季节》,或者是否知道他在午饭后和第二天早上又溜出去,第二次、第三次在那张画前面足足站上半个钟点。当然,这张画并不像芙蕾,然而照样能使他感到情人们所珍视的那种回肠荡气的滋味——使他想起她站在自己床脚边,一只手举到头顶上。他买了一张印了这张画的明信片,放在口袋里,不时掏出来看看;这种坏习惯当然迟早会在那些因爱、妒或者忧虑而变得尖锐的眼睛下暴露出来。而他母亲又是三者俱全,眼睛自然更加尖锐了。在格拉纳达时,他就老老实实被捉着了。那天他在阿尔汗布拉宫一个围着矮墙的园子里,坐在一条被太阳晒得暖暖的长石凳上;他原应该从这里眺望风景,可是他没有。他以为母亲在端详那些剪平的金合欢中间的盆花,可是听见她的声音说:

"这是你喜欢的戈雅吗,乔恩?"

他缩了一下,已经太迟了——那点动作就像他在学校里藏起什么秘密文件时可能做出的那样——他于是回答:"是啊!"

"这一张当然很可爱,不过我觉得我还是喜欢那张《阳伞》。你爹一定会大大赏识戈雅;敢说他九二年到西班牙时没有见到。"①

九二年!比他出生还要早九年!他父亲和他母亲在他出生前的生活是怎样的呢?如果他们有权利分享他的未来,肯定说,他也有权利分享他们的过去。他抬头望望母亲。她脸上有一种——一种历尽坎坷的神情,和喜怒哀乐、阅历与痛苦留下的神秘痕迹,望去深不可测、庄严而神圣,使他连好奇心都不敢有了。他母亲过去的生活一定非常、非常有意思;她是这样的美,而且这样——这样——他形容不出那种感觉。他起身站在那里凝望着山下的城市、麦苗青青的平畴和消逝的阳光中闪映的回环山脉。她的身世就像这座古老的摩尔城市的历史一样,丰富、深邃、辽远——他自己的生命到现在为止还只是这样的幼稚,愚昧和天真得不像话!他望见西面的一带山岭就像从海中拔起一样矗立在青绿平原上;据说当初的腓尼基人——一个黝黑、古怪、隐秘的山居民族——就住在那些山岭里!对于他,他母亲的身世就像这个腓尼基人的历史

---

① 这是因为戈雅当时还没有受到重视。

对于下面的城市一样；朝朝暮暮，城中鸡鸣犬吠、儿童欢闹，然而对它的历史则茫然无知。他母亲会知道他的一切，而他只知道她爱他，爱他的父亲，以及她长得很美，这使他感到很抑郁。别人还有一点大战的经历，差不多人人如此，他连这个都没有：他的幼稚和愚昧使他在自己眼中变得渺小了。

那天晚上，他从卧室的凉台上凝望着城中的屋顶——那就像嵌上黑玉、象牙和黄金的蜂窝；事后，他躺在床上久久不能入睡，倾听着钟动更移时哨兵的呼唤，一面在脑子里吟成下面这些诗句：

深夜里的呼声！沉睡着的古老的西班牙城市，
  在它晰白的星光下看去是那样黑漆漆！

清澈而缠绵的声音，它诉说些什么悲痛？
  是否那巡夜夫，讲着他太平无事的古话？
  还是个筑路人，向明月振起他的歌喉？

不，是一个孤单客在哭诉自己的情怀，
  是他在叫唤，"要多久？"

他觉得"孤单"两个字太平淡，不够满意，但是"孤伶"又太过头了，此外再也想不出两音的字眼能用得上的。诗写成时已经两点过了，再拿来自个儿哼上二三十遍，一直过了三点方才睡去。第二天，他把诗抄出来，夹在写给芙蕾的一封信里；他总要把信写好方才下楼，这样就可以心无挂碍地陪他的母亲说笑了。

就在同一天快近中午的时候，他在自己旅馆的瓦顶平台上,感到后脑忽然隐隐的一阵子痛,眼睛里有种怪感觉,人要作呕。这是太阳和他太亲热了,中了暑。往后的三天全在半昏迷中度过,除掉前额上的冰块和他母亲的微笑外,他对什么都只有一种迟钝的、痛楚的冷淡感觉。他母亲从不离开房间一步,总是静悄悄地守护着他,在乔恩的眼中简直像个天使。可是有时候他会极端可怜自己,并且希望芙蕾能看见他。有几次他痛苦地想象自己和她、和尘世永诀。他甚至拟了一个由他母亲转给芙蕾的遗言——可怜的母亲啊!她一直到死都会懊悔不该分开他们!可是他也很快看出现在他可以借口回家了。

每天傍晚时会传来一连串的钟声———一串跌宕的叮当声从下面城市里升起来,然后又一个个落了下去。他听到第四天傍晚时,忽然说道:

"妈,我想回英国去,这儿太阳太厉害了。"

"好的,亲爱的。等你能够上路时,就走。"他立刻觉得自己好过了些——但也卑鄙了些。

他们是在出来五个星期之后启程返国的。乔恩的头脑已经恢复原来那样的清醒,可是他母亲还要在他帽子里缝上许多层黄丝绸子,逼着他非戴不可,而且走路总是拣荫处走。由于母子间长时期的小心翼翼已告结束,他愈来愈弄不清她有否看出自己急于赶回去会面的也就是她要使他离开的那个人。在马德里换车,倒霉要待上一天,自然再到大美术馆去看看。这一次在他那张戈雅女子前面,乔恩故意装出不经意的样子。现在要回到芙蕾身边去了,少端详一点也不妨。倒是他母亲逗留在这张画前面说:

"这女孩子的脸蛋和身条真可爱。"

乔恩听了很不自在。她是不是理会了呢？可是他又一次觉得自己在涵养和机智上都不是她的对手。她能够以一种超感觉的方式知道他的思想脉搏；这里的秘密他至今还没有探出；她本能地知道他盼望什么，担心什么，希望什么。这使他感到极度的不安和内疚，因为他和多数的男孩子不同，有一个良心。他巴不得她坦坦白白谈出来，他简直希望来一个公开斗争。但是两者都没有实现，两个人就这样平平稳稳地、默默无言地一路北返。他就这样第一次懂得女人在耐性上比男人强得多。在巴黎又得耽搁一天，弄得乔恩很不开心，因为一天变成了两天，由于要跟一家服装店打交道；他母亲穿什么衣服都那样美，打扮做什么？这次旅行最快乐的时刻是在他踏上开往福克斯通渡船①的时候。

他母亲站在船舷栏杆旁边，和他搀着胳膊，说道：

"恐怕你玩得并不怎样开心呢，乔恩。不过你对我很体贴。"

乔恩勒一下她的胳膊。

"说哪里话，我玩得非常开心——只是最近头不大好罢了。"

现在到了旅行的终点，他的确感到过去几个星期有一种魅力，一种痛苦的快感，就像他努力在那些写深夜呼声的诗句里所要表现的那样；也就是他孩提时一面贪听母亲弹肖邦一面想要哭的那种心境。他弄不懂为什么自己不能像她跟自己讲的那样，随便地跟她说：

"你对我很体贴。"怪啊——他就是不能这样亲热自然！

---

① 从法国布洛涅开往英国肯特郡福克斯通。

他接上的一句话是:"恐怕我们要晕船了。"

　　果然说中了,到达伦敦时,两个人都相当虚弱;就这样出国玩了六个星期零两天,对于那件一直盘踞在各人心里的事情,一个字也没有提。

第二章 父 与 女

自从老婆和儿子丢下他去西班牙之后,乔里恩觉得罗宾山寂寞得简直受不了。一个事事如意的哲学家和一个并不事事如意的哲学家是有所不同的。不过这种听天由命的生活,他即使没有习惯,至少脑子里时常想到过,如果不是他的女儿琼搞那么一下,他也许始终都抵御得了。他现在也是个"可怜虫"了,所以时刻挂在琼的心上。她这时手边刚巧有个雕刻家,境遇很窘;她设法为这个雕刻家暂舒眉急之后,便一脚到了罗宾山,就在伊琳和乔恩离开两个星期之后。琼现在住在齐夕克区①,房子很小,但是有一间大画室。单以不负经济责任而言,她是属于福尔赛家鼎盛时代的一个人,现在收入虽则减少了,她的克服办法还使她父亲满意,而她自认也很满意。她父亲给她买下科克街附近的那爿画店,由她付给父亲房租,现在所得税涨得和房租相等,她的解决办法很简单——干脆就不再付给他房租。十八年来这爿店一直享受着使用权而不负任何义务,现在说不定有一天可以指望不赔本,所以敢说她父亲也不会介意了。采用了这种办法以后,她每年还能有一千二百镑,经过节衣缩食,并把原来雇用的两个贫苦的比

---

① 在海德公园三角场之西的一个区,英国画家贺加斯在这里住过。

利时女佣换为一个更贫苦的奥地利女佣之后，就能有两笔大致相等的节余来救济天才。她在罗宾山住了三天之后，就把父亲带到城里来。在那三天里面，她碰巧发现到父亲隐瞒了两年的秘密，立刻决定给他治病。医生事实上已经被她选定，再没有比他更合适的了。保罗·波斯特——那个比未来派还要超前的画家——就是他治好的，简直是神医；可是跟他父亲谈时，他却把眉毛抬起来，说这两个人他都没有听说过，叫她真捺不住生气。当然，他如果不相信的话，那就永远不会复原！保罗·波斯特原是劳累过度或者年纪太大才旧病复发，他将他治好了，这样还不相信人家，岂不荒唐！这个医生最了不起的地方是顺应自然。他曾经对自然的征候做过一番专门研究；当他的病人缺乏某些自然征候时，他就给病人提供产生这种征候的药石，于是病就好了！琼对父亲的病满怀希望。他显然在罗宾山过着一种不自然的生活，所以她打算给他提供一些征候。她觉得他和时代脱了节，这是不自然的；他的心脏需要刺激。所以在齐夕克她那幢小房子里，她和她那个奥地利女佣想出种种方法来刺激他，为他的就医做好准备——那个女佣感激琼救命之恩，忠心耿耿地工作，简直快累死了。可是事情并不如意，比如晚上八点钟乔里恩正要睡去被女佣唤醒时，或者琼从他手里把《泰晤士报》夺去，认为读"这类东西"不自然，应当对"生活"感点兴趣时，她们总没法不使乔里恩的眉毛不抬起来。说实话，琼的花样这样多，的确使他十分惊异，尤其是在晚上。她声称这对他有好处——虽则他疑心她也有一点——把代表时代的一些青年男女召集拢来，说他们都是天才的卫星；这个时代于是在画室里来来往往跳起狐步舞，以及那种方式比较高尚的一步舞来；后一种舞简直和音乐合不上拍,看得乔里恩把眉毛抬得都碰到发际了,因为他盘算这一定使那些跳舞的人意志力极度紧张。他知道自己在水彩画协会里虽则很出人头地,但是在这些勉强够得上称作艺术家的青年眼中却是陈货,所以总是找一个最黑暗的角落坐下,弄不懂是什么音乐,而音乐却是他从小听大了的。有时琼领一个年轻女孩子或者男孩子到他面前,他总是非常谦虚地竭力去迎合他们的艺术水准,心里想,"糟糕!他们一定觉得很乏味呢!"乔里恩和他老父一样,一直都同情青年,可是为了领会他们的观点,往往弄得精疲力竭。不过这一切都很刺激,而且他对女儿不屈不挠的精神总很钦佩。有时候,便是天才也会来参加这些集会,连正眼都不瞧一瞧的样子;而琼却总要给他介绍。她觉得这对他特别有益,因为天才正是她父亲所缺乏的自然征候——尽管她爱他。

尽管他完全有把握她是自己亲生,乔里恩却时常弄不清她的相貌像谁——她的金红色的头发现在已经花白了,看上去颜色非常特别;一张开朗的、精神抖擞的脸,和他自己比较有丘壑、神情比较细腻的相貌相差很远;身材那样小巧玲珑,而他和多数的福尔赛家人都生得高大。他时常会寻思人种起源的问题,自己问自己琼是不是有古丹麦或者凯尔特血统[①]。他觉得从她爱斗气这一点以及喜欢伊斯兰教徒穿的长袍上看来,好像是凯尔特种。他喜欢她,而不大喜欢包围着她的这个时代,虽则大部分是年轻人;这一点丝毫不过分。可是她对他的牙齿太感兴趣了,原因是他仍旧保留了几只这种自然征候。她的牙医一下就查出"纯培养状态的葡萄球菌"(当然有可能

---

① 早期英国常受古丹麦海盗侵入,凯尔特人则是英国土地上最早的民族。

生疖),要把剩下来的牙齿全数拔掉,给他装上两副完整的不自然征候。乔里恩的顽强天性激动起来,那天晚上在画室里就提出反对。他从来没有生过疖,而且他自己的牙齿到死也不会坏。当然——琼也承认——这些牙齿不拔,到死也还是好好的。但是装上假牙的话,他的心脏就会好些,人就可以活得长些!他的抗拒——她说——是病的一个征候:病就由它病去。他应当起来斗争。他几时去看那个治好保罗·波斯特的人呢?乔里恩很抱歉,老实说,他就不预备去看他。琼冒火了。庞决基——她说——那个治病的,人真是太好了,而且经济非常之窘,他的医道也得不到人家承认。就是她父亲这样的冷淡和偏见,害得他一直不得意。找找他对于他们两个人都好!

"我懂了,"乔里恩说,"你是打算一石打死二鸟。①"

"你的意思是说救下二鸟!"琼叫。

"亲爱的,这里并没有分别。"

琼抗议了。试都没有试就这样说,太不讲道理了。

乔里恩说他现在不说,事后也许没有机会再说呢。

"爹!"琼叫,"你真讲不通。"

"这倒是事实,"乔里恩说,"不过我愿意永远不通下去。孩子,我看睡着的狗子还是让它睡吧②。"

"这是不给科学出路,"琼叫,"你不知道庞决基多么忠于科学。他把科学看得比什么都要紧。"

"就跟保尔·波斯特先生看他的艺术一样,呃?"乔里恩

---

① 英谚,犹言一举两得或一箭双雕,看情形而定。此处为照应下文,仍用直译。
② 英谚,犹言省些事,免得自找麻烦,与"打草惊蛇"用法微异。

回答,一面抽着他不得已而抽的温和纸烟,"为艺术而艺术——为科学而科学。这种热心的、自我中心的疯狂先生们我很清楚。他们拿你解剖时眼睛眨都不眨一下。琼,我总算是个福尔赛,这些人还是不要惹吧。"

"爹,"琼说,"你这种口气简直是太守旧了!当今之世谁也不应当不冷不热的。"

"恐怕,"乔里恩低声说,带着微笑,"这是庞决基先生用不着给我提供的唯一自然征候。亲爱的,我们天生就是或者走极端或者有分寸的人;不过你如果不生气的话,今天多数的人自以为走极端的,其实都很有分寸。我现在活得并不比我指望的差到哪里去,所以这事情还是由它去吧。"

琼默然无语;她在年轻时就尝到过,自己父亲碰到涉及个人自由时总是那样委婉然而顽固的态度,你再说也说服不了他。

乔里恩弄不懂的是,自己怎么会透露给她伊琳带乔恩上西班牙的原因,因为他向来认为她不知轻重。琼获悉这件事情之后,经过一番盘算,便和父亲做了一次激烈的争论;从这次争论中,乔里恩完全看出琼的积极性格和伊琳的消极对付基本上是对立的。他甚至嗅得出两个人在几十年前为了菲力普·波辛尼身体的那一场争夺战,现在还遗留一点不快下来;当时消极的一方把积极的一方简直打得落花流水了。

照琼说来,瞒着乔恩,不让他知道过去的事情,是愚蠢的,甚至是怯懦的行为。完全是机会主义,她说。

"亲爱的,"乔里恩温和地说,"这也是实际生活中的处世原则啊。"

"唉!爹!"琼叫,"她不告诉乔恩,难道你真的要替她辩解吗？要是由你做的话,你就会讲出来。"

"我也许会,不过只是因为他一准会打听出来,那就比我们告诉他更加糟糕。"

"那么为什么你不告诉他呢？这是不想惹麻烦吧。"

"亲爱的,"乔里恩说,"我怎么样也不能违反伊琳的意思。乔恩是她的孩子。"

"也是你的孩子。"琼叫。

"一个男人的心怎么能比得上一个母亲的呢？"

"是吗？我觉得你太懦弱了。"

"也许如此,"乔里恩说,"也许如此。"

谈话的结果就是如此；可是这件事闷在琼的肚子里实在不好受。她不愿不惹麻烦。这件事非得有个解决不可,她心痒痒地要来试一下,简直如坐针毡。这事应当让乔恩知道,这样他说不定在含苞未放时就打掉爱情的花朵,或者不管过去的那一切,听它开花结果。她决心去看看芙蕾,亲自判断一下。碰到琼决心做一件事时,冒失不冒失在她是相当次要的问题。她究竟是索米斯的远房侄女,而且,两个人都喜欢画。她要去跟他说,他应当买一张保罗·波斯特的画,或者波立斯·斯屈鲁摩洛斯基的一件雕刻,当然跟她父亲可一点不能说。下一个星期天她就出发了,脸色是那样的坚决,使她到达雷丁车站时好容易才雇到一部马车。六月里的天气,河边这一带乡下真是可爱。琼看了,心里有种说不出的感觉。由于她这一生从来没有尝过结婚的滋味,她爱好大自然的风光简直近于疯狂。当她抵达索米斯扎寨的那个胜地时,她就把马车打发掉,因为正事办完之后,她还要在水边林下享受享受。所以她就像寻常行路人一样到了索米斯的大门口,把名片送进去。由于性格使然,她一向认为如果你心里感到振奋,那你就是在做一件值得做的事。如果你心里不感到振奋,你就是在随波逐流,并不是出于高尚的动机。当时有人领她到了一间客厅,陈设得虽然不是她喜欢的派头,却也极尽漂亮的能事。她正在想"太考究了——小玩意太多"时,从一面旧漆框的镜子里看见一个女孩从走廊上走进来。女孩子穿了一件白衣服,手里拿了几朵白玫瑰花,从那个银灰色玻璃缸子里望去,简直不像真人,仿佛一个美丽的幽灵从葱绿的花园里跑出来。

"你好吗?"琼说,转过身来,"我是你父亲的远房侄女。"

"哦,对了;我在那家糖果店里见过你。"

"跟我年轻的异母兄弟。你父亲在家吗?"

"他就要回来了。他不过出去散一会步。"

琼的一双蓝眼睛微微眯起,坚定的下巴抬了起来。

"你叫芙蕾,是不是? 我听见好丽告诉我过。你觉得乔恩怎样?"

女孩子举起手上的玫瑰花看看,泰然答道:

"他很不错。"

"跟好丽,跟我,都一点儿不像,是不是?"

"一点儿不像。"

"她很冷静。"琼心里想。

女孩子忽然说道:"我希望你能告诉我为什么我们两家不和。"

这个问题原是琼劝她父亲回答的,现在自己碰上,却说不出话来;也许是因为女孩子在套她的话,但也许仅仅是因为人在理论上认为做得了,到了真正关头并不总是一样做法。

"你知道,"女孩子说,"越要瞒着人家,人家就越要打听,结果是什么都瞒不住,这是一定的。我父亲告诉我说是为了财产争执。可是我不相信;我们两家的财产都很多;他们不会变得那样地小市民气。"

琼脸红起来。用小市民气这个字眼来指她的祖父和她父亲,使她生气。

"我祖父,"她说,"过去很慷慨,我父亲也很慷慨;他们两个人都一点不小市民气。"

"那么究竟是什么呢?"女孩子又问。琼觉出这个年轻的福尔赛非要问到底不可,立刻决定不让她问下去,而且要给自己捞到一点东西。

"你为什么要知道呢?"

女孩子闻闻玫瑰花。"我想知道,只因为他们不肯告诉我。"

"是关于财产争执,不过财产也有好多种呢。"

"这就更糟糕了。现在我的确非晓得不可了。"

琼的一张坚决的小脸颤动了一下。她戴了一顶小圆帽子,头发在帽子下面露了出来。这场交锋使她恢复了青春,脸色这时看上去非常年轻。

"你知道,"她说,"我看见你丢掉手绢的。你跟乔恩之间有意思吗?因为,如果有意思的话,你还是丢掉的好。"

女孩子的脸色有点苍白,可是微笑起来。

"即使有的话,也不是这样子就能叫我丢掉。"

琼听到这句豪语,伸出手来。

"我很喜欢你;不过我不喜欢你的父亲;从来就不喜欢。这不妨坦白告诉你。"

"你下来专为告诉他这句话吗？"

琼大笑。"不是；我下来是看你的。"

"多谢你的盛意。"

这孩子很会招架。

"我比你年纪大一倍半，"琼说，"可是我很同情。可恨是我不能做主。"

女孩子又笑了。"我还以为你会告诉我呢。"

这孩子真是一点儿不放过！

"这不是我的秘密。不过我看看有没有什么办法可想，因为我认为你和乔恩，他们都应当告诉。现在再见。"

"你不等爹回来见见吗？"

琼摇摇头。"我怎样到达河那边呢？"

"我划你过去。"

"你记着，"琼说，人冲动起来，"下次你上伦敦来，可以来看看我。这是我的住址。我晚上一般都招待一些年轻客人。不过我觉得用不着让你父亲知道你来。"

女孩子点点头。

琼看着她把小船划过河，心里想：

"她非常之美，而且身材也长得好。想不到索米斯会有这样漂亮的女儿。她跟乔恩正好是一对。"

这种撮合的本能，由于琼自己始终没有得到满足，始终在她的心里作怪。她站在那里望着芙蕾划回去；女孩子放下一支桨向她招手道别，琼就懒懒地在草地和河岸之间向前走去，心里感到一种惆怅。青春找青春，就像蜻蜓相互追逐，而爱情就像日光一样把他们照得暖洋洋的。而她自己的青春呢！那是多年以前了——当菲力和她——可是此后呢？什么都没有——没有一个是她真正中意的。因此她的青春就这样完全虚度了。可是这两个年轻的人儿,如果真如好丽坚决说的,也如她父亲和伊琳,以及索米斯好像非常害怕的那样,真正相互爱上,这要碰上多大的麻烦。多大的麻烦,多大的障碍啊!琼的为人一向就主张一个人要的东西总是比别人不要的东西更加重要,现在那种向往未来和鄙视过去的积极原则在她心里又活跃起来。她在河边上温暖的夏日寂静中赏玩了一会儿水莲和杨柳,看水中鱼跃,嗅着青草和绣线菊的香气,盘算着怎样一个法子使大家都获得快乐。乔恩和芙蕾!这两个可怜虫——两个羽毛未丰的可怜虫!可惜啊可惜!总该有个办法可想吧!一个人总不能就这样算了。她向前走去,到达车站时又是热又是生气。

那天晚上,仍旧抱着直接行动的死心眼儿——这使许多人都避开她——她告诉父亲说:

"爹,我去看了小芙蕾来。我觉得她很惹人疼。埋头不问总不是好办法,你说呢?"

乔里恩吃了一惊,把手里的大麦汤放下,开始捻起面包屑来。

"好像你做的就是好办法?"他说,"你知道她是谁的女儿?"

"能不能过去的就算埋葬了呢?"

乔里恩站起身来。

"有些事情是永远埋葬不了的。"

"我不同意,"琼说,"阻碍人类一切幸福和进步的就是这个。爹,你不懂得时代。过了时的东西是没有用的。你为什么认为乔恩知道母亲的事情就这样不得了呢?现在谁还来注意这种事情？现在的婚姻法还是和索米斯不能跟伊琳离婚时一样，所以你只好插一手。我们进步了，婚姻法并没有；因此谁也不去理它。结婚而没有一个正正经经的摆脱机会只是一种蓄奴制度；而人是不应当把对方当作奴隶的。如果伊琳破坏这种法律，这有什么关系？"

"这个我也不想跟你争辩，"乔里恩说，"不过跟你说的毫无关系。这是人的感情问题。"

"当然是的，"琼叫，"那两个年轻小东西的感情问题。"

"亲爱的，"乔里恩说，微微有点发毛，"你简直是胡说。"

"我并不。如果他们出于真正相爱，为什么要为了过去的事情弄得不快乐呢？"

"过去那个事情你没有经受过。我通过我妻子的心情才领会到；也通过我自己的脑子和想象，这只有爱情专一的人才能领会到。"

琼也站起身，开始彷徨起来。

"如果，"她忽然说，"她是菲力普·波辛尼的女儿，我还可以了解你一点，伊琳爱过他，从没有爱过索米斯。"

乔里恩发出一声长吁——就像意大利农妇赶骡子时发出的那种声音。他的心脏开始跳动得很厉害，但是他毫不理会，完全被感情搅昏了。

"这表明你简直不懂得。如果过去有过爱情，我就不会在乎，而且乔恩，据我所知，也不会在乎。可恨的就是这种没有爱情的结合，那简直是残酷。这个人从前占有乔恩的母亲就像他买的黑奴一样，而这个女孩子就是他的女儿。这个冤仇是埋葬不了的；你也不必费力，琼！这等于要我们看着乔恩和过去霸占乔恩母亲的人的血肉联合起来。这事用不着吞吞吐吐的,完全讲明白倒好。现在我不能再讲话了,否则我这个地方就要害得我整夜不能睡。"他用手按着胸口,转过身去不理会女儿,站在那里凭眺泰晤士河。

琼天生是碰到鼻子才会转弯的人,这时才着实惊慌起来。她走上来用胳膊挽住他。她现在还不觉得父亲对,自己错,因为这在她是不自然的,可是她深深感觉到这个题目显然对他很不相宜。她用面颊轻轻擦着他的肩膀,一声不响。

芙蕾送堂姐过河之后,并没有立即上岸,而是划向芦苇丛中的阳光下面。下午的静谧风光暂时使这个不大接近模糊诗意境界的人儿也着迷了。在她停舟的河岸那边,一架由一匹灰色马拖着的机器正在刈割一片早熟的饲草田。她津津有味地看着那些青草像一匹瀑布似的从轻便的轮子上面和后面泻了出来——看上去那样地新鲜凉爽。机器的轧轧声、青草的簌簌声和柳树、白杨树的萧萧声、斑鸠的咕咕声,混成一支真正的河上清歌。沿岸的深绿色河水里,水草像许多黄色的水蛇随着河流在扭动着、伸探着;对岸斑驳的牛群站在树荫里懒懒地刷着尾巴。这是一个引人遐想的下午。她掏出乔恩的来信——信上并没有华丽的辞藻,但是在叙述他的见闻和游踪时,却流露出一种苦恋之情,读起来非常好受,而且最后署名总是"你忠实的乔"。芙蕾并不是一个感情冲动的人,她的欲望都很具体而且集中;可是这个索米斯和安耐特的女儿如果有什么诗意的话,在这几个星期的等待中,肯定伺候在她对乔恩的回忆周围。这些回忆全留在草色花香里,留在潺潺流水里。当她皱起鼻子嗅着花香时,她在享受着的就是他。星星能使她相信自己和他并肩站在西班牙地图的当中;而大清早上园中着露的蛛网上面那种迷离而闪烁的白昼初吐的景象,在她看来简直就是乔恩的化身。

她在读着乔恩的来信时,两只白天鹅庄严地游来,后面跟着六只小鹅,每一只小鹅中间都刚好隔开那么一段水,就像一队灰色的驱逐舰一样。芙蕾把那些信重又揣起来,架起双桨,划到上岸的地方。穿过草地时,她盘算要不要告诉父亲,琼曾经来过。如果他从管家那里知道了,说不定对她不提起反而觉得奇怪。告诉他还可以使她多一个机会把结怨的原因从他嘴里套出来。所以她就走到大路上去迎他。

索米斯是出去看一块地皮去的,原因是当地政府建议要在这块地上造一所肺病疗养所。索米斯对地方上的事情向来不过问,始终忠于自己的个人主义本质;地方上有什么捐税照付,而捐税总是越来越高。这个造肺病疗养所的新计划可是危及他的本身安全了,所以再不能淡然处之。这个地点离自己的房子还不到半英里远。他完全主张国家应当消灭肺病;但是造在这个地方可不对。应当造得更远一点。他抱的态度其实是所有真正福尔赛的共同态度,别人身体上有什么疾病跟他自己都不相干;这是国家的责任所在,不应当影响到他所取得的或者继承到的天然利益。佛兰茜,他这一代福尔赛中最有自由精神的一个(除非还有乔里恩那个家伙),有一次用她惯用的恶意口吻问过他:"索米斯,你可曾在捐簿上看见过福尔赛的名字?"这说不定是如此,但是造一所肺病疗养所将会降低这一带地方的身价,所以有人正在拟定一份反对造疗养所的请愿书,他一定要在上面签上自己名字。他回家来心里就打定了这个主意,正好看见女儿走过来。

芙蕾近来跟他显得特别亲热,这样的初夏天气在乡下和她静静地过着日子,使他感到人简直年轻了;安耐特总是有点什么事情要跑伦敦,所以他几乎是十分称心地独自享有着芙蕾。当然,小孟特差不多隔一天就要坐着他的摩托车跑来,已经成了习惯。他总算把那半截牙刷剃掉,看上去不再像一个江湖上卖膏药的了!芙蕾有个女友住在家里,再加上邻近的一个青年之类,晚饭后就可以有两对男女在厅堂里跳起舞来;一架电动的钢琴能够自动地奏着狐步调音乐,那个富于表现力的琴面发出异样的光彩。甚至安耐特有时也会由这两个青年之一搂着,婀娜地来回跳着。索米斯常会走到客厅门口,把鼻子微微偏上一点,望着,等芙蕾向他笑一下;然后又回到客厅壁炉边沙发上,埋头看《泰晤士报》,或者什么别的收藏家的价目表。在他那双永远焦急的眼中,芙蕾好像已经完全忘记掉她的神经对象了。

当芙蕾在多尘的路上迎上他时,他就一只手搭着她的胳膊。

"爹,你猜哪个来看过你了?她不能等!你猜猜看!"

"我从来不猜,"索米斯不安地说,"谁呢?"

"你的堂侄女,琼·福尔赛。"

索米斯完全不自觉地紧紧抓着她的胳膊。"她来做什么?"

"不知道。不过吵嘴之后,这总算是打破一次僵局,可不是?"

"吵嘴?什么吵嘴?"

"在你想象中的那个吵嘴,亲爱的。"

索米斯放下她的胳膊。她开玩笑吗,还是想套他?

"我想她是来兜我买画的。"他终于说了一句。

"我想不是。也许只是家族感情。"

"她不过是个堂房侄女。"索米斯说。

"而且是你仇人的女儿。"

"你这话什么意思？"

"对不起,亲爱的;这是我的想象。"

"仇人！"索米斯重复一句,"这是陈年古代的事情了。我不懂得你哪里来的这种想法。"

"从琼·福尔赛那里。"

她灵机一动,觉得他如果当作她已经知道,或者知道一点影子,就会把事情告诉她。

索米斯听了一惊,可是芙蕾低估了他的警惕性和坚韧性。

"你既然知道,"他冷冷地说,"又何必缠我呢？"

芙蕾看出自己有点弄巧成拙。

"我不想缠你,亲爱的。正如你说的,何必多问呢？为什么想知道那个'小小的'秘密呢——我才不管,这是普罗芳的话！"

"那个家伙！"索米斯重重地说了一句。

那个家伙今年夏天的确扮演着一个相当重要的、可是无形的角色——因为他后来就没有来过。自从那一个星期天芙蕾引他注意到这个家伙在草地上探头探脑之后,索米斯时常想起这个人来,而且总是连带想起安耐特;也没有别的,只是因为安耐特比前一个时期看上去更漂亮些了。索米斯的占有本性自从大战后已经变得更细致了,不大拘泥形式而且比较有伸缩性,所以一切疑虑都不露痕迹。就像一个人在俯视着一条南美洲的河流,那样的幽静宜人,然而心里却知道说不定有一条鳄鱼潜身在泥沼里,口鼻露出水面一点,跟一块木桩完全没有分别——索米斯也在俯视着自己生命的河流,在潜意识里感觉到普罗芳先生的存在,但是除掉他露出的口鼻引起疑心外,别的什么都不肯去看。他一生中这个时期差不多什么都有了,而且以他这样性格的人说来,也够得上快乐和幸福了。他的感官在休息;他的感情在女儿身上找到一切必要的发泄;他的收藏已经出了名,他的钱都放在很好的投资上;他的健康极佳,只是偶尔肝脏有那么一点痛;他还没有为死后的遭遇认真发愁过,倒是偏向于认为死后什么都没有。他就像自己的那些金边证券①一样,如果为了看见原可以避免看见的东西,而把金边擦掉,他从心里觉得这是胡闹。芙蕾的一时神经和普罗芳先生的口鼻,这两片弄皱了的玫瑰花叶子,只要他勤抹勤压,就会弄平的。

当天晚上,机缘把一个线索交在芙蕾手中;便是投资得最安全的福尔赛,他们的一生中也常有机缘光顾。索米斯下楼吃晚饭时,忘了带手绢,碰巧要擤鼻子。

"我去给你拿,爹。"芙蕾说,就跑上楼。在她寻找手绢的香囊里——一只旧香囊,绸子都褪色了——她发现有两个口袋;一个口袋里放手绢,另一个纽着,里面装了个又硬又扁的东西。芙蕾忽然孩子气上来,把纽扣解开。是一只镜框,里面是她幼时的一张照片。她望着觉得非常好玩,就像多数人看见自己的肖像时那样。照片在她摩挲的拇指下滑了出来,这时才看出后面还有一张照片。她把自己的照片再抹下一点,就看见一个似曾相识的女子的脸,长得很漂亮,穿了一件式样非常之老的衣服。她把自己的照片重又插在上面,取了手绢下楼,走到楼梯上她才想起那张脸来。肯定是——肯定是乔

---

① 英国政府公债券印有金边,故名,后来用以指可靠的财产投资。

恩的母亲啊!这一肯定之后,她就像触电一样,站在那里不动,思绪纷集。当然是这么一回事!乔恩的父亲娶了她父亲想要娶的女子,而且可能从她父亲手里骗过去的。接着担心到自己的神色会让父亲看出来,她就不再想下去,把绸手绢抖开,进了餐厅。

"爹,我挑了一块最软的。"

"哼!"索米斯说,"我只在伤风时才用的。没有关系!"

整个的晚上芙蕾都在盘算着事情的真相;她回忆着父亲那天在糖果店里脸上的神情——神情又奇特,又像生中带熟,非常古怪。他一定非常之爱这个女子,所以尽管失掉她,这多年来仍旧保存着她的照片。她很冷酷、很实际,一下就想到了她父亲和她母亲的关系上去。他过去可曾真正爱过她呢?她觉得没有。乔恩的母亲才是他真正爱的。那样的话,他的女儿爱上乔恩,他也肯定不会介意了;只是要使他慢慢习惯才行。她套上睡衣时,从衣褶中间迸出一声如释重负的叹息。

第三章 会 见

　　青春只是偶尔认识老年。拿乔恩说,他就是一直到自己从西班牙回来之后才真正看出父亲老了。这位第四代的乔里恩由于望眼欲穿的缘故,初看见时使乔恩吓了一跳——一张脸那样又憔悴、又老。见面时的激动逼得那个假面具似的脸都变歪了,乔恩因此忽然悟出他们出门时老父一定非常寂寞。他心里讲了一句聊以自慰的话:"又不是我要去的!"要青春对老年恭顺,现在是过时了。不过乔恩全不是那种时下的典型。他父亲一直都跟他很亲热;他挨了六个星期的寂寞全为了制止自己的某种行动,然而现在自己却打算立刻照样行动起来,想到这里他真不好受。

　　"孩子,那个伟大的戈雅给你的印象怎么样?"他父亲这个问题就像在他的良心上戳了一下。伟大的戈雅之所以存在,只是因为他创造了一张酷肖芙蕾的脸罢了。

　　抵家的那天晚上,他睡觉时充满了内疚;可是醒来时却充满了企望。今天还是七月五号,他和芙蕾要到九号才有约会。在他回到农场之前,他要在家待上三天。他非得设法和她见面不可!

　　男子的生活中有一种做裤子的周期性需要,而且是不可阻挡的,连最钟爱的父母也没法阻止。因此乔恩在第二天便上了伦敦；他在水道街裁缝店定做了那个少不了的劳什子，使自己在良心上感到无愧之后，就转身向皮卡迪利大街走去。芙蕾的俱乐部所在的斯特拉顿街就连着德文郡大厦。她只有万一机会会在俱乐部里。然而他仍旧怀着一颗跳动的心沿着金融街荡去，看出所有的年轻人都比他出众。他们的衣服穿得神气十足；他们有气派，他们都比他老。乔恩忽然忧从中来，认为芙蕾一定已经把他忘记了。这许多星期来他一直沉浸在自己对芙蕾的情意里，竟然一时找不出芙蕾爱他的可能性了。他的嘴角闭紧，手掌心湿漉漉的。芙蕾！只要她嫣然一笑，就可以使多少俊彦拜倒在石榴裙下！芙蕾，哪个能比得上！这是一个不吉利的时辰。可是乔恩很有志气，觉得一个人必须能够经得起任何挫折。他一面愤愤想着，一面振作精神在一家卖小摆设的店前面站住。目前正是过去伦敦游宴季节的高潮，可是街上除掉一两顶灰色大礼帽和阳光之外，简直看不出有什么特别。乔恩又向前走，拐个弯上了皮卡迪利大街，一头撞见法尔·达尔第上伊昔姆俱乐部去；他是新近被通过做会员的。

"哈啰！小伙子！你上哪儿去？"

乔恩脸红了。"我刚才上我的服装店去的。"

法尔上下把他打量一下。"好的！我要在这个店家订点香烟；之后一同上我的俱乐部吃中饭去。"

乔恩谢谢他。说不定从法尔嘴里打听得到芙蕾的消息！

在他们现在走进的这家烟丝店里，人们对那个使报纸和公共人士睡梦不安的英国现状，却有另外一种看法。

"是啊，先生；就是你父亲过去向我们这里订制的，一点不错。天哪！蒙达古·达尔第先生从——我想想看——从买尔东跑到德比马赛①那一年起,就是小店的主顾。他是我们的一个顶好的顾客。"烟丝店老板脸上显出隐约的笑意,"当然,他透露给我不少内幕消息!我想这种香烟他每星期总要抽上二百支呢,终年如此,而且从来不换牌子。人是顶好的脾气,给我介绍了不少生意。真是不幸摔了那样一跤,这样的老主顾真叫人想。"

法尔笑了。他父亲挂账的年代大约比任何人都久,这一死总算结束了。他抽了一口那支老牌子的卷烟,在他喷出的烟圈里好像又看见自己父亲的容貌,黑黑的,生得很漂亮,留两撇小胡子,脸有点肥肿,头上现出他一生赚得的唯一的一圈神光。他父亲至少在这爿店里是有名气的——他能够每星期抽二百支香烟,能够透露给人家跑马的内幕消息,能够永远欠账!在烟丝店老板的眼中,他至少是一个角色!便是这一点也值得他继承呢!

"我付现钞,"法尔说,"多少钱?"

"你是他的儿子,先生,而且付现钞——就算十先令六便士吧。蒙达古·达尔第先生是叫人永远忘记不了的。我记得他就站着跟我谈过半小时之久。现在大家都那样急匆匆的,再没有他那样的人了。大战把礼貌都破坏了——把礼貌都破坏了。你参加大战的吧,我看出?"

"没有,"法尔说,在膝盖上拍一下,"我在上一次战争里受了伤。所以到现在还活着。乔恩,你要买什么香烟吗?"

乔恩有点难为情的样子,低声说,"你知道的,我并不抽

---

① 买尔东,马名;德比马赛每年6月第一个星期三在埃普索姆唐斯举行,通常称为德比马赛日。

烟。"同时看见老板的嘴唇撇了一下,那意思好像是弄不清究竟要说"天哪!"还是"先生,现在你好抽了。"

"行,"法尔说,"能不抽还是不抽的好。你受了打击时就会抽的。那么烟丝是一样的吗?"

"一样的,先生;价钱稍微贵一点罢了。大英帝国的毅力——真是了不起。我总是这样说。"

"这是我的住址,每星期给我送一百支来,月底开发票。走吧,乔恩。"

乔恩带着好奇心走进伊昔姆俱乐部。他过去除掉偶然跟父亲在什锦俱乐部吃顿午饭外,就从来没有进过伦敦的俱乐部。乔治·福尔赛现在是伊昔姆俱乐部的理事了,他的考究饮食几乎成了俱乐部的控制因素,而且只要他始终参加理事会,这个舒适而不讲究排场的俱乐部就不会变样子,也不可能变样子。伊昔姆俱乐部一直都抵制暴发户加入,乔治·福尔赛为了介绍普罗芳加入,卖尽了面子,而且口口声声称他是个"漂亮朋友",才勉强得到通过。

郎舅两个进餐室时,乔治和普罗芳正在一起吃午饭;乔治用一只食指招呼两人在他们那张桌子上坐下,法尔目光炯炯,笑得很动人,乔恩庄严地闭着嘴,眼神微带腼腆,很逗人。这张餐厅角上的桌子带有特权意味,好像只有大官们才在这里吃饭似的。这种催眠的气氛使乔恩很欣喜。那个侍应生穿的美国西部牧童的长牛皮裤,身材瘦削,十足的共济会会员的恭谨派头。他好像整个心思都放在乔治·福尔赛的嘴唇边上,带着一种同情心留意看他眼睛里面的快意,满心欢喜地看着那些沉重的、刻了俱乐部名字的银餐具的动作。他的穿了制服的胳膊和悄悄的说话声总是冷不防地从乔恩的肩头送过来,弄得他很着慌。

乔治只跟他说了一句"你爷爷教给我一次乖,他在品第雪茄烟上的确是个能手",后来就不再理他;另外一位大官也不理他,这倒使乔恩很感激。桌上谈的全是养马、马的特点和马的价钱,开头把乔恩听得糊里糊涂,弄不懂一个人的头脑里怎么能保留这么多知识。他的眼睛总没法不望着那个黄肤色的大官——那人讲话总是那样坚决,那样令人扫兴——语音又重又怪气,而且总夹着微笑。乔恩心里正在联想到蝴蝶上面,忽然听见那人说:

"我很想看见索米斯·福尔西先生迷一下跑马!"

"老索米斯!那家伙太乏味了!"

乔恩竭力使自己不要显出脸红,同时又听见那个黄肤色的大官继续说道:

"他的女儿是个很逗人的小女孩子。索米斯·福尔西稍微老派一点。我想看他有一天能寻点开心。"

乔治·福尔赛咧开嘴笑了。

"你别愁,他并不像看上去那样不快乐。他永远不会显出他在什么上面感到快乐——那些人说不定会设法把它拿走。老索米斯!被蛇咬了,看见绳子都怕!"

"乔恩,"法尔匆匆说,"你如果吃完了,我们就去喝咖啡吧。"

"这两个人是谁?"乔恩到了楼梯上时问,"我还弄不大——"

"老乔治·福尔赛是你父亲和我舅舅索米斯的堂弟。他一直就是这里的会员。另外普罗芳那个家伙,是个怪物。不妨告诉你,我觉得他在转索米斯老婆的念头!"

乔恩望望他,简直吓了一跳。"可是这太难堪了,"他说,"我的意思是——叫芙蕾太难堪了!"

"你别当作芙蕾会怎样在乎;她很时髦呢。"

"是她母亲呀!"

"乔恩,你很幼稚。"

乔恩脸红了。"母亲跟别人总不同。"他结结巴巴地说,很气愤。

"你对的,"法尔忽然说,"可是时世已经不是我像你这样年纪时的时世了。现在人都有一种'明天就死'的感觉。老乔治讲到我舅舅索米斯的时候就是指这个。索米斯偏不肯明天就死。"

乔恩赶快问,"他跟我父亲之间有什么不快呢?"

"内幕秘密,乔恩。你听我的话,不要再提了,知道对你没有好处。来杯甜酒吗?"

乔恩摇摇头。

"我就恨把事情瞒着不告诉人家,"乔恩说,"然后又笑人家幼稚。"

"你可以去问好丽。她如果不肯告诉你,我想你就相信这是对你好的。"

乔恩站起来。"现在我得走了;多谢你的午饭。"

法尔向他微笑着,心里有点抱歉,可是又觉得好笑。这孩子看上去心绪很乱。

"好吧!星期五见。"

"我说不定。"乔恩说。

他就是说不定。这个沉默的阴谋弄得他走投无路。把他当作三岁孩子看待,真是丢脸。他闷闷不乐地一步步走回斯特拉顿街。可是现在他要上她的俱乐部去,准备使自己失望了!询问的结果是,福尔赛小姐不在俱乐部里。说不定晚一点会来。星期一她时常会来的——他们也说不准。乔恩说他过会再来,就穿过马路进了格林公园,在一棵小菩提树下躺了下来。阳光很大,清风吹拂着菩提树叶子;可是他心里却感到难受。他的幸福好像被一片黑暗笼罩着。他听见园外高临闹市的议会大钟敲了三点。钟声打动了他的心弦,他取出一张纸,用铅笔在上面胡乱写着。他写完了一节诗,正在青草中间搜索另一节诗时,觉得一件硬东西碰了碰他的肩膀——是一把绿阳伞。芙蕾正在低头望着他!

"他们告诉我你来过,而且还要回来。因此我想你可能在公园里;果然在这里——真妙啊!"

"芙蕾!我以为你已经忘记我了。"

"可是我告诉过你不会忘掉你的。"

乔恩一把抓着她的胳膊。

"这太运气了!我们离开这一带。"他等于拖着她穿过了那个管理得无微不至的公园,总算找到一处荫蔽的地方,两个人可以坐下来,相互握着对方的手。

"有没有人插了进来?"他问,向她香腮上面神情焦急的睫毛仔细打量着。

"的确有个小蠢货,可是毫不足道。"

乔恩对这个小蠢货顿然起了——一丝怜悯。

"你知道我中了暑;不过没有告诉你。"

"真的吗!中暑有意思吗?"

"没有意思。妈招呼得我太好了。你碰上什么事情呢?"

"没有。不过我觉得我已经发现我们两家不和的原因了,乔恩。"

他的心怦怦地跳起来。

"我敢说我父亲想要娶你的母亲,可是倒被你父亲娶去了。"

"哦!"

"我看到她一张照片;就在一个放我的照片的镜框后面。他如果十分喜欢她,这事当然会使他非常气恼,你说对吗?"

乔恩想了一下。"如果我母亲最爱的是我父亲,他就不会。"

"可是如果他们已经订了婚呢?"

"如果我们两个订了婚,而你发现自己更爱另外一个人,我可能气得发疯,不过不会因此就恨你。"

"我会。乔恩,你决不许这样对待我。"

"天哪!决计不会的!"

"我觉得他从来就不大爱我母亲。"

乔恩默然。他想起法尔的话——和俱乐部里那两个大官的谈话!

"你知道,我们并不清楚,"芙蕾继续说,"也许对他是个极大的震动。她也许会非常之对不起他。人常会这样。"

"我母亲不会。"

芙蕾耸耸肩膀:"我觉得我们都不大懂得我们的父母。总是从他们怎样对待我们来看他们为人;可是在我们出生以前,你知道——他们还对待过别的人,不少的人呢,我敢说。你知道,他们全都老了。你看你父亲,就有三房儿女!"

"这个可恶的伦敦可有什么地方让我们能单独在一起呢?"乔恩叫。

"只有出租汽车。"

"那么我们就叫一部汽车去。"

两个人上了汽车之后,芙蕾忽然说:

"你回罗宾山去吗?我倒想看看你住的地方,乔恩。我晚上住在我姑姑那里,不过还来得及赶回来吃晚饭。房子里面当然不进去。"

乔恩满心快活地盯着她望。

"太妙了!我可以从小树林那边指给你看房子,不会碰上人的。四点钟有一班火车。"

财产的神和他的大大小小的福尔赛,空闲的,担任公职的,经商的或者从事专门职业的,都跟工人阶级一样仍旧做着每天七小时的工作,所以这两个第四代福尔赛坐着这班过早的火车上罗宾山去时,那个满是灰尘而且被太阳晒得暖暖的头等车厢里简直空无一人。旅途中两个人默默无言地相互握着对方的手。

出站时,他们除掉脚夫和一两个乔恩不认识的乡下人之外,什么人也没有碰见;两个人从那条小径一直走上去,鼻子里闻到的是灰尘和耐冬花的香气。

对乔恩来说——现在芙蕾已是十拿九稳了,而且眼前两个人又不会分离——这次徜徉比过去在高原上那许多次,以及沿泰晤士河边那一次,都更加快意,更加像个奇迹。这是一种雾里的爱情——是人生最金碧辉煌的一页,这里男女相互间的一言一笑以及一点轻微的接触都像是充塞在文字间的那些金色的、红色的、蓝色的小蝴蝶、小花朵、小鸟——是一种没有前思后想的心心相印,这种幸福持续了足足有三十七分钟之久。他们到达小树林时正是挤牛奶的时候。乔恩不肯带她

163

走到农场那边,只到能够望得见那片田野和上面的花园以及花园那边的大房子为止。两人走进落叶松中间,忽然间就在小径拐弯的地方撞上伊琳坐在一棵老断株座子上。

人受到的震动有种种不同:有的是在脊椎骨上;有的是在神经上;有的是在道德感受上;而最强烈、最持久的则是在个人尊严上。后面一种震动就是乔恩撞见母亲时所感受到的。他忽然意识到自己做了一件很不检点的事,把芙蕾公然带下来——行!但是这样偷偷地跑来,像什么——!他满心羞惭,竭力做出一副老脸皮厚的样子。

芙蕾微笑着,带有一点挑战的味儿,他母亲的吃惊马上转为不介意和娴雅神气。第一个开口的倒是她:

"很高兴看见你。乔恩很不错,会想到带你上我们这里来。"

"我们原来没有打算上大房子去,"乔恩脱口而出,"我只预备让芙蕾看看我住的地方。"

他母亲静静地说:

"你上来喝杯茶好吗?"

乔恩正觉得方才的话只显得自己更加没有教养,这时听见芙蕾回答说:

"多谢;我得赶回去吃晚饭。我和乔恩无意中碰上的,我们觉得跑来看一下他住的地方一定很有意思。"

她多么地镇定啊!

"当然啊;不过你非喝杯茶不可。我们叫车子送你上车站。我丈夫一定很高兴跟你见见。"

他母亲眼睛里的那种神情对他凝视一下,使他笔直地摔在地上,就像个十足的虫豸。接着她就向前引路,芙蕾跟在后面。乔恩像个小孩子尾随在两个人的后面,听着她们谈西班牙和旺斯顿,和丛树草坡上面的那座大房子。他留神看着两人的眼睛都避开对方,相互瞄这么一下——这两个他在世界上最爱的人。

他能望见自己父亲在橡树下面坐着。跷着大腿,人又瘦又老,然而很整洁,不由得想到自己在这个安详人物眼中一定显得多么丢脸;便是现在,他已经能够感到他的音容笑貌中带有那种轻微的揶揄气味了。

"乔里恩,这位是芙蕾·福尔赛;乔恩带她下来看看我们的房子。我们马上吃茶吧——她得赶火车呢。乔恩,亲爱的,你去关照他们,而且打电话给德拉贡旅馆派辆车子来。"

丢下芙蕾一个人和他父母在一起,真是古怪的感觉,然而正如他母亲预见到的,在当时还是下策中的上策;所以他就向大房子跑去。现在他再也不能和芙蕾单独在一起了——连一分钟也不能够,而且两个人连下一次约会也没有讲好!当他在女佣和茶壶的掩护下回来时,橡树下面一点看不出有什么窘状;窘只在他的心里存在着,可是并不因此就减少一点。他们正在谈论科克街附近的那家画店。

"我们这些过时的人,"他父亲正在说,"非常之想知道为什么不能欣赏这些新的绘画;你跟乔恩一定得讲给我听听。"

"据说这些画都是带有讽刺意味的,是不是?"芙蕾说。

他看见父亲笑了。

"讽刺?哦!我觉得不仅如此。你怎么说,乔恩?"

"我一点不懂得。"乔恩吞吞吐吐说。他父亲脸上忽然显出一种不快的神情。

"那些年轻人现在对我们,对我们的神、我们的理想全都厌烦了。将他们斩首,他们说——把他们的偶像打掉!让我们回到——真空!而且,老天啊,他们就这样做了!乔恩是个诗人。他也会搞起那些新诗来,而且把我们剩下的那一点点踏在地上。财产、美、感情——全是狗屁。我们今天是什么都不许有,连自己的心情也不许有。它们都是障碍——真空的障碍。"

乔恩听得摸不着头脑,他父亲这番话好像含有深意,然而又摸不透,这使他很生气。他并不要把什么东西踏在地上!

"今天的神就是真空,"他父亲继续说,"我们正回到六十年前俄国人开始提倡虚无主义的时代了。"

"不是的,爹,"乔恩忽然叫出来,"我们不过是要生活,而不知道怎样生活——都由于过去在作梗;如此而已!"

"天哪!"乔里恩说,"这话说得非常深刻,乔恩。是你自己想出来的吗?过去!旧的占有,旧的情感,和它的后果。我们来抽支香烟。"

乔恩把香烟递过去,同时意识到母亲的手很快地抬起来碰一下嘴唇,就像将一些话堵回去似的。他给父亲和芙蕾点上香烟,然后又给自己点上一支。他是不是如法尔说的受了打击呢?他没有吸进的烟喷出来是青色,抽进去的喷出来是灰色;他喜欢鼻子里的那种感觉,以及抽烟给予他的那种平等感觉。他很高兴没有人说:"原来你现在开始了!"他觉得自己大了一点。

芙蕾看了看手表,站起身来。他母亲陪她进屋子去。乔恩留下来和父亲在一起,抽着香烟。

"你送她上车,乔恩,"乔里恩说,"她走了之后,叫你母亲到我这里来。"

乔恩起身走了,在厅堂里等着。他送芙蕾上了汽车。连讲一句话的机会都没有;拉手也不能多拉一下。整整一个晚上他都等着父母跟他谈话。什么都没有提。什么可能发生的事情都没有发生。他上楼去睡觉,在梳妆台的镜子里看到了自己。他没有说话,镜子里的他也没有说话;可是两个人看上去好像心思更重了。

第四章 格林街

普罗斯伯·普罗芳给人以危险印象,究竟是因为他打算把梅弗莱牝驹送给法尔而引起的,还是因为芙蕾说了一句"他就像米甸人的军队——到处在探头探脑"①而引起的,还是因为他问了杰克·卡狄干"保持健康有什么用处"那句荒唐话而引起的,还是仅仅因为他是个外国人或者如时下说的异族而引起的?这都拿不准。拿得准的是,安耐特近来看上去特别漂亮,索米斯卖给他一张画,后来又把支票撕掉,弄得普罗芳先生说:"我向福尔西先生买了一张小小油画,但是没有拿到。"

尽管受到许多猜疑,普罗芳先生仍旧时常光顾维妮佛梨德在格林街的那所青春常在的小房子;他有一种温和的迟钝派头,而迟钝和天真是谁也不会弄错的,因为天真这两个字对普罗斯伯·普罗芳是简直用不上的。维妮佛梨德仍旧觉得他"有意思",常会写个便条给他:"来跟我们乐一下"——乐一

---

① 引自 J. M. 奈尔的赞美诗:
　　　　基督徒,可看见他们,
　　　　在圣洁的土地上,
　　　　那些米甸人的军队,
　　　　到处在探头探脑。

下是时髦话,对于维妮佛梨德来说,再没有比跟上时髦话更性命交关的了。

大家都觉得他有一种神秘气派:这是由于他不论做什么,看见什么,听见什么,知道什么,总认为没有什么——一切都空,这是不正常的。那种英国类型的幻灭,维妮佛梨德是相当熟悉的;她自己就一直在时髦社会走动。英国派的幻灭使人看上去很神气,所以还是合算的。但是把什么都看成空的,而且不是一种姿态,而是因为任何事情确然都是空的,这就不是英国派了;既然不是英国派,就没法不使人家暗暗感到这样即使不是真正的坏习气,至少也是危险的。这就像让大战遗留下来的心情高踞在你的帝国式大椅子上——黄皮肤、沉重的身体、微笑而冷淡;这就像倾听着这种心情通过那一小撮魔鬼式胡子上面的淡红厚嘴唇谈说着。这正像杰克·卡狄干说的——代表一般的英国性格——"有点太过分了",因为如果真正没有什么事情值得感兴趣的话,一个人总还可以打打球,而且打球是可以使人感兴趣的!维妮佛梨德原是个福尔赛个性,所以,便是维妮佛梨德也觉得这种幻灭的心情是不合算的,因此实在不应该有。事实上,普罗芳先生把他这种心情暴露得太明显了,而他来到的这个国家却是将这类现实很有礼貌地遮盖起来的。

那天晚上,芙蕾从罗宾山匆匆赶回来,下楼吃晚饭的时候,这个心情正站在维妮佛梨德家小客厅的窗子口,带着一种空无所瞩的神气望着外面的格林街。芙蕾立刻也瞪着眼睛向壁炉望着,那种神气就像望着一堆并不存在的炉火似的。

普罗芳先生从窗口走过来,全副行头,穿一件白背心,领子纽孔里插一朵白花。

"怎么样,福尔西小姐,"他说,"我非常高兴看见你。福尔西先生好吗?我今天还说我很想看见他寻寻开心。他太烦神了。"

"你这样看吗?"芙蕾简短地回了一句。

"太烦神了。"普罗芳先生又着重地重复一句。

芙蕾猛地转过身来。"要不要我告诉你,"她说,"怎样可以使他快乐?"可是看见他脸上的神情,她那句"就是听见你滚蛋"没有说。普罗芳的牙齿全露出来。

"今天我在俱乐部里听人谈起他的过去纠纷。"

芙蕾睁大了眼睛。"你怎么讲?"

普罗芳先生梳得光光的头动了一下,仿佛减轻自己的语气。

"在你出世以前,"他说,"那件小事情。"

芙蕾明知道他是想岔开他自己引起她父亲烦神的责任,可是禁不住一阵好奇心的震动。"告诉我你听到了些什么。"

"怎么!"普罗芳先生轻声说,"那些你全知道的。"

"我大约知道,不过我想知道你听到的有没有完全不对头的地方。"

"他的第一个妻子。"普罗芳先生低声说。

芙蕾把到了嘴边的一句"他以前从没有结过婚"咽下去,改问道,"她怎么回事呢?"

"乔治·福尔西先生告诉我,你父亲的第一个妻子后来嫁给他的堂兄乔里恩。我要说,这是有一点点不愉快的。他们生的那个男孩子我看见了——孩子很不错!"

芙蕾朝上一望。普罗芳先生在她眼前摇晃着——完全像个魔鬼。就是这个——原因!她使出有生以来最大的英雄气概,总算制止住对面这个人形不再摇晃。她不清楚有没有被他看出来。就在这时候,维妮佛梨德走了进来。

"噢!你们两个都已经来了!伊摩根和我今天下午在婴儿义卖会上玩得真开心啊!"

"什么婴儿?"芙蕾木然问。

"'救救婴儿'的义卖。我买了一件天大的便宜货,亲爱的。一块旧亚美尼亚的织锦——洪水泛滥之前的。普罗斯伯,我要你给我鉴定一下。"

"姑姑。"芙蕾忽然低低说了一句。

维妮佛梨德听见她声音有异,向她走近了一点。

"什么事情?你不舒服吗?"

普罗芳先生早已退到窗子那儿,几乎可以听不见她们讲话了。

"姑姑,他——他告诉我,爹从前结过婚。说爹和她离了婚,她后来嫁给乔恩·福尔赛的父亲,这话是真的吗?"

维妮佛梨德在她做四个小达尔第母亲的一生中,还从来没有感到这样真正窘过。芙蕾的脸色又是那样的苍白,眼睛那样的愁苦,讲话的声音那样的低沉而克制。

"你父亲不愿意你知道,"她说,竭力装出镇定的样子,"事情总会漏出来的,我常跟他说应当让你知道。"

"哦!"芙蕾说,就不再开口,可是维妮佛梨德不由得在她肩上拍了一下——坚实的小肩膀,又美又白!她碰到自己的侄女总不免要打量上一眼两眼,或者拍这么一下;她当然应当嫁人了——不过不能嫁给乔恩那个孩子。

"我们多年前就已经忘记了,"她平静地说,"来吃晚饭吧!"

"我不吃,姑姑。我不大舒服。我可以上楼去吗?"

"亲爱的!"维妮佛梨德轻声说,关心起来,"你难道把这件事情放在心上了?怎么,你还没有真正到交际年龄呢!那个男孩子也还小!"

"什么男孩子?我不过头痛罢了。可是那个男人我今天晚上可受不了。"

"好吧,好吧,"维妮佛梨德说,"你上去躺一下。我叫人送点头痛药上来给你,让我来跟普罗芳先生谈。他有什么资格来搬这些鬼话!不过我要说,我认为你知道要好得多。"

芙蕾笑了笑。"是啊。"她说,就溜出屋子。

她上楼时头只是晕,喉咙里觉得发干,心里翻腾着一种恐惧的感觉,到现在为止,她一生还没有须臾感到怕自己会丧失心爱的东西过,今天下午的感受是既丰富,又强烈,而晚间的这个登峰造极的可恨发现真正使她的脑袋痛起来了。无怪她父亲要那样偷偷摸摸地把那张照片藏在她的照片后面——不好意思把照片还保留着!他可能够又恨乔恩的母亲,又保留她的照片呢?她用手按着前额,想把事情弄弄清楚。他们告诉了乔恩没有呢?她上罗宾山之行会不会逼得他们把事情告诉乔恩呢?一切成败都系在这上面!她已经知道了,他们全都知道了,只有乔恩——也许还不知道!

她来回走着,咬着嘴唇拼命地想。乔恩爱他的母亲。如果他们已经告诉了他,他将怎么办呢?她说不出。可是如果他们还没有告诉他,她要不要——在他知道以前——能不能把他弄到手,跟他结婚呢?她竭力回忆着适才在罗宾山的情景。他母亲的脸色是那样的平静——深褐色的眼珠、洒了粉似的花白头发、矜持的微笑——使她迷惑不解;他父亲脸色和蔼、面容瘦削、微带揶揄。她本能地感到便是现在他们也会害怕告诉他,怕使他伤心——因为他知道了,当然会非常难受!

她一定要告诉维妮佛梨德不要告诉她父亲,说她知道。只要他们没有以为她自己和乔恩知道,就还有一线生机——她就可以随意掩饰自己的行动,而获得自己心心念念的东西。可是苦的是她已经陷于完全孤立。所有人的手都在反对她——所有人的手!正如乔恩说的——他和她不过是要生活,而过去却在作梗;这个过去又没有他们的份儿,而且他们也不了解!唉!真是倒霉啊!忽然间她想起琼来,琼会不会帮助她呢?琼不知怎样却留给她一个印象,好像很同情他们相爱,而且不耐烦过去在作梗。接着,她本能地想道:"不过我连她也不告诉。我有点怕。我非要得到乔恩不可;抵抗着所有这些人。"

用人把一盘汤和维妮佛梨德最心爱的头痛片送上来。她把两者都吞下肚子。后来维妮佛梨德亲自来了。芙蕾先是用这些话展开攻势:

"姑姑,你知道,我不愿意人家以为我爱上了那个男孩子。奇怪,我跟他见都不大见到!"

维妮佛梨德虽则富有经验,但并不"精细",听到这话,大大松了一口气。当然,听到家里的丑事在芙蕾是不开心的,所以她便设法把这件事情说得并没有什么了不起;以她这样一个在生活舒适的母亲和神经不能受刺激的父亲的时髦教养下长大的女儿,和做了蒙达古·达尔第多年妻子的人,这事在她做来是再适当没有的了。她的一段描写简直是一篇轻描淡写的杰作。有个年轻人被车子撞死了,她就离开了芙蕾的父亲。后来,多年以后,事情原可以圆了过来,她又和他们的堂兄乔

173

里恩搭上了;当然她父亲弄得不得不提出离婚。现在谁也不记得这事情了,除掉家里人。也许这样做的结果反而好;她父亲有了芙蕾;乔里恩和伊琳据说也过得很快乐,而且生的一个孩子也很不错。"法尔也娶了好丽,你看,这也算是一种弥补吧?"讲了这番安慰话之后,维妮佛梨德在侄女儿肩上拍了一下;心里想:"她是个很不错的结实的小东西呢!"于是下楼重又去找普罗斯伯·普罗芳去了;这个人虽则讲话不知轻重,今晚可着实"有意思"!

维妮佛梨德走后,芙蕾有几分钟都在受着头痛片的物质和精神影响。后来,现实感又回来了。她姑姑把所有要紧的事情全撇开了——所有的情感、爱、恨以及深情热爱的人们所有的那种不能原谅的心情。她自己对人生了解得太少了,而且仅仅接触到爱的边缘,然而,便是她也能够本能地感到有些话和事实,和人的心情毫无关系,就如同钱币和它买的面包一样毫无关系。"可怜的爹!"她想,"可怜的我!可怜的乔恩!可是我不管。我非得到他不可!"她从熄了灯的自己窗户里望见"那个人"从下面大门里钻出来,"探头探脑地"走了。如果他跟妈——这对她的事情有什么影响呢?敢说她父亲只会更加紧紧地搂着她,到后来一定会答应她的要求,或者赶快和她背着他做的那些事情妥协。

她从窗口养花的木箱里抓了一把泥土,用全力向那个消逝的身形掷去。扔得不够远,可这一举动使她很好受。

格林街上涌起一阵气流,闻上去并不香,而是带有汽油味①。

---

① 指普罗芳的摩托车开动时发出的油气。

第五章　纯福尔赛事务

索米斯上商业区来，原是打算在一天完毕时上格林街去看看，顺便带芙蕾回家，没想到增加许多感慨。他现在虽则仍在克司考特、金生、福尔赛法律事务所挂着名，但很少上商业区来，不过事务所仍旧给他留一个房间，而且指定一个专职、一个兼职的职员专管纯属于福尔赛家的事务。目前财产上的变动相当大——正是抛出房产的大好时机。索米斯正在解除他父亲和他四叔罗杰的那些房产，以及五叔尼古拉的一部分房产。他在一切金钱事务上很精明，正直更不用说，这使他在这些委托上颇有点像个专制君主。如果索米斯认为要这样做或者要那样做，别人最好还是省事些不要再动脑筋了。对于不少不管财产死活的第三代和第四代福尔赛来说，他可以说是一个靠山。那些共同的委托人，如他的堂弟罗杰或者尼古拉，他的堂妹夫狄威第曼和斯宾德，或者他妹妹茜席丽的丈夫，全都信任他；他先签字，他签了字之后别人就跟着签字，这样谁都不损失一个铜子。现在他们的钞票全比从前多出来，索米斯却开始看到有些委托需要结束了；只有一些符合时代趋势的金边产业收入，他还可以代为分发。

穿过商业区那些比较尘嚣的部分向伦敦最僻静的街道走来时，他不禁感慨系之。头寸是那样的紧；而道德风气却是那样极端松弛！这都是大战造成的。银行不肯放款；到处都听见有人违反契约。目前人都有一种普遍的感觉,脸上都有一种表情,使他看了很不乐意。国家好像注定要进入一个赌博和破产的时期似的。所幸的是,不论他或者他那些委托人的财产投资,除掉充公或者征收资本税的疯狂措施外,任何变动都不会受到影响,想到这里,总还算一点慰藉。索米斯如果有什么信仰可言的话,那就是相信他叫作的"英国人的常识"——或者说占有能力,这个办法不行,再换一个办法。他不妨——像他父亲詹姆士在他之前那样——说他不知道事情会变成怎样,可是内心里他从来就不相信事情会变成怎样。如果事情能由他做主,它就不会变——而且归根结底,他只是一个跟别人一样的英国人,把自己的财产都是那样不声不响地紧紧抓着,他有把握,如果没有大致相当的东西作为交换的话,谁都不会真正放手的。他的头脑在物质事务上总是倾向平衡,而他对国内形势的分析在一个由人类组成的世界里却很不容易推翻。拿他自己的例子来说吧！他很富有。这对别人有什么害处呢？他并不一天吃十顿；他并不比穷人吃得多,也许还没有穷人吃得多。他并不把钱花在荒唐事情上,并不多呼吸空气,并不比技工或者看门的多用一点水。他身边当然有许多美丽的东西,可是这些东西的制造过程却给了人们工作,而且总得有人来使用。他买画,可是艺术总必须提倡。事实上,他是货币流通的一个偶然渠道,也就是雇用劳动的渠道。这有什么可反对的地方？钱交在他手里,要比交在国家手里,或者那许多迟钝的、吸取民脂民膏的官吏手中,流动得快得多,也有益得多。至于他每年积蓄下来的钱,那和他没有积蓄下来的钱一样在流通着,还不是买了水利局或者市政公债的证券,或者派些健康和有益的用场。国家对他担任自己或者别人钱财的委托人并不给他薪水——他这些全是白尽义务。这就是反对国有化的全部理由——私有财产的保有者是不拿酬报的,然而在各方面都刺激了金钱的流通。在国有化之下——情形恰好相反!在一个深受官僚主义之害的国家里,他觉得自己的理由非常充足。

走进那条极端僻静的后街时,他想起有不少不择手段的托拉斯和联合企业一直都在市场上将各式各样的货物囤积居奇,把物价抬到人为的高度,感到特别气愤。这些滥用个人主义经济体系的人都是唯恐天下不乱的恶棍;现在总算看见他们惶惶不可终日了,这也算一点安慰。否则的话,整个经济局势都会益发不可收拾——而且把他们卷在里面。

克司考特、金生、福尔赛法律事务所的写字间占据街右一所房子的底层和二层;索米斯走上自己的房间时,心里想:

"我们该把房子油漆一下了。"

他的老职员格拉德曼还是坐在老地方,旁边是一口大橱,分作无数的小格子。那个兼职的职员站在他旁边,拿着一张捐客的单子,上面记着经售罗杰·福尔赛产业中布里安斯东广场那所房子后的款项投资清单。索米斯接了过来,说道:

"温哥华城证券。哼!今天跌了!"

老格拉德曼带着一种粗嘎的逢迎声气回答他说:

"是——啊;不过什么都在跌,索米斯先生。"那个兼职的职员退出去了。

索米斯把那张单子和另外一些单子穿在一起。把帽子挂上。

"我要看看我的遗嘱和结婚赠予书,格拉德曼。"

老格拉德曼把转椅极度转过去,从左手最下面一个抽屉里抽出两张稿子。恢复了身体原状之后,他抬起那张须发花白的脸,由于弯腰的缘故,涨得通红。

"这是复本,先生。"

索米斯接过来。他忽然有了一个怪念头,想到栖园有一只高大的、用来看守院子的虎纹狗,总是被他们用链子锁着;后来有一天芙蕾跑来,非要把狗放掉不可,可是那狗一放出来立刻咬了厨子,他们就把狗打死了,格拉德曼多么像那只狗啊。你如果把他的链子解开,他会不会咬伤厨子呢?

他一面压制着这种无聊的幻想,一面打开他的结婚赠予书。自从他父亲逝世和芙蕾出生的那一年,他重新做了遗嘱之后,已经有十八九年没有看了。他想看一看那句"在有丈夫保障的法律条件下"写进去没有。对的,写进去了——怪句子,当你想到它时,这个名词也许从养马术语借用过来的!只要她始终是他的妻子,而且将来居孀时守节,就由他付给她一万五千镑的利息收入(包括所得税在内)——文字写得很陈旧,但是相当明确,以此来限制芙蕾母亲的行动不致越轨。他的遗嘱上给她凑足了一千镑的年金,也是同样的条件。好的!他把复本还给格拉德曼,格拉德曼接过来眼睛抬也不抬,转过椅子,把它放在原来抽屉里面,继续算他的账。

"格拉德曼!我很不喜欢眼前的这种局势;有不少的人连一点常识都没有。我要想个方法保障芙蕾小姐不遭受任何可能产生的意外。"

格拉德曼在吸墨纸上记了个"2"字。[①]

[①] 格拉德曼正在算账,写下数字免得忘掉。

"是——啊,"他说,"风气很糟。"

"普通限制期前处分①的办法在这里用不上。"

"是——啊。"格拉德曼说。

"假如这些工党家伙,或者更糟糕的人上了台!危险的就是这些一门心思的人。你看看爱尔兰!"②

"啊!"格拉德曼说。

"假如我马上赠予她一笔钱,而把我作为一个终身受益者,他们除掉利息之外就没法拿走我什么了;当然,除非他们修改法律。"

格拉德曼头移动一下,笑了。

"噢!"他说,"他们不会这样做的!"

"我不敢说,"索米斯说,"我不相信他们。"

"先生,这要等过两年才能免除遗产税呢。"③

索米斯嗤了一声。两年! 他不过六十五岁啊!

"这不相干。你起草一张赠予书,把我的全部财产都平均赠给芙蕾小姐的子女,先由我终身享有财产出息,我死后由芙蕾小姐终身享有财产出息,但没有期前处理权,再加上一条:如果碰到有什么挪用终身出息的情形时,这些出息就归委托人掌管,由他们全权考虑怎样把这些出息用在对她有益的方面。"

格拉德曼嗄声说:"在你这样年纪,先生,这未免太过分了;你自己不能做主了。"

"这是我的事情。"索米斯厉声地说。

---

① 指对附有期限的遗产或遗赠财产未到期的处分(或设定债权)。
② 当时爱尔兰正闹独立运动。
③ 这是英国法律防止人用生前赠予办法来逃避遗产税。

格拉德曼在一张纸上记下来："终身出息——期前处分——挪用出息——全权考虑……"又说道：

"哪些委托人呢？小金生先生；倒是个很不错的稳重的年轻人。"

"是啊，他不妨算一个。我得有三个人。福尔赛家现在没有一个我看得中的。"

"小尼古拉先生也不行吗？他现在出庭了，我们给他搞过辩护书的。"

"他不会名动京师的。"索米斯说。

格拉德曼那张被无数羊肉片养得油光闪亮的脸上挤出一点微笑来，那是一个成天伏案的人的微笑。

"你不能指望他在这大年纪就出名，索米斯先生。"

"为什么？他多大年纪？四十岁？"

"是——啊，很年轻呢。"

"好吧，把他放上去；可是我要找一个对这件事情比较关切的人。现在一个也找不到。"

"法勒里先生怎么样，现在不是回国了？"

"法尔·达尔第吗？那样糟糕的父亲？"

"是——啊，"格拉德曼轻声说，"他已经死了七年——已经符合出诉期限法的规定了①。"

"不行，"索米斯说，"我不喜欢这种关系。"他站起身来。

格拉德曼忽然说：

"如果他们要征收资本税的话，他们还可以找上那些委

---

① 即握有债权的人向死者或继承人索债的期限（在英国为六年）已过，因此不会连累到法尔了。

托人。所以,先生,你还是躲不了。我要是你的话,还要多想想再做。"

"这话对的,"索米斯说,"我想想。费里街那个房屋倒塌的通知办得怎么样了?"

"还没有正式送出。对方年纪很老了。她不会在这样大年纪答应退租的。"

"我不知道。这种彷徨不安的心理好像把什么人都传染上了。"

"不过,先生,我是从大处看。她八十一岁了。"

"你还是把通知送出去,"索米斯说,"看看她怎么说。噢!还有悌摩西先生呢!是不是各事都准备好了,以防——"

"我把他的财产清单已经全准备好了;家具和旧画都估了价钱,将来拍卖时好知道怎样限价。唉!我还是好多年前看见过悌摩西先生的呢!"

"人哪有永远不死的。"索米斯说,把帽子取下来。

"是——啊,"格拉德曼说,"可是仍旧使人很感触——老弟兄里最后一个了。我要不要把老康普顿街那件妨碍居民事件办起来!那些风琴①——真是讨厌东西。"

"你去办。我得去接芙蕾小姐,赶四点钟的火车。再见,格拉德曼。"

"再见,索米斯先生。希望芙蕾小姐——"

"很好,不过太管不住自己的脚了。"

"是啊,"格拉德曼嗄声说,"年纪还轻呢。"

～～～～～～～～～～
① 指沿街乞讨者的手摇风琴扰乱居民的安静。

索米斯出去时心里盘算着:"老格拉德曼!他如果年轻一点的话,我就让他做一个委托人。现在找不到一个对我的事情真正关心的。"

离开了那条后街的乖戾和数学般严格的气氛、那种反常的安静之后,索米斯忽然想道:"在有丈夫保障的法律条件下!他们为什么不赶走普罗芳这种家伙,反而赶走那许多勤勤恳恳的德国人呢?"想到这里,不禁奇怪自己内心怎么弄得这样彷徨不安,竟然产生这种不爱国的思想。可是事情就是如此!你连片刻的安静也没有。什么事情总有点鬼!他取道上格林街去了。

汤姆斯·格拉德曼的表上过了两小时以后,他从转椅上起身,关上大橱的最后一个抽屉,把一大串钥匙放进大衣口袋,钥匙多得使他右边大衣鼓出了一大块;他用袖子把那顶旧大礼帽四面拭一下,拿起雨伞,走下楼。一个肥硕短小的身材,紧紧扣着一件旧大礼服,向科文特加登广场走去。每天坐地铁回海格特山之前的这一段散步他是从来不放弃的,而且也很少放弃在途中买些价钱相宜的蔬菜水果。一代代的人尽管生了出来,帽子的式样尽管变了又变,战争尽管进行,福尔赛之流尽管消逝,但是汤姆斯·格拉德曼每天还会照样散步,照样买他的蔬菜。时世是今非昔比了,他儿子一条腿是断送了,现在他们也不再给他那种好玩的小篮子装蔬菜了,而这些地铁却很方便——虽说如此,他还是不应当抱怨;他的健康在他这个年纪算是不错的了,而且在法律界混了五十四年之后,他已经每年足足有八百镑的进项;不过这些进项多数都是收房租的佣钱,现在福尔赛家的房产变卖得这样多,看上去这些佣钱的来源也要枯竭了,然而生活费用仍旧很高;想到这里,他不禁有点发愁;不过发愁也没有用——"我们全都是善良的上帝安排的"——他不是时常这样说吗?可是伦敦的房产却表明缺乏这种信仰——罗杰先生或者詹姆士先生如果能看到房产卖成这个样子,不知道他们会是什么说法;索米斯先生总之——是发愁的。以在世一人或多人之终身并以后之二十一年为限①——再不能比这个时间更长了;然而他的身体却保养得非常之好——而且芙蕾小姐也长得很漂亮——的确漂亮;她会结婚的;不过时下很多人都不生孩子——他自己的第一个孩子是二十二岁时生的;乔里恩先生在剑桥大学读书时就结婚了,就在同一年生了孩子——真是!那是在一八六九年,远在老乔里恩先生——真是置产业的好手——把遗嘱从詹姆士先生手里拿走以前——怪不怪!那些时候他们是到处买房子,而且也没有这些黄军服,这种你挤掉我、我挤掉你的情形;而且黄瓜只卖两便士一磅;还有香瓜——那种旧日的香瓜,叫你直淌口水!自从他进了詹姆士先生的事务所之后,算来已有五十年了;当时詹姆士先生曾经跟他说:"你听着,格拉德曼,你只是个孩子——你小心做着,在你歇手之前,你就会挣到五百镑一年。"他就这样小心做着,而且敬畏上帝,而且为福尔赛一家效劳,而且晚上总是保持吃素的习惯。他买了一份《约翰牛》周刊——倒不是因为他赞成这个杂志,古怪的东西——带着那个仅仅用黄纸袋袋装的蔬菜,上了地铁的电梯,钻进地球的心脏去了。

---

① 英国法律所允许的立遗嘱者对遗产保留的限期,逾此而无继承者,即予没收。参看本书最末一章关于悌摩西遗嘱一段文字。

第六章　索米斯的私生活

在上格林街的途中,索米斯想起应该上萨福克街杜米特里欧画店走一趟,打听波尔德贝家那张老克罗姆①有没有可能出售。这次大战能使波尔德贝家的老克罗姆看上去会卖出来,简直可以说打得不冤枉!老波尔德贝死了,他的儿子和孙子都在战争中阵亡了——一个堂弟继承了产业,有心要把这张画卖掉;有人说是因为英国情形不好,另外一些人则说是由于这个堂弟有哮喘病。

如果杜米特里欧把这张画弄到手,价钱就会大得使人不敢问津;所以索米斯有必要弄清楚杜米特里欧究竟到手没有。不过他跟杜米特里欧只谈论蒙蒂塞利②会不会又时髦起来,因为目前的风气就是不要一张画像张画;还有埃德温·约翰③的画有没有前途,顺带还提到奈特。只在快离开时他才问上一句:"原来波尔德贝家那张老克罗姆弄到后来还是不卖吗?"正如他预计的一样,杜米特里欧纯粹出于民族的优越

---

① 约翰·克罗姆(1768—1821),英国风景画家,诺里奇画派的创始人和主要代表;他儿子约翰·伯奈·克罗姆也是画家,英国人因此称他为老克罗姆,以示区别。
② 蒙蒂塞利(1824—1886),法国画家,以善用色彩著称。
③ 奥古斯丁·埃德温·约翰(1878—1961),英国人像画家。

感①回答他道：

"噢！福尔赛先生，我会弄到手的！"

他的眼皮眨了一下，使索米斯的心思更坚定了；他要直接写信给那个新波尔德贝，提醒他卖掉一张老克罗姆的唯一不失身份的办法就是不经过画商的手。所以他说声："好吧，再见！"就走掉，引得杜米特里欧倒不放心起来。

到了格林街时，他发现芙蕾已经出去了，而且晚上要回来很迟；她在伦敦还要住一个晚上。索米斯很扫兴，叫了一辆马车上车站，赶上四点钟火车回去了。

到家时大约六点钟光景。空气很闷，蚊蚋袭人，天上雷声隆隆。他拿了信上楼进了更衣室，把身上的伦敦灰尘刷刷干净。

一批很无聊的信件。一张收据，一张芙蕾买东西的账单。一份镂刻展览会的宣传品。一封信开头写道：

先生——我觉得有责任……

这准是什么求助或者更加讨厌的信。他马上看看后面的签字。没有！他简直不能相信，把信纸翻过来，四个角都找到了。由于不是公众人物，索米斯从来就没有收到匿名信过；他的第一个心思是把信看作一件危险的东西撕掉；第二个心思是把它看作一件更危险的东西来看一下：

先生——我觉得有责任告诉你一件和我无关的事：你太太在和一个外国人在胡搞——

读到最后几个字时，索米斯不由得停下来检查一下信壳

---

① 杜米特里欧是西班牙或葡萄牙人。

上面的邮戳。邮戳打得很难辨认,他看了半天只认出最后是 sea,中间有个 t 字。是切尔西吗？不是！巴大西吗？也许是的！他又看下去：

> 这些外国人全都是一样。全要不得。这个家伙每星期要和你太太碰两次面。这是我自己打听出来的——看见一个英国人受人欺侮,简直使人发指。你留点神,看看我说的是不是事实。如果不是因为有一个混账的外国人杂在里面,我也不会管这种闲事。
>
> 谨上

索米斯扔下这封信时的感觉,就像走进自己卧室,看见屋内到处爬的蟑螂。这种匿名的卑鄙行为使他一时觉得下流得叫人吃不消。可是更糟糕的是,自从那次星期天傍晚芙蕾指着下面在草地上漫步的普罗斯伯·普罗芳,说了那句"探头探脑的猫儿"之后,他一直就怀着这样的鬼胎。便是今天,他不是也为了这个缘故细细看了自己的遗嘱和结婚赠予书吗？而现在这个匿名的坏蛋,显然除掉发泄自己对外国人的气愤外并无任何好处,却把这件事情拎了出来,而索米斯本人则一直希望它蒙在鼓里。逼着他在他这样的年纪知道芙蕾母亲这样的事情,真是可恨！他从地毯上把信拾起来,撕成两半,后来看见只有在折缝的地方还连在一起时,就不再撕,打开来重又读了一遍。这时候他正在做出自己生平一个最重要的决定。他决不让自己弄得又出一次丑。不行！不过这件事他决心解决一下——要考虑得极其明智周详——一点不能损害到芙蕾的前途。主意打定以后,心里就踏实得多,于是着手盥洗起来。揩手时手有点抖。决不弄得丑声四溢,但是这种事情必须想个法子制止才是!他走进妻子的房间,站在室内四面看看。他根本没有想到要搜索什么罪状,或者可以用来威胁她的东西。不会有的——她为人太实际了。派人侦查她行动,这个主意没有出现就被他打消了——过去侦查的经验他还记得很清楚。不行!他只有这封匿名坏蛋的破信,而这个人对他私生活的无耻侵犯使他痛恨万分。利用这封信来对付安耐特使他很倒口味,但是说不定要用到。芙蕾今天晚上不在家,真是大幸!一下敲门的声音打断了他的痛苦思维。

"马吉尔·孟特先生在楼下客厅里。你见吗?"

"不见,"索米斯说,"等等。我下楼来。"

有点事情能使他脑子不想到这上面去也好!

马吉尔·孟特穿了一套法兰绒衣服站在阳台上,抽着香烟。索米斯走上来时,他把香烟扔掉,一只手搔搔头发。

索米斯对这个年轻人的感情非常特别。按照旧式的标准,无疑是一个吃吃玩玩的、吊儿郎当的小伙子,可是不知怎样他那种随口发表意见的极端乐观派头却有它可喜的地方。

"请进,"他说,"喝过茶没有?"

孟特走进来。

"我以为芙蕾总会回来了,先生;不过我很高兴她没有在家。事情是这样,我——我简直对她着了迷,简直迷得不成样子,所以我想还是告诉你好些。先找父亲当然是旧式做法,不过我想你会原谅我的。我去找了我自己的爹,他说我如果就业的话,他就成全我的婚事。他事实上很赞成这件事。我跟他谈到你那张戈雅。"

"噢!"索米斯说,非常之冷淡,"他相当赞成吗?"

"是啊,先生;你呢?"

索米斯淡淡地一笑。

"你知道，"孟特说，一面盘弄着草帽，头发、耳朵、眉毛好像激动得全都竖了起来，"一个人经过这次大战之后，就没法子不赶快一点。"

"赶快一点结婚；然后又离婚。"索米斯慢吞吞地说。

"不会跟芙蕾离婚的，先生。你想想，如果你是我的话！"

索米斯清一下嗓子。这样说话倒相当动听。

"芙蕾年纪太轻了。"他说。

"呀！不然，先生。我们现在都非常之老了。我爹在我看来简直是个十足的孩子；他的头脑一丝一毫也没有变。不过当然了，他是个准男爵；这就使他落后了。"

"准男爵，"索米斯跟着说一句，"这是什么？"

"准男爵，先生。有一天我也会成为一个准男爵。不过你知道，慢慢地我会熬过的。"①

"滚蛋，你把这件事情也熬过吧。"索米斯说。

小孟特央求说："唉！不行，先生。我非钉在这儿不可，否则就连个屁机会也没有了。我想，无论如何，你总会让芙蕾自己做主的，你太太对我是中意的。"

"是吗！"索米斯冷冷地说。

"你难不成真的拒绝我吗？"年轻人的样子显得非常沮丧，连索米斯都笑了。

"你也许觉得自己很老，"他说，"可是你给我的印象却是非常年轻。什么事情都哇啦哇啦的，并不说明你就成熟了。"

"好吧，先生；我在年龄上对你让步。不过为了表明我是

---

① 孟特这话有引准男爵以为耻之意。

一本正经——我已经找到工作了。"

"我听了很高兴。"

"我进了一家出版社。老爷子出的资金。"

索米斯用手堵着自己的嘴——他几乎说出"倒霉的出版社"来!他一双灰色眼珠打量一下这个激动的年轻人。

"我并不讨厌你,孟特先生,不过芙蕾是我的命。我的命——你知道吗?"

"是的,先生,我知道;她对我也是如此。"

"这也许是的。不过我很高兴你告诉了我。现在我想再没有什么可谈的了。"

"我知道这要由她自己决定,先生。"

"我希望,要有个很长的时间才决定。"

"你有点泼人冷水。"孟特忽然说。

"的确,"索米斯说,"我的人生经历使我不大喜欢急于给人撮合。晚安,孟特先生。你的话我不预备让芙蕾知道。"

"噢!"孟特茫然地说,"为了她,我真可以脑袋都不要。这个她清清楚楚知道。"

"大约是的。"索米斯伸出手来。疯狂的一握,深深的一声叹气,接着不久是年轻人摩托车传来的响声,使人仿佛看见了飞扬的尘土和跌断的骨头。

"这个年轻的一代!"他抑然想着,走到外面草地上来。园丁正割过草,草地上还闻得见新割的青草香——雷雨前的空气把一切气味都压到地面上来。天是一种淡紫的颜色——白杨树是黑色。有两三条船在河上驶过,大约是在风雨欲来之前急急赶寻一处荫蔽的地方。"晴了三天,"索米斯心里想,"就要来一次暴风雨!"安耐特哪里去了——很可能就跟那个家伙在一起——她还是个年轻女子呢！奇怪,没料到自己忽然有了这样的慈善心肠。他走进园中凉亭坐了下来。事实是——而且他也承认——芙蕾在他心里太重要了,所以老婆就显得完全不重要了——完全不重要了；法国人——永远不过是一个情妇,而他在这类事情上早就淡漠了！奇怪的是,以索米斯这样一个天生注意生活有节和投资安全的人,在情感上却总是那样孤注一掷。先是伊琳——现在是芙蕾。他坐在小凉亭里,隐隐意识到这一点,意识到这样非常危险。这种情感曾经一度使他身败名裂过,可是现在——现在却会救下他了！他太爱芙蕾了,所以决不愿意再把事情闹出去。如果他能够找到那个写匿名信的人,他就会教训他一顿,叫他不要多管闲事,把他愿意留在潭底的污泥搅起来！……远远一道电光,一声低沉的雷声,大点的雨滴滴答答打到他头上的茅屋顶上。他置若罔闻,在一张制作粗糙的小木茶几上划起来,用手指在尘积的几面上画出一个图案。芙蕾的前途啊！"我要她过得一帆风顺,"他想,"在我这样年纪,别的全都无关紧要。"人生——真是个孤独的玩意儿！你有的东西永远不能为你所有。前门拒虎,后门进狼。什么事情都拿不准！他伸手把一簇挡着窗子的红蔷薇摘下一朵来。花开花落——自然真是个古怪的东西！雷声震得隆隆响,沿着河向东推进,灰白色的电光在他眼中闪烁着；白杨树头被天空衬得又清晰又稠密,一阵倾盆大雨哗哗哗落下来,把小凉亭就像罩了起来,而他坐在里面仍旧置若罔闻地想着。

风雨过后,他离开躲雨的小凉亭,沿着湿径走到河边。

河上来了两只天鹅,躲在芦苇丛里。这些天鹅他很熟悉,所以站在河边观看它们,弯弯的白颈项、蛇一样怕人的鹅头,样子真体面。"我要做的事情——可不大体面呢!"他想。然而这事还得对付掉,否则就会弄得更糟。现在已经快到晚饭时间,安耐特不管是上哪里去的,这时总该回来了;现在和她见面的时间愈来愈近,跟她讲些什么以及怎样一个讲法,倒愈来愈使他为难了。他心里有了一个新的可怕想法。假如她要求给她自由,跟那个家伙结婚呢!哼,如果她要,也不能给她。他当初娶她并不是为的这个。普罗斯伯·普罗芳的形象在他眼前徜徉着,使他放下心来。这人不是那种结婚的人!不是,不是!愤怒代替了一时的恐惧。"他最好不要跟我碰上。"他想。这个杂种代表——!可是普罗斯伯·普罗芳究竟代表什么呢?肯定说,不代表任何重要的东西。然而却代表世界上某种相当真实的东西——摆脱掉锁链的罪恶,探头探脑的幻灭!他代表安耐特从他嘴里听来的那句话:"我才不管!"一个宿命论者!一个大陆上的人——一个没有国界的人——一个时代的产物!索米斯觉得更没有比这几个字眼更骂得淋漓尽致的了。

两只天鹅掉过头来,眼睛掠过他自顾自向远处望去。其中一只轻轻嘘了一声,摆一摆尾巴,就像有支舵在驾驶似的,转身游走了。另一只也跟着游去。两个雪白的身体和昂扬的颈项在他眼中消逝,他向大房子走去。

安耐特已经在客厅里,穿上晚餐衣服;他上楼时一面想着:"漂亮人做事也要漂亮。"漂亮!晚饭尽管数量恰当、口味极佳,可是进餐时除掉提到客厅窗帘和适才的暴风雨外,两个人简直没有什么话说。索米斯一口酒也没有喝。饭后他随她走进客厅,看见她坐在两扇落地窗中间长沙发上抽香烟,身体差不多笔直地向后靠起,穿一件低领的黑上衣,跷着腿,蓝眼睛半睁半闭;相当丰满的红嘴唇中间喷出缕缕青烟,栗色秀发上缠了一条丝带,腿上穿的是那种最薄的丝袜,顶高的高跟鞋,把足背露了出来。放在什么房间里都是一件漂亮的陈设!索米斯一只手揣着晚餐服口袋里那封撕碎的信,说道:

"我要把窗子关起来;潮气太重了。"

关上窗子以后,他站在那里望望窗子旁边奶油色护壁板上挂的那张大卫·考克斯①。

她脑子里在想些什么呢?他一生从来不懂得女子的心理——只有芙蕾是例外——而且连芙蕾也不总是懂得!他的心跳得很快。可是如果他立意要跟她说话,现在可是时候了。他转过身来,掏出那封撕碎的信。

"我收到这样一封信。"

她的眼睛睁大了,盯了他一眼,变得严厉起来。

索米斯把信递给她。

"撕破了,不过你可以看看。"他回身又去看那张大卫·考克斯——一张海景,色调很好——但是气韵不够。"不知道那个家伙这时候在做些什么?"他想,"我还要叫他看点颜色呢。"他从眼角里瞄见安耐特僵硬地拿着信,睫毛和紧锁的眉头都染得黑黑的,眼睛正来回看着信。她把信扔掉,微微耸一下肩膀,微笑说:

"卑鄙!"

"我很同意,"索米斯说,"不成体统。有这回事吗?"

她一只牙齿紧咬着红红的下唇。"有又怎样呢?"

她真是厚颜无耻!

---

① 大卫·考克斯(1783—1859),英国画家。

"你难道只有这一句好说吗?"

"当然不止。"

"那么你说呢!"

"有什么好说的?"

索米斯冷冷地说:"那么你承认有了?"

"我承认个屁。你是个傻子才问。像你这样的人不应当问。这是危险的。"

索米斯在屋内兜了一圈,压制一下心头升起的怒火。

他走到她面前站着。"你可记得,"他说,"我娶你时你是什么情形?饭店里一个管账的。"

"你可记得我嫁你时还没有你一半年纪?"

索米斯打断两个人相互怒视的目光,又去看那张大卫·考克斯。

"我不打算斗嘴。我要你放弃这种——友谊。我完全是从芙蕾的利害着想。"

"啊!——芙蕾!"

"对啊,"索米斯顽强地说,"芙蕾。她是我的女儿,也是你的女儿。"

"你承认这一点很不错。"

"你预备不预备照我说的做呢?"

"我拒绝告诉你。"

"那么我就非叫你告诉我不可。"

安耐特微笑。

"不,索米斯,"她说,"你没有办法的。不要讲了话后悔莫及。"

索米斯额上的青筋气得都暴了出来。他张开嘴想发泄一

下怒气,可是——办不到。安耐特继续说:

"我答应你,再不会有这样的信寄来。这就够了。"

索米斯苦着一副脸。他有个感觉,好像被这个女人当作小孩子耍;而她过去还受到他的——连他也说不出来!

"两个人结了婚,而且像我们这样生活着,索米斯,最好相互不要啰唆。把有些事情翻出来给人家看了笑话,这何苦来。所以,你还是安静点吧;不是为的我——为你自己。你快老了;我还没有呢。你把我变得非常之实际。"

索米斯的感觉就像是被人扼着脖子,一点透不过气来,这时木木然重复了一句:

"我要求你放弃这种友谊。"

"假如我不放弃呢?"

"那么——那么我就在遗嘱里把你的名字划掉。"

这话好像并不怎样生效。安耐特大笑起来。

"你会活得很久的,索米斯。"

"你——你是个坏女人。"索米斯忽然说。

安耐特耸耸肩膀。

"我不认为这样。的确,跟你生活在一起使我有些心都冷了;可是我不是个坏女人。我不过是——合乎人情。你想过之后也会跟我一样。"

"我要见这个人,"索米斯悻悻说,"警告他离开。"

"亲爱的,你真可笑。你并不要我,你要我多少你都拿到了;而你却要其余的我像死人一样。我什么都不承认,但是索米斯,在我这个年纪,我却不准备做死人。我看你还是少啰唆的好,我自己决不闹出丑事来;决不闹出来。现在我不打算再说,不管你怎样做法。"

她伸手从茶几上拿起一本法文小说,打开来。索米斯看着她,心情激动得说不出话。一想到那个人简直使他想要得到她,这一点正揭露了他们之间的关系,对于他这个性情不大接近内省哲学的人颇有点惊心。他没有再讲一句话,就走出客厅,上楼到了画廊。一个人娶了法国女人,结果就落到如此!然而没有她,也就不会有芙蕾。她总算是派了用场的。

"她说的对,"索米斯想,"我无法可想。我连这里面有没有事儿都不知道。"自卫的本能警告他用木条把仓门钉好,把火头闷熄,不要闯出大祸来。除非一个人相信某件事情有什么不对头,它就并没有什么不对头啊。

那天晚上,他进了她的房间。她接待他时完全是一副若无其事的派头,就像两个人没有闹过似的。回到自己的房间里,他感到一种古怪的平静,如果一个人不愿意看见,他就用不着看见。而他并不愿意看见——将来也不愿意看见。看见了一点好处没有——一点没有!他打开抽屉,从香囊里取出一块手绢,和一只放了芙蕾照片的镜框子。他向照片望了一会,就把照片抹下来,里面是另外那一个——伊琳的旧照片。他站在窗口凝视着照片时,一只猫头鹰呜呜叫了。猫头鹰呜呜叫,红蔷薇的颜色变得更加深,一阵菩提花的香气飘了过来。天哪!当年那是完全不同的一种心情啊!深情——旧恨!转眼成尘!

第七章　琼插手进来

琼·福尔赛在齐夕克区泰晤士河边的那间画室里,有一天晚上来了一位客人;这人是个雕刻家,斯拉夫人,曾经在纽约住过,一个利己主义者而且没有钱。他的一些作品正在这画室里展出,原因是这些作品太先进了,在别的地方还展不出来。他的鲜明的头发剪成女孩子一样的前刘海,衬出一张年轻的大颧骨的圆脸。七月六号那天晚上,波立斯·斯屈鲁摩洛斯基开头表演得很不错,像基督那样道貌岸然地一声不响,和那副仪表看去非常相称。琼认识他已经有三个星期,仍旧觉得他是个伟大天才的化身和未来的希望,是一颗进入不理解艺术的西方的东方明星。在这天晚上以前,他谈的一直都只是他对美国的印象——他才把这个国家的尘土从脚上跺下去。① 在他看来,美国这个国家不论哪个方面都太野蛮了,所以他几乎没有卖掉一件作品,而且还被警察局看成嫌疑犯;据他说,这个国家就不成其为一个民族,没有自由、平等、博爱,没有原则、传统、眼光,没有——总之一句话,没有一个灵魂。他为了自己的前途永远离开了美国,而来到了这个唯一他能

---

① 暗用《新约·马太福音》第 10 章第 14 节:"凡不接待你们、不听你们话的人,你们离开那家或是那城的时候,就把脚上的尘土跺下去。"

够生活得好的国家。琼在孤独的时候时常郁郁不乐地想到这个人,一面站在他的那些创作面前——简直怕人,可是一旦经他解释之后,却那么有力,那么有象征性!这样一个人!一头鲜明的头发就像意大利早期绘画里神祇头上的光环一样,而且一脑门子只有自己的天才,别人全不在眼下——当然这是辨别真正天才的唯一标志——然而仍旧是这样的一个"可怜虫",使琼的一颗温暖的心完全为他激动起来,连保罗·波斯特都几乎不在她心上了。她而且开始设法清出自己的画店,好把斯屈鲁摩洛斯基的杰作陈列起来。可是她立刻就碰上困难。保罗·波斯特反对;伏斯波维基冷言冷语。她还没有否认他们的天才,所以他们仍旧以天才的强调口气,要求她的画店至少还要延长六个星期。目前美国人仍在涌到,但是不久就要退去。这批美国人是他们的权利、他们的唯一希望、他们的救星——因为这个"混蛋"的国家里谁都不关心艺术。琼在这次示威前屈服了。反正波立斯对美国人是深恶痛绝的,也不会介意他们从这批美国人身上尽量弄些油水。

那天晚上,琼把这个问题提出来和波立斯商量;在座的除掉那个中世纪素描画家汉纳·霍布代和《新艺术家》杂志主编杰梅·包图格尔之外,并无别人。她提出来时,对波立斯忽然极端信任起来,而且尽管这么多年来和新艺术界一直在接触,这种信任也没有能够在她慷慨热情的天性里干涸掉。波立斯有两分钟以上仍旧保持着那种基督似的沉默,可是后来看见琼的蓝眼睛像猫儿摆动尾巴一样开始左张右望起来。他说,这是典型的英国派头;世界上最自私的国家;这是个吮吸别的国家血液的国家;它毁掉了爱尔兰人、印度人、埃及人、布尔人、缅甸人,毁掉世界上一切优秀民族的头脑和心灵;这个横暴的、虚伪的英国！他来到这个国家之后,这完全在他意料之中:终年都是雾,人民全是做生意的,完全不懂得艺术,整个儿堕入谋利和最下等的唯物主义里。琼觉出汉纳·霍布代低低说,"妙啊！妙啊！"杰梅·包图格尔在窃笑,自己脸涨得通红,忽然气冲冲说道:

"那么你为什么来呢？我们又没有请你。"

斯屈鲁摩洛斯基过去和琼的接触,使他没有料到她会说出这样的话来,就伸手拿了一支香烟。

"英国从来就不要一个理想家。"他说。

可是琼心里的那种原始的英国气息被彻底搅动了;老乔里恩的正义感好像从九泉下升了起来。"你跑来吃我们的、住我们的,"她说,"现在又骂我们。你如果认为这是说老实话,我可不觉得。"

她现在才发现别人在她以前就已发现了的——就是天才虽则非常敏感,但是时常为一层厚皮遮盖着。斯屈鲁摩洛斯基一张年轻而坦率的脸完全充满了嗤笑的神情。

"吃你们的,住你们的,并不;我拿的只是欠我的——而且不过是十分之一欠我的。你将后悔讲出这种话来,福尔赛小姐。"

"不会,"琼说,"我决不。"

"哼！我们艺术家很懂得的,——你接纳我们是为了尽量榨取我们。我不要你的任何东西。"他喷出一口琼的香烟。

琼感到这简直是侮辱,她的决心像一阵冷风从纷乱的情绪中涌起来。"很好,那么你可以把你的东西拿走了。"

就在同一时候,她心里想:"可怜的孩子！他只住一个阁楼,很可能连雇汽车的钱都没有呢。而且是当着这么多人;这简直令人作呕!"

小斯屈鲁摩洛斯基使劲地摇摇头;他的头发又密又光,像一块金色板贴在头上,并不散下来。

"我可以什么都不需要,"他尖声说,"为了我的艺术,我时常被逼得这样活着。是你们资产阶级逼得我们花钱的。"

这些话就像鹅卵石一样打中琼的胸膛。她为艺术做了这么多事情,这样关心艺术界和它的那些可怜虫,把他们的困难看作是自己的困难,却被人骂作资产阶级。她正在竭力找寻适当的字眼时,门开了,她的奥地利女佣低声说:

"小姐,一位年轻女客人要见你。"

"在哪儿?"

"在小饭室里①。"

琼把波立斯·斯屈鲁摩洛斯基、汉纳·霍布代、杰梅·包图格尔挨次看了一眼,一句话不说,走了出去,神情甚为激动。走进了"小餐室",她看见那位年轻女客人原来是芙蕾——看上去很美,虽则苍白一点。在这样一个幻想破灭的时刻,一个至亲骨肉的可怜虫对琼来说是受欢迎的,从本能上觉得这是很好的顺势疗法。

这孩子跑来当然是为了乔恩;如果不然,至少是想从她嘴里打听出一点事情。而琼在这个时刻所感到唯一受得了的事情便是帮助人。

"你还记得上这儿来玩。"她说。

"是啊,这房子真是小巧玲珑得很! 不过你如果有客人的话,可不要为我耽搁。"

---

① 这是表示奥国女仆不会说英语,直接根据本国语称"饭室"而不称餐室。

"毫无关系，"琼说，"我预备让他们自己回味一下。你来是为了乔恩的事吗？"

"你说过你认为应当把事情告诉我们。现在我已经打听出来了。"

"哦！"琼茫然说，"不大好听吧，是不是？"

两人正站在琼用餐的那张小桌子的两头，桌上没有东西。一只花瓶插满了冰岛罂粟；芙蕾抬起手用一只戴了手套的指头碰一碰这些花。琼看见她穿了一件新式的衣服，臀部做得绉起，膝盖以下束得很紧，忽然喜欢起来——麻青色，颜色很惹人爱呢。

"她真像一张画。"琼想。这间小房间，白粉刷的墙壁，地板和壁炉都是旧粉红砖头砌的，黑色的漆，格子窗斜照进太阳最后的光线，衬上这样一个年轻女子，一张淡黄的、双眉微蹙的脸，——小房间看上去从来没有这样漂亮过。她忽然想起当年自己倾心菲力普·波辛尼时，长得多么漂亮，现在想来历历在目，而波辛尼，她那个死去的情人，和她断绝以后，就使伊琳和这个女孩子父亲的结合永远破裂了。这个芙蕾也知道吗？

"那么，"她说，"你预备怎么办呢？"

芙蕾等了几秒钟，方才回答。

"我不要使乔恩痛苦。我一定要跟他再见一次面，把这件事情结束掉。"

"你预备把事情结束掉！"

"除此还有什么法子？"

琼忽然觉得这个女孩子太没有种了，简直使人无法忍受。

"我想你做得对的，"她说，"我知道我父亲也是这样看的;不过——我自己决不会做出这样事情来。我就不能这样算了。"

这孩子的神态多么自如,多么诡谲;她的声音听上去多么不带情感啊!

"人家会以为我爱上他呢。"

"你没有吗?"

芙蕾耸耸肩膀。"我早知道就好了。"琼想,"她是索米斯的女儿啊——这个家伙!可是——乔恩呢!"

"那么你找我做什么呢?"琼问,感到有点厌恶。

"我能不能在乔恩上好丽家去之前,在你这儿和他见见呢?你今晚若能写个条子给他,他就会来的。这事之后,你不妨悄悄让罗宾山那边知道事情已经过去,他们用不着把乔恩母亲的事情告诉他了。"

"好的!"琼突然说,"我现在就写,你拿去寄掉。明天下午两点半。我自己不会在家的。"

她在屋角一张小书桌旁边坐下。便条写好之后,她回转头来,看见芙蕾仍旧用一只戴了手套的指头碰那些罂粟。

琼把邮票用舌头舔了一下。"信写好了。当然,如果你没有爱上他,那就没有什么可谈的了。乔恩算是运气。"

芙蕾接过信。"多谢你!"

"冷酷的小贱人!"琼想。乔恩,她父亲的儿子,爱上她,而没有被——没有被索米斯的女儿爱上!真是失面子!

"没有别的事吗?"

芙蕾点点头;她摇摆着腰肢向门口走去时,衣服的绉边摇晃着。

"再见!"

"再见！……时髦的小东西！"琼咕噜着，一面关上门，"这种人家！"当她大踏步走回画室时，波立斯·斯屈鲁摩洛斯基已经恢复了他的基督式沉默，杰梅·包图格尔正在把什么人都骂到，只有那一群出钱给他办《新艺术家》的人算是除外。他骂的人里面包括伊立克·考柏莱和另外几个"可怜虫"天才，这些过去在不同的时候都曾经在琼的资助和捧场的剧目单上占首位的。琼感到一阵无聊和厌恶，走过去打开窗子，让河上的清风把那些唧唧喳喳的声音吹掉。

可是最后当杰梅·包图格尔骂完了，和汉纳·霍布代一同走掉之后，她又坐下来，像个母亲一样安慰了小波立斯·斯屈鲁摩洛斯基半小时之久，答应他让这次美国热浪再延长一个月；所以波立斯走时头上的光环非常之整齐。"尽管这样子，"琼想，"波立斯还是了不起的。"

第八章 背城借一

当你知道人人的手都向你举起的时候,对于某些人来说,你反会感到一种道德上的解放。芙蕾离开琼的房子,一点不感到良心的责备。她看出这位小堂姐的蓝眼睛含有谴责和愤恨,反而很高兴自己骗了她,一面又鄙视她,因为这个年长的理想主义者并没有看出她的心意所在。

结束,才不会呢!她不久就要使他们全都看出她不过刚刚开始。她坐在公共汽车顶上①回梅费尔区时,自己在微笑。可是一阵阵的预测和焦虑把她脸上的微笑挤掉了。她能不能使乔恩听她调度呢?她已经决心背城借一了,可是能不能使他也这样做呢?她知道事情的真相和旷日持久的真正危险——他两者都不知道;这就有天渊之别。

"假如我告诉了他,"她想,"会不会真正更有把握些呢?"这个丑恶的命运丝毫没有权利破坏他们的爱情;他非认识到这一点不可!决不能让命运来破坏他们的爱情!人对于既成事实总是经过一个时期才接受的!这一点哲学见解,以她的年纪而论,应当是相当深刻,可是她转到另一个不大带哲学意味的想法上去。如果她说服乔恩赶快和她秘

---

① 指双层公共汽车的上面一层。

密结婚,然而事后发现她早就知道事情的真相,那会是怎样情形呢?乔恩最恨人支吾其词呀。那么告诉他是不是会好些呢?可是一想起他母亲那张脸来,芙蕾又冷了半截。她实在害怕。他母亲有力量能制服他;也许比她的力量还大。谁说得了?这个危险太大了。这些出于本能的打算使她想得完全出神了,以至公共汽车已经开过格林街,把她一直带到里茨饭店。她下了公共汽车,沿着格林公园步行回来。暴雨把所有的树木都洗涤过;现在树上还滴着水。大滴的雨水不绝落到她衣服的绉边上。为了避免把衣服弄湿,芙蕾就迎着伊昔姆俱乐部走到马路对面来。这时她碰巧抬头望一下,看见普罗芳先生和一个身材高大的人正坐在拱窗前面。到格林街转弯时,她听见后面有人唤她,回头看见"那个探头探脑的人"赶上来。他摘下帽子——一顶锃亮的圆顶帽,正是她特别厌恶的那一种。

"你好!福尔西小姐。有什么小事我可以效劳吗?"

"有的,你走到马路对面去。"

"哎呀!你为什么不喜欢我呢?"

"是吗?"

"好像是的。"

"好吧,那是因为你使我觉得人活在世上不值得。"

普罗芳先生笑了。

"你听我说,福尔西小姐,你别愁。不要紧的。没有一件事情是持久的。"

"反正对我来说,"芙蕾高声说,"事情是持久的——尤其是喜欢和不喜欢。"

"哦,这可使我有点不快乐了。"

"我还以为没有一件事情会使你快乐或者不快乐呢。"

"我不喜欢弄得别人生气。我要驾游艇走了。"

芙蕾望望他,吃了一惊。

"上哪儿去?"

"到南洋或者别处做一次小小旅行。"普罗芳先生说。

芙蕾感到松了一口气,同时像受到侮辱。显然他的意思是说跟她母亲拆伙了。他竟然敢于有伙可拆,而且竟然敢于拆!

"晚安,福尔西小姐!替我向达尔第太太致意。我其实并不那样坏。晚安!"芙蕾扔下他走了,由他站在那儿,把帽子抬了起来。她悄悄回顾一下,看见他漫步向俱乐部走回去——穿得一身整洁,但是步履很沉重。

"他连爱都不能有信心,"芙蕾想,"妈怎么办呢?"

那天夜里,她做了无数的梦,做得非常不好受;起来时,她觉得浑身无力,而且没有睡好,可是立刻就抱着一本《惠特克年鉴》①研究起来。一个福尔赛总是本能地觉得事实是任何尴尬局面的决定因素。她说不定能克服乔恩的偏见,但是如果没有什么固定手续来实现他们的殊死决心,那就等于什么都没有做。她从这部宝贵的大书里获悉他们两个人都必须到达二十一岁;不然的话就得有某些人的同意,这当然是不可能得到的;接着她就迷失在关于结婚许可证、结婚证书、结婚启事、结婚管辖区的说明里,最后碰上了"伪证"条。可是这毫无道理!谁会在乎他们两情相悦地结婚而虚报年龄呢!早饭

---

① 由英国出版家约瑟夫·惠特克(1820—1895)于1868年创刊,被誉为英国最好的年鉴和一部微型百科全书。

她简直没有吃什么,饭后又翻起《年鉴》来。她越研究越感到没有把握;后来,随便翻翻,被她翻到苏格兰部分。在苏格兰,人们可以完全不通过上面那一套无聊的手续就可以结婚。她只需要到苏格兰去住上二十一天,然后乔恩就可以到苏格兰来,那时他们就当着两个人宣布他们结了婚。不但如此——他们就算是结婚了!这个办法好得多;她立刻就盘算起自己的同学来。她有个叫玛丽·兰姆的同学住在爱丁堡,人很"够朋友!"玛丽还有个哥哥。她可以住在玛丽家里,她和她哥哥就可以做证人。她蛮知道有些女孩子会认为这一切全都不必要,她跟乔恩只要一同出去度一个周末,然后跟自己家里人说:"我们天生就结婚了,所以在法律上现在也必然是结婚了。"但是芙蕾是个福尔赛,很能觉出这种做法不大可靠,也很怕看见她父亲听到上面一番话之后的脸色。还有,她也不相信乔恩肯这样做;他对她很敬重,决不能使他瞧不起自己。不行!玛丽·兰姆那一着比较好,而且目前正是上苏格兰的季节。现在她宽心了一点,就收拾起东西,避开她姑姑,搭上一部公共汽车到了齐夕克区。她来得太早了,所以上植物园去逛逛。在那些花床、钉了木牌的树木和广阔的草地中间,她简直平静不下来;她吃了些鲥鱼酱三明治和一杯咖啡算是午饭,就回到齐夕克区,按按琼的门铃。那个奥地利女佣领她进了那间"小餐室"。这时她明白了自己和乔恩将要决定的是一种什么事情,就对乔恩十倍地想念起来,好像自己孩提时有一件容易割破手或者油漆有毒的玩具,人家要从她手里拿走似的。如果她不能如愿以偿,永远把乔恩弄到手,她觉得自己简直要饿死了。她非想尽方法把他弄到手不可!粉红砖壁炉上面挂了一面模糊的圆镜子,玻璃已经很旧了。她站在那里望望镜子里照出的自己的影子,脸色苍白,眼睛下面有道黑圈;她的神经不断地微微震栗。后来她听到门铃响,悄悄走到窗口,看见乔恩站在门口台阶上,抹着自己的头发和嘴唇,好像他也竭力在压制心情的振奋。

室内原有两把草垫椅子;她正坐在一把椅子上,背朝着门;乔恩进来时,她立刻就说:

"乔恩,你坐下,我要谈谈正经事情。"

乔恩坐在她旁边的桌子上,她看也不看他就继续说道:

"你假如不想放弃我的话,我们非结婚不可。"

乔恩抽进一口气。

"为什么?又发生了什么事情吗?"

"没有,不过我觉得罗宾山不对头,我家里人也不对头。"

"可是——"乔恩嗫嚅说,"在罗宾山——情形非常平静——而且他们跟我什么话都没有说。"

"可是他们决心要阻止我们。你母亲的那张脸很看得出。我父亲的脸色也是一样。"

"你后来见过他吗?"

芙蕾点点头。一点儿附带的说谎有什么关系。

"可是,"乔恩急切地说,"我不懂得,经过了这么多年,他们怎么还会有这样的想法。"

芙蕾抬头朝他看看。

"也许你并不真正爱我。"

"并不真正爱你!怎么——我——"

"爱我你就先把我弄到手。"

"不给他们知道?"

"事后再让他们知道。"

乔恩不作声。她第一次看见他不过在两个月前,可是现在他看上去要比两个月前老得多了——足足老了两年!

"这会叫妈非常伤心的。"他说。

芙蕾把手抽开。

"你得在我们两个中间决定一个。"

乔恩从桌子上滑下来,跪在她面前。

"可是为什么不告诉他们呢?他们并不能真正阻止我们呀,芙蕾!"

"他们能!我告诉你,他们能。"

"怎样阻止呢?"

"我们是完全不能自立的——他们可以使用金钱压力,和其他种种压力。乔恩,我是忍耐不了的。"

"可是这样做岂不是欺骗他们?"

芙蕾站起来。

"你并不真正爱我,否则的话你就会毫不迟疑。'不敢把事情揭出来……就是畏首畏尾'①。"

乔恩抬手挽着她的腰,把她硬拉着重又坐下。她急促地又说下去:

"我全计划好了。我们只要上苏格兰去走一趟。等我们结了婚,他们就会很快妥协。人总是会向事实妥协的。你懂吗,乔恩?"

~~~~~~~~~~

① 引用英国蒙特罗斯侯爵《我的爱和唯一爱》一诗,意译如下:
　　　　不敢把事情揭出来,
　　　　成就成,不成就失败,
　　　　他就是畏首畏尾,
　　　　或者是一个胆小鬼。

"可是这使他们多么伤心!"

原来他宁可使她伤心,不愿使他家里人伤心!"那么好吧;你放我走。"

乔恩站起来,用脊背抵着门。

"我想你也许做得对,"他说得很慢,"不过我要想一下。"

她看得出他心里感情在沸腾。可是表现不出来;而她也根本不想帮他说出。这时候她简直恨自己,而且差不多连他也恨起来。为了保全他们两个人的爱情,为什么事事都要落到她身上来呢?这不公平。接着她看见他眼睛里的神情,又是爱又是窘。

"不要这副样子!我不过是不想失掉你,乔恩。"

"只要你要我,你就不会失掉我。"

"唉,会的,我会失掉你的。"

乔恩双手搭着她的肩膀。

"芙蕾,你是不是知道什么事情没有告诉我呢?"

这话问得直截了当,她就怕的这个。她眼光直瞪瞪地望着他,回答说:"没有。"这一来她连个退路都没有了;可是只要能得到他,这又算得了什么呢?他会原谅她的。她双臂搂着他的脖子,吻他的嘴唇。她在得手了!他的身体抵着她;从他跳动的心房和闭上的眼睛,她能感到自己正在得手。"我要我们的爱情落实——落实!"她悄声说,"答应我!"

乔恩没有回答。脸上虽则毫无表情,可是看得出心绪极端烦乱。终于他说:

"这就像给了他们当头一棒。我得想一下,芙蕾。我的确非想一下不可。"

芙蕾挣开他的搂抱。

"哦！很好！"忽然间失望、羞愧和高度紧张使她禁不住哭了出来。接着是极端苦痛的五分钟。乔恩是说不尽的悔恨和温柔；可是他并没有答应她。她尽管想叫，"那么很好，你既然不是真正爱我——再见。"可是不敢叫出来。她从小就是任性惯了，现在却受制于一个这样年轻、这样温柔、这样专情的乔恩，使她既惶惑又诧异。她想把他从身边推开，装出愤怒和冷淡，看有什么用处，可是她仍旧不敢。她意识到自己是在用计驱使他盲目地去做一件不可挽回的事，这种意识把一切都冲淡了——她的愤怒、热情全都不大像从心里发出来的；便是接吻也不如她原来向往的那样迷人了。这一场急风暴雨的小约会竟然弄得毫无结果。

"你要来点茶吗，小姐？"

芙蕾推开乔恩，回答说：

"不要——不要，谢谢你！我就要走了。"

乔恩还没有来得及拦止，她已经走了。

她悄悄走着，一面揩着火烫的、泪渍的脸，人又怕，又气，非常难受。她把乔恩激得那样厉害，可是他什么也没有答应，一点具体安排也没有！可是前途越是没把握，越是危机重重，"占有意志"的触须就越发钻进她内心的深处——就像深嵌在肉里的扁虱一样！

格林街一个人也没有。维妮佛梨德和伊摩根去看话剧去了；这戏有些人说是寓意性质的，有些人又说"你知道吗，很紧张呢"。维妮佛梨德和伊摩根就是因为别人这些谈论才去看的。芙蕾接着就上帕丁顿车站去。西德雷顿的砖窑和晚麦田那边的空气从车窗里吹进来，拂着她仍旧火烫的面颊。过去好像是随手可摘的花朵,现在却变得长满尖刺了。但是在一串花穗最上面的那朵金色花朵对于她的坚韧性格来说,却变得更加美丽、更加令人动心了。

第九章 种下祸胎

抵家时,芙蕾发现家里空气非常特别,连她自己私生活周围的迷雾都戳破了。她母亲在呆呆出神,简直对她不瞅不睬;她父亲在葡萄藤温室里生闷气。两个人谁也不说一句话。"是为了我的事情吗?"芙蕾想,"还是为了普罗芳?"她问母亲:

"爹怎么啦?"

她母亲只耸一下肩膀,算是回答。

她问父亲:

"妈怎么啦?"

她父亲回答说:

"怎么啦?应当怎么?"就狠狠看了她一眼。

"我想起来了,"芙蕾低声说,"普罗芳先生要坐游艇去做一次小小旅行,上南洋去。"

索米斯把一枝没有结果子的葡萄藤仔细端详着。

"这棵藤长坏了,"他说,"小孟特上这儿来过。他问了我一点你的事情。"

"哦!爹,你觉得他怎么样?"

"他——他是个时代的产儿——跟所有那些年轻人一样。"

"亲爱的,你在他这样年纪时是什么样子?"

索米斯狞笑一下。

"我们都出去工作,并不到处晃膀子——乱跑啊,开汽车啊,谈情说爱啊。"

"你谈过爱情没有?"

她问这句话时避免正眼望他,可是瞧得很清楚:索米斯苍白的脸红了起来,两道花白的眉毛皱着,里面还夹有一些黑的。

"我没有时间拈花惹草的,也不喜欢。"

"也许你有过一种崇高的感情呢。"

索米斯带有深意地看了她一下。

"如果你想知道的话,是有的,而且对我很有好处。"他走开了,沿着那些热水管子走去。芙蕾踮着脚悄悄跟在后面。

"告诉告诉我吧,爹!"

索米斯的态度变得非常安静。

"你这样年纪要知道这些事情做什么呢?"

"她还在吗?"

他点点头。

"结婚了吗?"

"是的。"

"那是乔恩·福尔赛的母亲,是不是?而且她是你的第一个妻子。"

这话是凭一刹那的直觉说出的。他反对自己和乔恩一准是由于他担心自己知道这件伤害他自尊心的往事。可是话说出后,却使她吃了一惊。一个年纪这样大、心情这样平静的人会像当头棒击那样缩一下,而且声音里面含有那样强烈的痛

213

苦,真是想不到。

"谁告诉你的?如果你姑姑……!我不愿意人家谈这件事,我受不了。"

"可是,亲爱的,"芙蕾说,非常温柔地,"这是多久以前的事了。"

"不管多久不多久,我——"

芙蕾站在那里拍拍他的胳臂。

"我曾经想法子忘掉,"他忽然说,"我不愿意有人提起。"接着,就像发泄一股长久蕴藏在胸中的怨气似的,他又说:"在这些年头,人们是不了解的。崇高的感情,真的!谁也不知道这是什么意思。"

"我知道。"芙蕾说,几乎像耳语一样。

索米斯原是背向着她,这时突然转过身来。

"你说什么——像你这样大的一个孩子!"

"也许我遗传了你的崇高感情呢,爹。"

"什么?"

"你知道,我爱她的儿子。"

索米斯的脸色就像白纸一样,而且她知道自己的脸色也一样白。两个人在炎热的高温中相互瞠视着,空气中散布着泥土、一盆盆绣球花和生长得很快的葡萄藤的浓香。

"这真荒唐。"索米斯从干燥的嘴唇中间终于迸出了这一句。芙蕾的嘴唇几乎没动,轻声说:

"爹,你不要生气。我自己也没有办法。"

可是她看出他并没有生气;只是害怕,非常之害怕。

"我还以为你这种蠢念头,"他断断续续地说,"已经完全忘掉了呢。"

"唉,没有忘掉!而且比从前增加了十倍。"

索米斯踢一下热水管。这一可悯的动作感动了她,因为她并不怕父亲———一点也不怕。

"最亲爱的!"她说,"你知道,事情避免不了,就避免不了。"

"避免不了!"索米斯跟着说了一句,"你不知道你说些什么。那个男孩子你告诉他没有?"

她的两颊突然涨得绯红。

"还没有。"

他已经又转过身去,一只肩膀微微耸起,站在那里盯着一处热水管接榫的地方看。

"这事使我非常厌恶,"他忽然说,"再没有什么事情更使我厌恶的了。那个家伙的儿子!简直——简直——混蛋!"

芙蕾注意到,几乎是不自觉地,他并没有说"那个女人的儿子";她的直觉又开始活动了。

难道那种崇高感情的残魂还逗留在他心田的某一角吗?

她一只手伸到他胳膊下面。

"乔恩的父亲已经很老了,而且身体很不好;我见过他。"

"你——?"

"对,我随乔恩去的;他们两个人我都看见了。"

"那么,他们跟你说些什么呢?"

"什么都没有说。他们很客气。"

"他们会的。"他重又研究热水管的接榫起来,后来忽然说:

"我得想一下——今天晚上再跟你谈。"

她知道目前只能到此为止,就悄悄走开,丢下索米斯继续望着热水管的接榫。她信步进了果园,走在那些黑莓和红醋栗中间,也没有心思摘果子吃。两个月前——她的心情多么轻松啊！甚至两天以前,在普罗芳告诉她这件秘密之前——她的心情也还是轻松的。现在她觉得自己就像落在网罟里,无法自拔——感情、既得权利、压制与反抗、爱与恨,全都交织在一起。在这阴暗的失意时刻,连她这样一个遇事死也不放手的人,也觉得走投无路了。怎样办呢——怎样去左右和扭转客观事物,使它服从自己的意志,并且满足自己的心愿呢！忽然间,就在高高的黄杨篱笆的转角上,她迎头撞上自己的母亲,路走得很快,手里拿着一封打开的信。她的胸口起伏着,眼睛睁得多大,两颊绯红。芙蕾立刻想道:"游艇的事情啊！可怜的母亲！"

安耐特惊异地狠狠看了她一眼,就说:

"我头痛。"

"我真替你难过,妈。"

"嗯,对啊！你跟你父亲——难过！"

"可是,妈——我是真的。我知道头痛是什么滋味。"

安耐特惊异的眼睛睁得多大,连上眼白都显出来了。

"可怜的不懂事的孩子！"她说。

她母亲——平时那样地镇静,那样地现实——竟然会这副样子,而且说出这种话来！这使人不禁心惊！她父亲,她母亲,她自己,都变得这样子！然而两个月前,这一家人好像世界上的什么都应有尽有了。

安耐特把手里的信团了起来。芙蕾知道自己只好装作没看见。

"妈,可不可以让我给你的头痛想想法子?"

安耐特摇摇那颗痛头,扭着身子走开了。

"真残忍!"芙蕾想,"可是我很高兴!那个男人!这些男人跑来探头探脑做什么,搅得什么都不对头!我想他是对她腻味了。他有什么资格对我母亲腻味?有什么资格!"这种想法很自然,又很古怪,使她不禁扑哧笑出声来。

当然,她应当高兴,可是究竟有什么值得高兴的呢?她父亲并不真正在乎!她母亲也许在乎。她走进果树园,在一棵樱桃树下坐下来。微风在高枝上叹息着;从绿荫中望出去的蓝天非常之蓝,天上的白云又非常之白——这些厚厚的白云几乎一直是河上景色的点缀。蜜蜂在风吹不到的树荫里,发出轻柔的嗡嗡声,果树在滋润的草地上投出浓密的影子——这些果树都是她父亲二十五年前种的。园中差不多寂无鸟声,连鸸鸪鸟也噤声了,只有斑鸠还咕咕叫着。微风的吹拂、蜜蜂的嗡嗡声和斑鸠的叫唤织成一片盛夏气氛,使她的激动心情不久便安静一点。她抱着膝盖,开始策划起来。她非得使父亲支持她不可。只要她能够快乐,他有什么看不开的呢?他真正关心的就是她的未来;这一点如果不懂得,她就是白活了十九年。所以她只需要使他相信她没有乔恩就活不下去。他认为这简直荒唐。老年人多么愚蠢啊,总以为自己懂得年轻人的心情似的!他不是供认自己年轻的时候恋爱,有一种崇高的感情吗?他应当了解!她想:"他为我积攒了这许多钱,可是这有什么用呢,如果我不能快乐的话?钱,以及所有钱买得了的东西,并不能给人快乐。只有爱情能够。这个果园里的牛眼菊,使果园有时候看上去那样带有梦意,开得又疯狂又快乐,这些才算抓着了青春呢。"

"他们就不应当给我起这样一个花草的名字,"她思量着,"如果他们不打算让我抓着青春和及时享乐的话。"真正的障碍,诸如贫穷、疾病,并不存在,只是感情在作梗,一个从过去不快乐日子带来的鬼影!乔恩说得对。这些年纪大的人,他们就不愿意你生活下去。他们做错了事,作了孽,却要他们的儿女继续还债还下去!风息了;蚊蚋开始叮人。她站起来,摘了一朵忍冬,进屋子去了。

那天晚上很热。芙蕾和她母亲都穿上低领口的薄薄的灰白衣服。晚饭桌上的花也是灰白的。芙蕾特别感觉到什么都是灰溜溜的;她父亲的脸,她母亲的肩头;灰溜溜的木板墙壁,灰溜溜的灰丝绒地毯,灯罩,甚至汤也是灰色的。屋子里一块颜色都看不见,连灰玻璃杯里的酒也没有颜色,因为没有人喝它。眼睛望出去不是灰色,便是黑色——她父亲的衣服,男管家的衣服,自己那条筋疲力尽地躺在窗子口的猎狗,和带有奶油色图案的黑窗帘。一只蛾子飞了进来,连蛾子也是灰色。一顿在闷热中的半殡仪似的晚饭吃得阒静无声。

当她随着母亲走出去时,她父亲喊她回来。

她挨着他靠桌子坐下来,从头发上取下那朵忍冬花,凑着鼻子闻闻。

"我在想。"他说。

"怎样呢,亲爱的?"

"我说出来会感到极端痛苦,可是没有办法不说。我不知道你懂不懂你对我来说是多么宝贝——我从来没有谈过,觉得没有必要;不过——你就是我的一切。你母亲——"他停顿一下,眼睛盯着威尼斯玻璃的洗指碗望。

"怎样呢?"

"我只有你一个生活指望。自从你生下以后,我就没有——没有喜欢过任何别的东西。"

"我知道。"芙蕾轻声说。

索米斯舔了舔嘴唇。

"你也许以为这件事我可以给你打开僵局,安排得好好的。你错了。我——我一点办法没有。"

芙蕾没有开口。

"我的个人感情姑且不谈,"索米斯以更加坚决一点的口气说下去,"不管我怎样说,那两个也不会买账。他们——他们恨我,正如人们总是恨他们伤害过的人一样。"

"可是他——乔恩——"

"他是他们的亲骨肉,她的唯一的儿子。可能她宝贝他跟我宝贝你一样。这是个致命伤。"

"不是的,"芙蕾叫,"爹,不是的!"

索米斯往后靠起,一副灰溜溜的忍耐神气,就好像打定主意不流露任何情感似的。

"你听着,"他说,"你是以两个月——两个月的感情来对抗三十五年的仇恨!你想你会有多大的希望?两个月——而且是你的初恋,不过五六次会面,几次谈话和散步,几次接吻——来对抗,对抗你无从想象的,任何人不亲身经历都不能想象的仇恨。芙蕾,放理智一点吧!这简直是疯狂透顶了!"

芙蕾把那朵忍冬一点一点地扯碎掉。

"疯狂的是让过去毁掉一切。我们管过去什么?这是我们的生命,不是你们的。"

索米斯抬起手遮着前额,芙蕾忽然看见额上亮晶晶的汗水。

"你是谁的孩子?"他说,"他又是谁的孩子?现在是和过

219

去连着的,未来也是和现在,和过去连着的。你没法逃避得了。"

她从来没有听见索米斯谈过哲学,虽则自己很激动,但仍然深深感动了;她两肘撑着桌子,手托着下巴。

"可是,爹,你想想实际情形。我们两个人相爱。钱又是那么多,除掉感情上的障碍,任何阻碍都没有。爹,让我们把过去埋葬掉吧。"

他的回答只是一声叹息。

"而且,"芙蕾温和地说,"你阻止不了我们。"

"我想,"索米斯说,"如果能由我做主的话,我就不会想到要阻止你;我知道,为了保持你的感情,有些事情只好容忍。可是事情并不操在我手里。我要你了解的就是这个,免得将来后悔莫及。如果你继续认为你可以随心所欲,而且鼓励这种想法,等到你发现自己无能为力时,你受到的打击就要重得多。"

"唉!"芙蕾叫,"你帮帮忙呢,爹;你知道你是帮得了我的忙的。"

索米斯猛然做了一个否定的手势。

"我?"他愤愤地说,"帮得了你的忙?我是障碍——恰恰是原因和障碍①——是不是那句老话?你真是我的女儿。"

他站起来。

"祸胎已经种下了。你再要固执下去,那就只能怪你自己。唉!不要傻啊,我的孩子——我的唯一的孩子!"

~~~~~~~~~~~~~~~~~~~~

① 引自《祈祷书》婚姻章:"如果你们知道这两个人为什么不能在神圣婚姻中结合的原因,或者障碍,你们应说了出来。"

芙蕾用前额抵着父亲的肩膀。

她的心情简直激动到了极点。可是露出来也没有用！毫无用处！她丢下父亲,走到屋外的暝色中,五内烦乱,可是仍旧不服。她脑子里的一切都是缥缥缈缈、昏昏沉沉的,就像园子里的那些黑影子一样——只有占有的意志仍旧清楚。一棵白杨树刺破暗蓝色的天空,碰到一颗白星。露水打湿了她的鞋子,使她的裸肩感到寒意。她走到河边,河面已经暗了下来;她站在那里凝望水上的一痕月光。忽然间,她鼻子里闻到烟草的味道,同时河边钻出一个穿白衣服的人来,就像是月亮里掉下来的。原来是小孟特穿了一身白法兰绒的衣服,站在自己的小船里。她听见香烟头丢在水里吱了一声。

"芙蕾,"孟特的声音说,"可怜可怜一个倒霉蛋吧。我等了你好几个钟点了。"

"为什么?"

"你上我的小船来!"

"我不来。"

"为什么不来?"

"我又不是水神。"

"你难道一点风流都不懂？不要赶时髦了,芙蕾!"

他在小径上出现,离她只有一码远。

"走开!"

"芙蕾,我爱你。芙蕾!"

芙蕾发出一声短笑。

"等我心里没有愿望的时候,你再来吧。"她说。

"你有什么愿望?"

"你另外问个问题。"

"芙蕾,"孟特说,声音听上去很古怪,"别拿我开玩笑!连解剖的狗在开刀之前也应当好好对待。"

芙蕾摇摇头;可是嘴唇却在抖。

"你不应该吓我一跳。给我一支香烟。"

孟特给了她一支,替她点上,又给自己点上一支。

"我不想说蠢话,"他说,"可是请你想象一下过去所有的情人说过的所有蠢话,再把我的特殊蠢话也加了进去。"

"谢谢你,我已经想象过了。晚安!"

在一棵被月光照白的金合欢影子里,两个人有这么一刹那面对面望着,两支香烟的烟雾在他们中间混杂到一起。

"'马吉尔·孟特':落选了?"他说。芙蕾毅然转身向大房子走去。在草地上她驻足回顾一下。马吉尔·孟特正在把胳膊挥得老高的;她能望见他正在用胳膊打自己的头;然后又向月光照着的金合欢招手。她勉强听得见他的声音。"好——好!"芙蕾抖擞一下身子。她自己的心事太重了,也顾不了他。到了阳台上,她猛然又停下来。她母亲正坐在客厅里写字台那儿,就只有她一个人。脸上的表情也没有什么特别的地方,只是板得厉害。可是样子看上去非常惨!芙蕾上了楼。在自己房门口又停下来。她能听见自己父亲在画廊里走来走去,走来走去。

"真是孟特说的好——好!"她想,"唉,乔恩啊!"

第十章　下 决 心

芙蕾走掉以后,乔恩笔直地盯着奥国女佣。她是一个瘦削的妇人,一张黄脸带着关切的神气,说明这个女人曾经目睹人生曾经有过的一切小幸福都一一从她身边溜了过去。

"不喝茶吗?"她问。

乔恩觉出她的声音带有失望,就低声说:

"不喝,真的不喝;多谢。"

"来一点吧——已经泡好了。来点茶,和一支香烟。"

芙蕾走了!这下面将是长时间的内疚和犹豫不决!他笑着说——深深感觉到和自己处境很不相称:

"好吧——谢谢你!"

女佣送来一小壶茶、两只小茶杯和一只银烟盒,里面放了香烟,都搁在小托盘里。

"糖要吗?福尔赛小姐的糖很多——她买了我的糖,还买了我朋友的糖①。福尔赛小姐心肠真好。我伺候她很高兴。你是她兄弟吗?"

"是啊。"乔恩说,开始抽起他有生以来的第二支香烟。

"很年轻的兄弟。"奥国女佣说,带有一点焦心的微笑,使

---

① 当时在第一次世界大战后,大约食糖还在配给。

乔恩想到一条摇尾乞怜的狗。

"我来给你倒杯茶,"他说,"你坐下来好不好?"

女佣摇摇头。

"你父亲是个很好的老先生——我看到的最好的老先生了。福尔赛小姐把他的事情全告诉我了。他好些吗?"

她这话乔恩听来就像责备一样。"啊!我想他没有什么。"

"我很想再看见他,"女佣说,把一只手掩着胸口,"他的心非常之好。"

"是啊。"乔恩说。这话在他听来又像责备一样。

"他从来不麻烦人,而且笑起来那样和气。"

"可不是。"

"他有时望着福尔赛小姐的样子很古怪。我把我的事情全告诉了他;他非常同情。你的母亲——她好吗?"

"很好。"

"他在梳妆台上放了她的照片。很美呢。"

乔恩三口两口把茶喝掉。这个女人一张关切的脸和那些提醒他的话,就像《理查三世》的第一刺客和第二刺客①。

"谢谢你,"他说,"现在我得走了。这个——这个请你收下。"

他带点犹疑在茶盘里放了一张十先令的票子,就向门口走去;耳朵里听见女佣喘气的声音,就匆匆出了门。他刚来得及赶上火车;在上维多利车站途中,他把每一个过路人的脸都

---

① 莎士比亚《理查三世》一剧中谋刺克莱伦斯公爵的两个刺客事前有一段良心交战的对话。

看过,就像情人们惯常做的那样,绝望中还存着希望。到达沃辛①之后,他把行李交给区间车运走,自己就穿过高原向旺斯顿走去,想要在一路上摆脱掉犹疑不决的痛苦。只要他加紧脚步走,他总还能够欣赏那些青绿的坡垄,不时停下来匍匐在草地上,玩赏一朵开得正好的野蔷薇,或者倾听云雀的歌声。可是他心里的思想交战仅仅推迟了一下——一方面渴想芙蕾,一方面又恨欺骗自己父母。到达旺斯顿上面那处石灰矿时,他还是和出发时一样没有拿定主意。把一个问题的两面都看得十分有理由,既是乔恩的优点,也是他的缺点。他走进屋子时正值第一次晚餐打铃。行李已经送到了。他匆匆忙忙洗了个澡,下楼来看见只有好丽一个人——法尔进城去了,要等最后一班车才能回来。

自从上次法尔劝他问问自己姐姐两家有什么不快之后,事情实在太多了——先是芙蕾在格林公园里告诉他那个秘密,后来是芙蕾上罗宾山,后来又是今天的幽会——所以到了现在,好像已经没有什么话可问了。他谈到西班牙,谈到中暑,谈到法尔的马,和老父的健康。好丽说她觉得父亲的身体很不好,这使他吃了一惊。她说有两次上罗宾山去度周末,老爹好像衰弱得厉害,有时候甚至样子很痛苦,不过总是不肯谈到自己。

"他总是那样可爱,那样毫不自私——你说是不是,乔恩?"

乔恩觉得自己离可爱和毫不自私太远了,所以只回答一声:"嗯!"

---

① 萨塞克斯郡的一个海滨胜地。

"我觉得,从我记事以来,他就是一个理想的父亲。"

"是啊。"乔恩回答,声音非常之低。

"他从来不干涉子女,而且他好像总很理解你。我永远不能忘记我和法尔恋爱时他放我上南非去的那件事,那正是布尔战争的时候。"

"那还是在他娶我母亲之前,是不是?"乔恩忽然问。

"对啊。你这话什么意思?"

"哦!没有什么。只是,她是不是先和芙蕾的父亲订了婚吗?"

好丽把手里的汤匙放下来,抬起眼睛望他。她的眼光显出小心翼翼的神气。这孩子究竟知道些什么呢?如果知道得很多了,是不是索性告诉他好?好丽也决定不了。他的神情显得很紧张,很焦灼,人老得多了,不过这可能是那次中暑的关系。

"是有点事情,"她说,"不过我们那时在南非,当然一点听不到。"她还是不能大意。这并不是她的秘密。而且,乔恩现在对芙蕾的情意如何,她也完全不清楚。在上西班牙之前,她可以肯定他在恋爱着;可是孩子终究是孩子;那已是七个星期以前的事了,中间还夹有西班牙之行。

她看出乔恩知道她是在支吾其词,就接着问一句:

"你最近听到芙蕾的情形吗?"

"听到。"

这一来他的脸色比任何最详尽的解释都清楚。原来他并没有忘记!

她很安静地说:"乔恩,芙蕾非常之可爱,可是你知道——法尔和我并不怎样喜欢她。"

"为什么？"

"我们觉得她好像有种'占有'天性。"

"'占有'？我不懂得你是什么意思。她——她——"他把甜食盘子推开，站起来，走到窗口。

好丽也站起来，用胳膊搂着他的腰。

"你不要生气，乔恩，亲爱的。我们看人不可能完全一样的，你说是不是？你知道，我认为我们谁都只能有一两个真正懂得我们优点，而且能发挥我们优点的人。拿你来说，我觉得这就是你的母亲。我有一次看见她读你的一封信；看见她当时的脸色真使人感动。我觉得她是我生平看见的最美丽的女子，她好像一点没有老。"

乔恩的脸色缓和下来；接着又变得很严肃起来。所有的人——所有的人都在和他、和芙蕾作对！这就使芙蕾的那句话更加有说服力了："乔恩，假如你不想放弃我，你就跟我结婚吧！"

他曾经在这里跟她度过那个不平凡的一星期——想到现在没有她来给这个房间、这个花园、这片空气添上诗意，他对她的娇姿的思恋，和心里的痛苦，越来越强烈了。这样在这儿住下去，永远和她不见面，他受得了吗？他一头钻进自己房间，很早就睡了。这样虽然不会使他变得健康、富有和聪慧①，但却能把自己关进芙蕾的记忆里——那个穿时髦衣服的芙蕾。他听见法尔到家——听见福特汽车卸货，接着仍旧是夏夜的一片寂静——只有很远传来的羊鸣，和一只夜鹰刺耳的呜呜声。他把头伸出窗外，冷静的月光——温暖的空

---

① 暗引富兰克林的格言："早早起，早早睡，使人健康、富有和聪慧。"

气——一片银色的高原！小鸟,潺潺的溪流,蔷薇花！天哪——这一切,没有了她,多么空虚啊!《圣经》上写道:你要离开父母,与——与芙蕾连合①!

让他鼓起勇气来,去告诉他们。他们不可能阻挡他和芙蕾结婚——当他们知道他对芙蕾的感情时,他们也不会想阻挡他的!对啊!他要去说!勇敢而坦白地说了出来——芙蕾的想法错了!

那只夜鹰已经停止叫唤,羊鸣也停止了;只有溪水的潺湲声还从黑暗中传来。乔恩在床上睡熟了,总算摆脱人生的最大痛苦——犹豫不决。

---

① 见《新约·马太福音》第 19 章第 5 节:因此,人要离开父母,与妻子连合,二人成为一体。

第十一章　悌摩西的预言

在芙蕾和乔恩约好在国立美术馆碰头但没有实行的那一天①，英国的优秀分子，或者说绅士阶级的第二个复活节就开始了。在贵族板球场上——这个节期在大战期间曾经被逐出去过——淡青和深青的旗子②第二次又升了起来，炫耀着过去光荣传统上的一切特征。这里，在午饭的休息期间，可以看见形形色色的女帽和一色的男子大礼帽保护着那些和"上流社会"有关的多种多样的脸形。一个作壁上观的福尔赛说不定会在散座或者不足道的座位中间辨别出若干软呢帽来，可是这些人简直不敢闯到草地上来；所以那些老学校仍旧可以庆幸无产阶级还没有能付出那个必要的两个半先令门票。这里仍旧是个特权领域，唯一的一个大规模的特权领域——因为报纸上估计观众可能达到一万人。而这一万人全都被一个希望鼓舞着，全都相互问着一个问题："你在哪儿吃午饭？"这一句问话，以及眼前有这么多和他们一样的人都在问这一句话，特别使人感到趾高气扬，和神安气定！大英帝国的储备力量多么雄厚啊——有那么多的鸽子、龙虾、羊肉、鲑鱼和橄榄

---

① 见本部第一卷第十一章，芙蕾与乔恩约在7月9号见面。
② 剑桥和伊顿的校旗用淡青，牛津和哈罗的校旗用深青。

油酱①、草莓和一瓶瓶的香槟酒来喂这许多人!用不着指望什么神迹——根本不是七个大麦饼和几条鱼的事情②——信仰的基础要有把握得多。六千顶大礼帽,四千柄小阳伞,将要除下或者折起来,一万张说同样英语的嘴将要装满吃的。这个老帝国还是生气勃勃呢!传统!仍旧是传统!多强壮,多有弹性啊!战争尽管发威,捐税尽管肆虐,工会尽管榨取,欧洲别处尽管饿死人,但是这一万人仍旧要喂得饱饱的;而且在他们圆栅栏里的青草地上随意散步,戴着他们的大礼帽,并且——跟自己圈子里的人碰头。老东西的心脏就是这样健康,脉搏就是这样正常!伊……顿!哈……罗!

在这片由于自己取得的时效权或代理权③而属于他们的逐鹿场上来了许许多多的福尔赛,而索米斯和他的老婆、女儿也在其中。索米斯并不是伊顿或者哈罗的校友,并对板球不感兴趣,可是他要芙蕾卖弄一下她的新装,自己也想戴一回大礼帽——重又在这个太平和丰足的年头,在身份和自己一样的人中间露一下。他把芙蕾夹在自己和安耐特之间,泰然走着。在他的眼中看来,任何女人都及不上这两个。她们不但走路好看,腰杆笔挺,而且相貌也着实地美;那些时下女子就没有身条,没有胸脯,什么也没有!他忽然想起在他和伊琳结婚的头几年里,带着她这样走着时自己多么地踌躇满志啊!他记得自己和她时常在敞篷马车里吃午饭,因为他母亲总要他父亲这样做,说是非常之"趣"——那时候人全都是坐在马

---

① 用橄榄油和蛋黄搅成的。
② 引《新约·约翰福音》第 6 章第 5—14 节,耶稣以五个大麦饼和两条鱼使五千人众吃饱。此处说七个大麦饼系记忆之误。
③ 这是把进场子比作据有土地使用权。

车上看打球,还没有这种累赘的大看台!蒙达古·达尔第永远是喝得烂醉。想来人们现在还是会喝得烂醉,可是不像过去那样可以随便。他记得乔治·福尔赛——他的哥哥罗杰上的伊顿,兄弟欧斯代司上的哈罗——在马车顶座上站得老高的,一手拿着一面淡青旗子,一手拿着一面深青旗子,正当大家都不作声时,大喊其"伊罗——哈顿",和他平时那副小丑行径如出一辙;还有欧斯代司穿得一身笔挺,坐在下面马车里,一副纨绔派头,旗子也不拿,什么也不瞅不睬。嗯!当年啊,那时伊琳穿的衣服是灰色杂淡绿的绸子。他偏着头望望芙蕾的脸。相当的苍白——脸上没有光彩,也不显得热心!这个恋爱弄得她什么都没有心思了——真是糟糕透顶!他再望望那边安耐特的脸,不同于平时倒打扮了一下,微微有点轻蔑的神气——在他看来,她就没有什么可轻蔑的理由。她对普罗芳遗弃她显得异常镇静;还是普罗芳的小小旅行只是烟幕呢?即使是烟幕,他也拒不相信!三个人兜过掷球场和看台前面,上贝都因①俱乐部帐篷里来寻找维妮佛梨德定的桌子。这是一个新的、男女会员都吸收的俱乐部,俱乐部的宗旨是提倡旅行,创办者是一位苏格兰旧家,他的父亲有点莫名其妙地被人都叫作列维②。维妮佛梨德加入这个俱乐部倒不是因为自己旅行过许多地方,而是她的本能告诉自己一个俱乐部有了这样一个名字和这样一个创办人,一定前途未可限量;如果不赶快加入,说不定永远就没有机会。这个俱乐部在一张橙黄底子上写了一句《古兰经》的经文,进口的地方绣了一

---

① 在阿拉伯半岛、叙利亚和北非沙漠中游牧的阿拉伯人。
② 希伯来古姓氏,基督教用作人名,今仅有犹太人沿用。

只绿色小骆驼,在球场上算是最最引人注目的了。他们在帐篷外面碰见杰克·卡狄干,打了一条深青色领带(他从前曾经代表哈罗中学参加过比赛),用一根棕榈木手杖表演那个家伙刚才应当怎样打那记球。他把索米斯一行人带进帐篷。坐在维妮佛梨德的角落里有伊摩根、班尼狄特和他的年轻妻子、法尔·达尔第(但是没有好丽)、毛第和她的丈夫;索米斯和妻女就座之后,还剩下一个空位子。

"我指望普罗斯伯会来,"维妮佛梨德说,"不过他忙着搞他的游艇呢。"

索米斯偷瞥了妻子一眼。她脸上毫无表情!显然,这个家伙来不来,她是一肚子的清账。他觉察到芙蕾也看了母亲一眼。安耐特即使不管他怎样想法,也应当给女儿留点面子!谈话非常之随便,常被卡狄干关于中卫的谈论打断,他引证了自有板球以来所有"伟大中卫"的话,仿佛这些人在英国人民中间自成一个单独的民族整体似的。索米斯吃完龙虾,正在开始吃鸽肉饼时,忽然听见有人说,"我来晚了一点,达尔第太太";再一看时,那个空位子上已经有人了。那个家伙正坐在安耐特和伊摩根中间。索米斯继续慢慢吃着,不时跟毛第和维妮佛梨德讲句话。在他的四周,叽叽咕咕全是谈话声。他听见普罗芳的声音说:

"我觉得你错了,福尔西太太;我敢——我敢打赌福尔西小姐同意我的看法。"

"同意什么?"桌子对面传来芙蕾清晰的声音。

"我在说,年轻女孩子还是和从前一个样子———一点没有变。"

"你对她们了解得这样多吗?"

这句锋利的回答,在座的人全听见了,索米斯在自己脆弱的绿椅子上不自在地挪动了一下。

"哦,我不知道,我觉得她们都爱使小性子,我觉得她们一直就是这样。"

"真的吗?"

"噢,可是——普罗斯伯,"维妮佛梨德舒适地叫出来,"一般的女孩子——那些在兵工厂里做过工的女孩子,铺子里面的那些打情骂俏的女孩子;她们的派头现在实在叫人看了刺眼。"

这句"刺眼"使杰克·卡狄干停止了他的冗长演说;普罗芳先生在寂静中说:

"过去藏在里面,现在不过露在外面罢了。"

"可见她们的行为太——!"伊摩根叫出来。

"和她们过去的行为一样,卡狄干太太,不过多点机会而已。"

这句带有神秘意味的讽刺引得伊摩根轻声一笑,引得杰克·卡狄干微微张开嘴唇,引得索米斯的椅子吱了一声。

维妮佛梨德说:"这太不像话了,普罗斯伯。"

"你怎么说,福尔西太太;你不认为人性永远一样吗?"

索米斯忽然想站起身来踢这家伙一脚,但又压制下去。他听见自己妻子回答说:

"人性在英国和别的地方并不一样。"这就是她的可恨嘲弄!

"哦,我对这个小国家并不怎样了解,"——索米斯想,"幸亏不了解,"——"不过我要说纸包不住火的情形到处都是一样。我们全想找一点快乐,而且我们一直都要。"

这个混蛋的家伙！他的冷嘲热讽简直——简直令人无法容忍！

吃完午饭，大家分成一对一对的去散步消食。索米斯满心知道安耐特跟那个家伙一同探头探脑去了，但是不屑去注意，芙蕾和法尔一同走；所以选择法尔当然是因为他认识那个男孩子。他自己陪着维妮佛梨德。两人夹在那道服饰鲜明的、回旋的人流中间走着，脸色红红的，感到心满意足；这样走了好几分钟，后来是维妮佛梨德叹了口气说：

"老兄，我真想回到四十年前那样！"

在她灵魂的眼睛里掠过一长串自己过去在这种季节穿过的盛服，这都是为了防止周期性的危机，用她父亲的钱买来的。"说实在话，那时候还是很有意思。有时候我甚至希望蒙第也能回来。索米斯，你对时下这些人怎样看法？"

"简直没有派头。有了自行车和汽车之后，事情就开始不对头了；大战把它整个毁了。"

"我不知道往后会是怎样。"维妮佛梨德说，由于鸽肉饼吃多了，声音里带有睡意。"说不定我们还会恢复箍裙和扎脚裤呢。你看那件衣服！"

索米斯摇摇头。

"钱是有的，可是对什么都失掉了信心。我们不再为明天筹划了。这些年轻人——对于他们来说，人生只是朝露，和及时行乐。"

"信心是有的！"维妮佛梨德说，"我可不知道——当你想起大战期间阵亡的那么多人和那一切牺牲，我觉得相当地了不起。没有第二个国家——普罗斯伯说余下的国家全都破产了，只有美国不是；当然美国男人的衣服式样全是模仿我们的。"

"那个家伙,"索米斯说,"当真的要上南洋去吗?"

"噢!谁也不晓得普罗斯伯要上哪儿去!"

"你要是不生气的话,"索米斯说,"他就是个时代的标志。"

维妮佛梨德的手忽然紧紧勒着他的胳膊。

"不要掉头,"她低声说,"可是你向右边望望看台的前排。"

索米斯在这种限制下竭力向右边望去。一个男人戴了一顶灰色大礼帽,花白胡子,消瘦的、黄黄的面颊满是皱纹,姿态相当地神气,和一个穿草绿色衣服的女子坐在一起;那女子的深褐色眼睛正盯着他看。索米斯迅速把眼睛垂下去望自己的脚。这两只脚的动作多么古怪,这样子一步接一步的!维妮佛梨德的声音在他耳边说:

"乔里恩看上去很不行了;可是他总是很有派头。她却没有变——只有头发花白了。"

"你为什么把那件事情告诉芙蕾?"

"我没有告诉她;她不知道从哪儿听来的。我早料到她会听到。"

"唉,事情弄得糟透了。她爱上了这两个人的孩子了。"

"这个小促狭鬼,"维妮佛梨德说,"她在这件事情上还想骗过我呢。你怎么办,索米斯?"

"看情况再决定。"

两人又向前走,不声不响地夹在那堵几乎是坚实的人墙当中。

"真的,"维妮佛梨德突然说,"这简直像是命中注定,不过这种说法太陈旧。你看!乔治和欧斯代司来了!"

乔治·福尔赛的魁伟身躯已经站在他们面前。

"哈罗,索米斯!"乔治说,"刚碰见普罗芳和嫂子。你赶快的话,还可以追上他们。你还去看望看望老悌摩西吗?"

索米斯点点头,人流逼得他们分手了。

"我一直喜欢老乔治,"维妮佛梨德说,"这样的逗人喜欢。"

"我从来不喜欢他,"索米斯说,"你的座位在哪儿?我要到我的位子上去了。芙蕾可能已经回去了。"

他送维妮佛梨德就座之后,就回到自己座位上,意识到一些遥远的穿白衣服的小人儿在奔跑、球板的啪啪声、欢呼声和对抗的欢呼声。芙蕾不在,安耐特也不在!这种年头,女人是什么也说不准!她们有了选举权!她们解放了,这对她们非常之有利!原来维妮佛梨德还想回到过去那样,而且愿意重新忍受达尔第的一切,可不是吗?再一次回到过去那样——像他在八三年和八四年那样坐在这里;那时候他还没有发现自己的婚姻是一件大错,那时候她对他的敌意还没有显得那样赤裸裸,弄得他即使怀着世界上最好的心肠也不能视若无睹。今天看见她跟那个家伙在一起把往事全勾起来了。便是现在,他也弄不懂她为什么这样不肯迁就。她能够爱别的男人;她并不是那种冷漠无情的性格!然而对于他,对于这个她应当爱的唯一男子,她却偏偏不肯把心掏出来。现在回想起来,他竟然有了一种怪想法,好像这一切时下婚姻关系的松弛——虽则婚姻的形式和法律和他娶她时还是一样——这一切时下的放纵都出于她的反抗;他觉得——真是想入非非——她是个始作俑者,这就使一切规规矩矩的所有权,任何东西的所有权,都完蛋了,或者濒于完蛋。全是她引起的!而现在——事情真不成话说!家庭!请问相互没有所有权,怎么能有家庭呢?这并不是说他有过一个真正的家庭!但是这难道是他的过错吗?他已经用尽了心力。然而他的酬报是——这两个并坐在那边看台上,和芙蕾的这件事情!

索米斯一个人越坐越不好受,心想:"我不再等她们了!只好让她们自己想法子回旅馆去——如果她们打算来的话。"他在球场外面雇了一部汽车,说:

"给我开到湾水路。"他的那些老姑母从来就没有使他失望过。他在她们眼中永远是一个受欢迎的客人。现在她们虽则下世了,悌摩西总还活着!

大门开着,史密赛儿正站在门洞里。

"索米斯先生!我正出来透透气。厨娘一定非常高兴呢。"

"悌摩西先生好吗?"

"最近这几天简直闹得厉害,先生:老是讲话。今天早上他还说:'我哥哥詹姆士老了。'索米斯先生,他的脑子胡想一气,然后就把想的那些说了出来。他担心他们的那些投资。前两天他说:'我的哥哥乔里恩,他就不理会公债。'——他好像对这件事很难受。请进,索米斯先生,请进!今天真是难得!"

"好吧,"索米斯说,"我只待几分钟。"

穿堂里的空气就像外面阳光下一样清新。史密赛儿说,"这几天他的情况很使人担心,整整这个星期都是这样。他这个人吃东西总要留下一口好菜最后吃;可是从星期一起,他一上来就吃掉了。索米斯先生,你去留意一只狗看,狗就是先把肉吃掉的。我们一直认为悌摩西先生在这么大的年纪还能够留在最后吃,是一个好兆,可是现在他的自我克制好像完全失掉;而且余下的东西当然也丢下不吃了。医生一点不感到奇怪,可是——"史密赛儿摇摇头,"——他好像非首先吃掉不可,否则就会吃不到嘴似的。是这种情形以及他的那些讲话使我们害怕起来。"

"他讲过什么要紧的话吗?"

"这事我是不愿意提的,索米斯先生;不过他变得反对自己的遗嘱起来。他变得很暴躁——这的确有点可笑,因为他这么多年来每天早上都要把遗嘱拿出来看。那一天他说:'他们要我的钱。'我吃了一惊,因为,正如我跟他说的,没有人要他的钱,我敢说。而且在他这样的年纪还会想到钱上面来,的确有点不像话。我鼓起勇气来了。我说,'您知道,悌摩西先生,我们亲爱的女主人——'福尔赛先生,我是指福尔赛小姐,当初训练我的安小姐,我说,'——她就从来不想到钱。她这个人的人品就是这样高尚。'他望望我——我真没法告诉您他那副怪相——而且冷冷地说:'人品,谁也不要我的证明书①。'可想得到他讲出这样的话来!可是有时候他会说出一句话非常尖锐,而且非常有道理。"

索米斯正在瞧着帽架旁边的一张旧版画,心里想:"这张值钱的!"就说:"我要上去看看他,史密赛儿。"

"厨娘在陪他,"史密赛儿只穿着束胸回答,"她看见你一定高兴。"

索米斯缓步上楼,一面想:"我可不愿意活到这么大的

---

① 悌摩西把史密赛儿说的人品误会为关于用人品德的证明书。

238

年纪。"

他上了二楼,停一下然后敲门。门开处,他看见一张圆圆的、平凡的女人的脸,大约六十岁光景。

"索米斯先生!"她说,"真是索米斯先生!"

索米斯点点头。"行,厨娘!"就走了进去。

悌摩西身后用东西垫起,坐在床上,两只手交在胸前,眼睛瞅着天花板,一只苍蝇正倒钉在天花板上。索米斯站在床脚边,面对着他。

"悌摩西叔叔,"他说,声音抬了起来,"悌摩西叔叔!"

悌摩西的眼睛离开了苍蝇,平视着客人。索米斯能够看出他的苍白的舌头在舔自己深暗的嘴唇。

"悌摩西叔叔,"他又说,"有什么事情要我替你做吗?你有什么话要说吗?"

"哈!"悌摩西说。

"我来看望你的,看看你这里好不好。"

悌摩西点点头。他好像竭力在适应眼面前这个人。

"你过得称心吗?"

"不。"悌摩西说。

"有什么事情要我做的吗?"

"不。"悌摩西说。

"你知道,我是索米斯;你的侄儿,索米斯·福尔赛。你哥哥詹姆士的儿子。"

悌摩西点点头。

"有什么事情要我给你做的,我非常高兴。"

悌摩西招招手。索米斯挨到他跟前。

"你——"悌摩西用一种听去毫无抑扬的声音说,"你告诉他们是我说的——你告诉他们——"他用一只指头敲敲索米斯的胳膊,"——不要放手——不要放手——公债是要涨价的。"说完头连点了三下。

"好的!"索米斯说,"我去告诉他们。"

"对,"悌摩西说,随着又把眼睛盯着天花板,接上一句,"这个苍蝇!"

索米斯莫名其妙地感动起来;他望望厨娘胖胖的、讨人喜欢的脸,由于眼望着炉火,脸上照得全是细小的皱纹。

"这对他好处太大了,先生。"她说。

悌摩西低低说了一声,不过显然是在跟自己说话;索米斯就跟厨娘走了出去。

"我真想给你做点粉红冰淇淋吃,索米斯先生,就像往年那样;你当初多么喜欢吃啊。再见,先生;今天叫人太高兴了。"

"多多地照应他,厨娘,他真的老了。"

他握一握厨娘满是皱纹的手,就下楼来。史密赛儿仍旧在门洞里透空气。

"你觉得他怎么样,索米斯先生?"

"哼!"索米斯说,"他神志不清了。"

"对啊,"史密赛儿说,"我就怕您会这样看法,这样老远地跑来看他!"

"史密赛儿,"索米斯说,"我们全都要感谢你。"

"哎,不要,索米斯先生,不要讲这种话!我很高兴——他真是个了不起的人。"

"那么,再见!"索米斯说,上了自己雇的汽车。"涨价!"他想着,"涨价!"

抵达武士桥旅馆之后,他走进自己的起居室,按铃叫茶。安耐特和芙蕾都没有回来。那种孤零零的感觉又来了。这些旅馆!现在大得多么可恨啊!他还记得当时的旅馆就没有比郎家宾馆、布朗客栈、莫莱旅社或者达维司托克旅馆更大的,还记得当时人们看见郎干旅馆和格兰德旅馆都摇头表示不满。旅馆和俱乐部——俱乐部和旅馆;今天简直没有个完!索米斯刚才在贵族板球场上目睹过传统和继承的奇迹,现在又对这个他六十五年前出生的伦敦所起的变化遐想起来。不管公债要涨价与否,伦敦总之变成一块硕大无朋的产业了!世界上没有这样大的产业,要么纽约算是一个。当前的报纸上诚然有不少歇斯底里的言论①,但是任何人,像他这样记得六十年前的伦敦,而且看见今天的伦敦的,都懂得财富的生产力和弹性。他们只要保持头脑冷静,稳步前进就行。怎么!他还记得那些铺路的石子和铺在马车里面的臭稻草。还有老悌摩西——如果他还有记忆的话,什么事情他都会告诉他们!今天的局势虽则动荡,人心虽则害怕或者焦切,但是伦敦和泰晤士河仍旧在那儿,大英帝国仍旧在那儿,一直伸到地球的边缘。"公债要涨价!"他一点不奇怪。一切都看你是怎样一个民族。索米斯性格里顽强的一面这时全显露出来了,他睁大一双灰色眼睛瞠视了半天,后来还是墙上挂的一张维多利亚时代的版画打乱了他的心思。旅馆里买了三打这样的画,那些老旅馆里的旧猎景和《浪子生涯》②很有个看头——但是这些低级趣味的东西——也好,维多利亚朝的趣味总算完结了!

---

① 指英国工党提出的所谓"国有化"主张。
② 贺加斯于 1735 年所创作的一套八幅铜版画。

悌摩西说的,"你告诉他们不要放手!"可是在这个"民主原则"的现代混乱中,你抓着什么不要放手呢?哼,连私人生活也受到威胁了!一想到私人生活说不定也要毁灭,索米斯把茶杯推开,走到窗口。试想自己比海德公园里那些占有花树和潮水的人群并不占有得更多一些!不行,不行!私人所有权是一切值得占有的东西的基础。这个世界不过是有一点失常,就像狗有时候在月圆时偶然发疯,跑出去整夜追逐兔子一样;但是世界和狗一样,却知道自己的利益所在,知道哪儿的床铺最暖和,因此一定会回到它唯一值得居住的老窝来——回到私有权上来。世界不过是暂时回复童年,就像悌摩西那样——把美肴首先吃掉!

他听见身后一点声响,看见自己妻子和女儿都回来了。

"你们都回来了!"他说。

芙蕾没有回答;她站在那里望了父亲和母亲一会,就溜进自己卧室去了。安耐特给自己斟上一杯茶。

"我预备上巴黎,到我母亲那里去,索米斯。"

"哦!上你母亲那儿去吗?"

"对。"

"去多久?"

"不知道。"

"你几时走呢?"

"星期一。"

她真的上她母亲那儿去吗?奇怪,他这样地不在乎!奇怪,她看得多么清楚,只要事情不闹出来,他是不会在乎的。忽然间他在她和自己之间清楚看见那天下午他看见的那张脸——伊琳的脸。

"你要钱吗?"

"多谢你;我够用了。"

"很好。你回来时告诉我们一声。"

安耐特放下手里盘弄着的一块蛋糕,从黑睫毛中间望出来,说:

"有什么口信要我带给母亲吗?"

"替我问好。"

安耐特伸了个懒腰,两手叉在腰间,用法文说:

"索米斯,你从没有爱过我真是幸运!"随即站起来,走了出去。索米斯很高兴她说的法文——好像这一来就可以不理睬。又是那张脸来了——苍白的脸,深褐色的眼珠,仍然那样美!他的内心深处涌起了一阵残余的温情,就像一堆灰烬里遗留的火星一样。而且芙蕾偏又对她儿子那样地倾心!真是巧得很!然而,巧事情真有吗?一个人走到街上,一块砖头掉到他头上。啊,这当然是碰巧。但是这件事情!他女儿说的,"是遗传"。她——她真是"不放手"啊!

第 三 卷

第一章　老乔里恩显灵

双重的冲动使乔里恩在早饭时向他妻子说："我们上贵族板球场看球去！"

有这种需要：一来，自从乔恩把芙蕾带下来之后的六十小时里，这两个人一直处在焦虑之中，有必要排除一下；二来，乔里恩总记着自己说不定哪一天会丢下他们母子死去，出去走动走动说不定可以减少这种内心的痛苦。

乔里恩是在五十八年前进伊顿公学的，当时老乔里恩的一个狂想就是尽可能地负担抬高儿子社会地位的费用。他自己的青春是在十九世纪二十年代度过的，没有来得及学会板球这种上流社会玩意儿，因此乔里恩年年便随着这样一个父亲从斯坦厄普广场上贵族板球场去看球。老乔里恩会毫无顾忌地大谈其重击、满掷、半球和大半球①，常使小乔里恩那样天真而爱面子的年轻人捏一把汗，生怕父亲这些话被人家窃听了去。不过他只在板球这种十分紧要的问题上悬心，因为他父亲——当时还留着腮须——给他的印象一直是无疵可击的人物。老乔里恩自己虽则没有受过上流社会的教育，但是由于天生的爱讲究、识轻重，所以能避免一般庸俗人们的错

---

① 这些都是板球术语，老乔里恩不会打板球，在这里假充内行。

误。那时真是开心啊,戴着大礼帽在溽热的天气下大喊大叫一阵之后,就跟着父亲坐上马车回家,洗一个澡,换上晚礼服,上解体俱乐部吃晚饭;晚饭是炸小鱼、煎肉片和果子酥,然后一老一少,两个漂亮人物,戴着淡紫色羊皮手套,一同去看歌剧或者话剧。在星期天,看完了板球而且把大礼帽折起①放好之后,便跟着父亲坐着特制的马车上里士满的皇冠和权杖酒店和泰晤士河边的长廊园——那时是鼎盛的六十年代,世界很单纯,豪俊如龙,民主还没有出世,怀特-梅尔维尔②的小说接二连三印了出来。

三十年后,他自己的儿子乔里,由于老乔里恩的狂想,也受到了上流社会的教育,不过费用稍微减少了一点;乔里恩和领孔上别着哈罗公学深青矢车菊校徽的儿子重又尝到白天里那种溽热天气和相互抵触的热情,然后回到罗宾山凉爽的草莓圃里来,吃过晚饭,打一回弹子;儿子的球运时常好得叫人气破脑门,可是他还装得那样懒洋洋的大人派头。那时年年总有这么两天是他和儿子单独过的,不过各人站在一方——而民主不过刚才出世!

乔里恩就这样一面回忆,一面发掘出一顶灰色大礼帽来,向伊琳借了短短一根淡青丝带,小心翼翼地,镇静地,坐了汽车、火车和出租汽车,到达贵族板球场。伊琳穿的草绿色衣服,黑绲边;他坐在伊琳身边,望着球赛,觉得往日的激动心情又涌起来了。

索米斯走过时,这个好日子全被破坏了。伊琳的嘴唇紧

---

① 即将大礼帽的帽筒部分压平。
② 乔治·约翰·怀特-梅尔维尔(1821—1878),英国小说家,小说多以打猎生活为题材。

闭,脸色很不自然。跟索米斯一同这样坐下去太没意思了,说不定他的女儿还会在他们面前出现,就像循环小数一样。所以他说:

"亲爱的,你看厌了没有——?我们走吧!"

那天晚上乔里恩觉得人很吃力。他不想让伊琳看出,所以一直等到她开始弹琴时才蹑足走进小书房。他打开落地窗透透空气,又打开了门,俾能听见传来的琴声;接着在他父亲的旧圈椅上坐下,合上眼睛,头枕着破旧的褐皮椅背。就像塞萨尔·弗兰克①奏鸣曲的这一段一样,他和伊琳的结合也是一段神圣的第三乐章。而现在有了乔恩的这件事情——这件糟糕的事情!在半醒半睡的当儿,他简直弄不清楚是不是在梦中闻到一股雪茄烟味,而且好像在闭上眼睛的黑暗中看见自己的父亲。那个相貌出现后又消失掉,重又出现;他看见老父穿一件黑大衣,就像坐在自己坐的圈椅上,拇指和食指平捻着眼镜;大白胡子,隆起的前额罩着的深陷的眼睛抬了起来,好像在搜索他的眼睛,说:"乔,你管不管呢?事情要你决定。她只是一个女子!"啊,这句话多么像他所熟悉的老父啊;使人想起了整个的维多利亚时代!而他的回答是:"不,我不敢做——我怕使她、乔恩和我伤心。我心肠太软;我不敢做。"可是那双衰老的眼睛,比他的眼睛老得多,又比他的眼睛年轻得多,却紧紧盯着他:"这是你的妻子,你的儿子,你的过去。你要对付,孩子!"这难道是老父显灵吗;还是父亲的本能在他心里复活呢?那股雪茄烟味又来了——从那片陈旧的、饱和烟味的皮革上发出来。好吧!他要对付一下,写信给乔恩,

---

① 塞萨尔·弗兰克(1822—1890),法国作曲家。

把事情的经过从头到尾写出来。忽然间他感到呼吸困难,一种窒息的感觉,就像心脏肿了起来。他站起身走到室外空气里面。星儿很亮。他穿过走廊绕到大房子角上,使自己能从音乐室的窗子里望见伊琳弹琴;灯光恰好映出她的一头白发,她像在陷入沉思,深褐色的眼睛瞠望着,手停着不动。乔里恩看见她抬起双手紧握在胸前。"她想的是乔恩,"他心里说,"全是乔恩!我在她心里慢慢死了——这也是自然的!"

他留心不让她看见,又溜回书房。

一夜没有睡好;第二天,他动手来写信,写得很吃力,许多地方都涂掉。

> 我最亲爱的孩子——你年纪相当大了,该能懂得年长的人向小辈倾吐心曲时多么地感到为难,尤其是像你母亲和我(虽则在我的心目中,她始终是年轻的),两个人的心整个就放在要向他坦白的那个人身上,那就更为难了。我不能说我们承认真正犯过什么罪——我敢说,人们在实际生活里很少这样承认的——但是多数人会说我们是这样,而且归根结底,我们的行为,不管正当与否,总是证明了这一点。亲爱的,事实是,我们两个都各有各的一段身世,而我现在的任务便是使你知道,因为这些事情非常可恨地深深影响了你的未来。多年前,好多年以前,老实说远在一八八三年,当你母亲还不过二十岁的时候,她遭遇到一件最大的而且持久的不幸;她结了婚——不,不是和我结婚,乔恩——但是得不到幸福。她自己没有钱,而且堂上只有一个继母——简直是个荡妇——因此居常郁郁。她嫁的就是芙蕾的父亲,也是我的堂弟,索米斯·福尔赛。他一直死盯着她,而且平心而论也深爱

她。嫁后一个星期,她就发现自己铸成大错。这不是索米斯的过错;是她自己看错了人——她自己遭到的不幸。

到现在为止,乔里恩还保持着一种近于冷嘲的口吻,可是下面要谈的使他再也控制不住自己了。

乔恩,我真想尽可能地向你说明——这很不容易——这样的不幸婚姻怎样会那么容易产生的。你当然会说:"如果她不真正地爱他,她怎么会嫁他呢?"你这话也可以是说得对的,如果不鉴于另外还有一些重大的原因。从她这个初步的错误开始,继之而来的是各种的风波、苦恨和悲剧,因此我必得尽可能地向你说清楚。你知道,乔恩,在那些年头里,甚至于在今天——说实在话,尽管人们谈了那么多关于开通风气的话,我就看不出会有什么两样——多数女子在结婚前都对性生活的一面毫无了解。即使知道是怎么一回事,她们也没有经验。症结就在这里。使婚姻那么不如人意和产生无数风波的,就是这种缺乏实际经验的情形,不管她们具有多少书本知识都没有用。在无数的婚姻上——而你母亲的婚姻也是其中之一——女子就拿不准,而且没法拿准自己爱不爱所嫁的人;她们要在婚姻成为现实的结合后才能知道。有不少的例子,可能包括一些靠不住的例子,说明这种结合行为巩固并加强双方的感情,但也有其他的例子,你母亲的例子就是一个,事后暴露出这是一个错误,是先前感情的幻灭。在一个女子的一生中,再没有比这种暴露更悲惨的了,一天一天过去,一夜一夜过去,错误变得愈来愈清晰。粗心浮气的人,不动脑筋的人,会嘲笑这种错误,说"大惊小怪些什么呢!"褊狭和自以为是的人,那些只能从自己的生活角度来衡量别人的人,会申斥犯这种悲惨错误的人,要把她们终身打进她们自己造的地牢。你知道那句话吗:"她自己铺的床,只好自己来睡!"这话真是粗暴,讲这种话的人简直够不上一个上流人士的称号;我对此深恶痛绝。我过去并不是个所谓道学君子,但是我不愿意用什么字眼,亲爱的,使你对自己结下的婚约有所轻视。我决计不来!但是以我一生的经验,我的确要说那些人申斥这些铸成悲惨错误的受害者,骂她们,而且从不伸出援助之手——这些人都毫无人性,或者说,如果他们明白自己做的是什么的话,那就是毫无人性。可是他们不明白!由他们去吧!我要诅咒他们正如他们——我敢说——要诅咒我一样。这些话我不得不讲,是因为我要使你能用正确的观点来看你母亲,因为你年纪还轻,不知道人生是怎样一回事。现在回到正文。你母亲以三年的工夫努力克服那种畏缩——我真想说厌恶,而且这个字眼并不太重,因为畏缩在这种情况下很快就变成了厌恶,而且对你母亲那样敏感的、爱美的天性来说,真是刑罚啊——三年之后,她碰见了一个爱上她的青年。这个青年就是造我们现在住的这座房子的建筑师;当时造这所房子是给你母亲和芙蕾的父亲住进来,一座囚禁她的新监狱,用来代替她跟他在伦敦住的那所监狱。也许这件事情和往后的发展有点关系。不过反正她也爱上了这个青年。一个人爱上哪一个,是自己做不了主的,这一点我想不需要向你解释。爱就是那么来了。好吧!爱当时来了。我可以想象得出——虽则她从来不跟我多提——她当时心里引起的挣扎,因为,乔恩,她的家教很严,而且思想一点不浪漫——丝毫不浪漫。可是这是一种无法抗拒的感情,而且他们相爱不但表现在思想上,而且也表现在行动上。接着发生了一件可怕的悲剧。这事我非告诉你不可,因为如果不告诉你的话,你就决计不会了解你目前的真正处境。她嫁的那个男子——索米斯·福尔赛——有一天晚上,就在她对那个青年的热情达到顶点时,强制地对她行使了丈夫的权利。第二天,她会到自己的情人,把这件事情告诉了他。那个青年是否自杀,还是在心烦意乱中碰巧被马车撞死,我们永远没法知道;但是事实就是这样。你想想你母亲那天听到他的死讯时是什么滋味。那时我碰巧见到她。你祖父派我去设法安慰她一下。我只和她见了一面,接着她的丈夫就砰的一声把我关在大门外面。但是她脸上那种表情我永远忘记不了,现在还历历在目。那时候我并没有爱上她,我爱上她是在十二年以后,但是当时的情景我永远忘不了。我亲爱的孩子——这样写真不容易。可是你知道,我非写不可。你母亲整个的心就在你身上,整个地,一心一意地。我不想苛责索米斯·福尔赛。我并不痛恨他。多年来我一直为他扼腕;也许当时就为他扼腕。在世人看来,错的是她,而他则是有权这样做。他也爱她——不过是他的那种爱法。她是他的财产。他对人生的见解,对人类感情、对爱情的见解就是这样——什么都是财产。这不是他的错处——他就是这样教养大的。对我来说,这种见解一直使我厌恶——我也是这样教养大的啊！以我知道你的为人，我觉得你一定也会感到厌恶。现在再说下去。那天晚上，你母亲从家里逃了出来；有十二年她一直悄悄地一个人过活，和任何人没有来往，一直到一八九九年她的丈夫——你知道，他仍旧是她的丈夫，因为他并不打算和她离婚，而她当然没有资格向他提出离婚——她丈夫好像忽然想起要孩子，这就有一个很长的时期想法子劝她回家，好给他生一个儿子。根据你祖父的遗嘱，我那时候是她在钱财上的委任人，所以冷眼看着一切经过。在这期间，我对她慢慢有了爱慕之心，全心的爱慕。索米斯的压力愈来愈大，终于有一天她跑到我这里来，等于把自己完全放在我保护之下。她丈夫对她的行动一直都掌握着情报，于是提出离婚诉讼，企图使我们分开——可能他真的想使我们分开，我也不知道；总之这一来我们的名字便公开了出来，而且牵连在一起了。这使我们下了决心，我们的结合便成了事实。她被判离婚，和我结了婚，而且生了你。我们生活得极端幸福，至少我是如此，而且我相信你母亲也是如此。索米斯离婚后不久，娶了芙蕾的母亲，这就生下她。乔恩，事情就是这样。我把这件事情告诉你，是因为我们看出你对这个人的女儿的感情，将使你盲目地走向一个结局，那就是最后一定把你母亲的幸福毁灭无余，即使不毁掉你自己的幸福。我不想提我自己，因为我这样的年纪可以说在世上已经活不了多久了，而且如果我感到什么痛苦的话，那主要还是为的她和你。可是我要你领会的是，当初的那些苦痛和厌恶是永远忘记不了、埋葬不了的。这些苦痛和厌恶今天还活生生地藏在她心里。昨天在贵族板球场我们还碰巧看见索米斯·福尔赛。你母亲的脸色,如果你当时看见的话,就会使你相信。一想到你会娶他的女儿,乔恩,这对她简直像一个噩梦。我对芙蕾毫无偏见,只因为她是索米斯的女儿。可是你的儿子,如果你娶了芙蕾的话,就会是你母亲的孙子,也是索米斯的外孙,而这个人当初却曾经占有过你的母亲,如同占有一个奴隶一样。你想想这将是什么滋味。通过这样的婚姻,你就加入了那个囚禁你母亲而且使她苦恨多年的阵营。你不过刚踏上人生的道路,你认识这个女孩子只有两个月;不管你自以为多么爱她,我求你和她立刻断绝。不要使你母亲终身都感到这种钻心的痛苦和耻辱。虽则她在我眼中永远年轻,她毕竟有五十七岁了。在这个世界上,她除掉我们两个外,没有任何亲人。不久她就会只有你一个人了。乔恩,拿出勇气来断绝这种关系吧。不要在你和你母亲之间形成这种阴影和隔阂。不要使她伤心!老天保佑你,我亲爱的孩子,而且再一次原谅我这封信不可避免地要带给你的痛苦——我们本来想不告诉你,但是西班牙之行看上去并没有收效啊。

永远爱你的父亲
乔里恩·福尔赛

写完供状,乔里恩手托着消瘦的面颊,坐着重读一遍。这里面有些事情使他太痛心了,一想到乔恩会读到这些事情时,他几乎要把信撕掉。把这种事情拿来跟一个孩子——他自己的孩子——谈,拿来联系自己的妻子和孩子的亲生母亲谈,对于他这个沉默寡言的福尔赛性格来说,简直叫人受不了。然而不谈这些又如何能使乔恩了解实际情况,了解两家的深刻裂痕和磨灭不掉的创伤呢?不谈这些,又有什么理由来扼杀孩子的爱情呢?那还不如干脆不写的好!

他把信折好,放在衣袋里。幸亏是星期六;在星期天傍晚之前,他还可以重新想过;因为即使现在寄出,这封信也要星期一才到乔恩手里。古怪的是,一想到可以这么耽搁一下,而且不管寄出不寄出,信反正已经写好了,倒使他松了一口气。

他能望见伊琳在玫瑰花圃里——那是原来凤尾草圃改的——臂上携着一个篮子,在那里剪花修树。她好像从来也闲不住,而他现在差不多整天都无所事事,这使他很羡慕。他走下坡子到了她面前。她抬起一只沾污的手套,微笑着。一块线织巾扣在下巴下面把头发全藏起来,一张椭圆脸,和两道至今没有变白的眉毛,人看上去还很年轻。

"这些绿蝇今年真讨厌,然而天气很冷。你看上去很倦呢,乔里恩。"

乔里恩从衣袋里掏出那封供状来。"我在写这封信。我觉得你应当看一下。"

"给乔恩的吗?"她的脸上登时变了色,简直变得消瘦了。

"是啊;案子发了。"

他把信交给她,自己走到玫瑰花中间去。不一会,他看见她读完了信,把信纸按在裙子上站着一动不动,就回到她身边来。

"怎么样?"

"写得太好了,我就想不出怎样能讲得更好些。多谢你,亲爱的。"

"有什么地方你想要删掉吗?"

她摇摇头。

"没有;如果要他了解,还是全部告诉他的好。"

"我也是这样想,不过——我真恨这样做!"

他有种感觉,好像他比她还要恨些——在他看来,性的问题在男女之间要比在男子与男子之间容易谈得多;而且她一直都比较自然和坦率,不像他这个福尔赛那样讳莫如深。

"就是这样,不知道他会不会了解呢,乔里恩?他年纪这样轻;而且总是害怕肉体上的事情。"

"他这种害怕是传自我的父亲,他在所有这些事情上就像一个女孩子一样害羞。或者把这封信重新写过,只说你恨索米斯,会不会好些?"

伊琳摇摇头。

"恨不过是一个字眼。什么都说不清楚。还是这样的好。"

"好吧。明天就寄出。"

她抬起脸来看他;他眼望着大房子那些长满藤萝的窗户,吻了她。

第二章 供 状

那天下午稍晚一点,乔里恩在那把旧圈椅上打了一个瞌睡。他膝上覆着一本《蹼掌女王烤肉店》①;刚要入睡之前,他在想:"作为一个民族而言,我们会不会真的喜欢法国人呢?他们会不会真的喜欢我们呢?"他自然一直很喜欢法国人,对他们的谐谑、趣味和烹饪都很习惯。战前伊琳和他曾多次上法国去旅行,那时候乔恩正在家里读书。他和伊琳的那段姻缘也是从巴黎开始的——他最后的而且最持久的一段姻缘。但是法国人——一个英国人如果不能多少用客观的艺术眼光来看他们,是没法喜欢的!他就怀着这种抑郁的心思蒙眬睡去。

他醒来时,看见乔恩正站在自己和落地窗之间。这孩子显然是从花园里进来的,正在等他醒过来。乔里恩笑了,可是人还在半醒半睡状态。这家伙看上去多神气——敏感、热情、爽直!接着他的心脏怦地跳了一下;整个身体感到一阵战栗。乔恩啊!那封供状呢!他勉强稳住自己。"怎么,乔恩,你从哪儿钻出来的?"

乔恩弯下腰来吻一下他的前额。

---

① 法国作家阿纳托尔·法朗士(1844—1924)的一部哲理小说。

这时他才看出孩子脸上的神色有异。

"爹,我回来跟你谈一件事情。"

乔里恩竭力挣扎着,企图摆脱胸口的那种跳动和激荡。

"坐下,孩子。见过你母亲吗?"

"没有。"乔恩红红的脸色忽然变得惨白;他在圈椅的靠手上坐下。当年老乔里恩坐在圈椅里,乔里恩自己往往也这样坐在父亲身边。一直到那次父子关系破裂之前,他都是习惯于歇在这上面——现在他跟自己儿子是不是也面临这样一个重大时刻呢?他一生中就恨和人反目,总是尽量避免大吵大闹,自己不声不响地独行其是,也让别人各行其是。可是现在——看起来——事情已经到了顶,他不得不准备来一场争吵,而且比他过去避免的任何争吵都还要痛苦。他竭力压制着自己的情绪,等待儿子开口。

"爹,"乔恩慢吞吞地说,"芙蕾和我,我们订婚了。"

"果然不错。"乔里恩想,呼吸困难起来。

"我知道你跟妈都不赞成我们这样。芙蕾说妈嫁给你之前跟她父亲订过婚。当然事情的经过我是不知道的,不过一定是多年以前了。我非常之爱她,爹,而且她说她也非常之爱我。"

乔里恩发出一声怪响,一半像笑,一半像呻吟。

"乔恩,你十九岁,而我是七十二岁。我们两个人在这种事情上很难相互理解,你说是不是?"

"爹,你爱妈;一定能了解我们的心情。让那些宿怨破坏我们的幸福,对我们来说未免太不公平了,你说呢?"

眼看着非供认不可了,乔里恩却下了决心,只要有法子避免,决不说出来。他把一只手搁在儿子的手臂上。

"乔恩,你听我说！我完全可以说你们两个年纪太轻而且不懂得自己在做什么,诸如此类的话,将你顶了回去,可是你不会听,而且在这里用不上——年轻无知,很遗憾,是自己会好的。你轻描淡写地谈'那些旧怨',然而——正如你说的——你对事情的经过丝毫不知道。我问你,我过去的所作所为有什么地方会使你对我的话或者我对你的爱不信任呢？"

乔恩焦切地拥抱他一下,使他在这些事情上不要多心,同时脸上的神情说明他担心这样表示所带来的后果——如果不是在这样焦急的时刻,乔里恩对自己这番话所引起的矛盾说不定会觉得好笑；可是目前他对孩子搂他只觉得感激。

"很好,你可以相信我告诉你的话。如果你不放弃这个爱情,你就会使你母亲抱恨终天。亲爱的,相信我的话,过去,不管是怎么一回事,是埋葬不了的——确实如此。"

乔恩从椅子靠手上站起来。

"那个女孩子,"乔里恩想,"作祟了,在他眼前冒了出来——栩栩如生——焦切、美丽、热恋着！"

"爹,我不能；我怎么能——仅仅因为你讲了这种话就放弃？当然我不能！"

"乔恩,如果你知道事情的经过,你就会毫不迟疑地放弃；那时你非放弃不可！你能不能相信我呢？"

"你怎么能知道我会是怎么想法？爹,我爱她超过世界上的任何东西。"

乔里恩愁眉苦脸,话说得非常之慢,痛苦地慢：

"也超过你母亲吗,乔恩？"

从孩子的脸色和勒紧的拳头,乔里恩体会出他心里正在挣扎、斗争。

"我不知道,"他冲口而出,"我不知道!但是要我无缘无故——或者为了我并不了解的一点缘故,为了一点点在我看来实在并不怎样重要的缘故而放弃芙蕾,这会使我——使我——"

"使你觉得我们不公平,觉得我们阻碍你——对的。但是这要比这样爱下去好。"

"我不能。芙蕾爱我,我也爱芙蕾。你要我信任你;为什么你不信任我呢,爹?我们不想知道什么事情——我们决不让那些事情影响我们。这只会使我们两个人更加爱你和母亲。"

乔里恩的手探进衣袋里,可是伸出来时仍旧是空手;他坐着用舌头掠着牙齿。

"你想想你母亲待你怎样,乔恩!她只剩下你了;我是活不了多久的。"

"为什么活不了?这样说不大——为什么不能?"

"因为,"乔里恩说,相当地冷淡,"医生说的,就是这样。"

"呀,爹爹!"乔恩叫,一面眼泪涌了出来。

乔里恩从乔恩十岁时候起还没有看见他哭过;这种控制不住的情感很使他感动。他充分认识到这孩子的心非常之软,在这件事情上,以及在一般生活上,都会非常痛苦。他无可奈何地伸出手来——并不是想要站起,老实说也不敢站起。

"亲爱的,"他说,"不要——否则我也要——!"

乔恩勉强抑着悲痛,背过脸去站在那里,一动不动。

"现在怎么办?"乔里恩想,"有什么话能够打动他呢?"

"附带说一句,不要把我这件事情告诉你母亲,"他说,

"你这件事情已经够她受的了。我知道你心里是怎样想法。但是,乔恩,你对她和我太了解了;我们决不愿意随随便便破坏你的幸福,这一点你心里应该明白。唉,亲爱的,我们除掉你的幸福,还关心什么?至少,对我来说,关心的只是你母亲和你的幸福,对你母亲来说,只是你的幸福。现在受到威胁的正是你们两个的整个未来。"

乔恩转过身来。脸色变得雪白;深陷在额头下面的眼睛像在燃烧着。

"是什么事情?是什么事情?不要叫我总是这样呢!"

乔里恩知道自己已经被打败了,把手探进胸口衣袋,坐着整整有一分钟很吃力地呼吸着,眼睛闭上;脑子里掠过一个念头:"我活了相当大的年纪——也碰过一些相当痛苦的场合,但是这一次最受不了!"接着他从衣袋里掏出那封信来,带着一种疲倦的口吻说:"乔恩,你今天如果不来的话,我本来要寄给你的。我原想使你少痛苦些——想使你母亲和我少痛苦些,可是我看出这没有用。你看信,我想我还是到园子里去。"他探身打算站起来。

乔恩已经把信接到手里,赶快说,"不,我去。"就走了。

乔里恩重又躺下。一只苍蝇偏偏选了这个时刻围着他,带着一股怒意嗡嗡地飞;那声音很安适,比没有声音好……这孩子上哪里看信去了?可诅咒的信——可诅咒的故事!真是残酷的事情——对伊琳——对索米斯——对这两个孩子——对他自己——都残酷!……他的心脏怦怦直跳,使他很痛苦。生命——带来爱——工作——美——苦痛——和生命的终结!你先是生活得很不错;尽管有那些苦痛,你仍旧生活得很好;一直到——你懊悔自己为什么要生出来。生命——生命把你消磨尽了,然而并不使你想要死——生命就是这样一个诡诈的罪恶!人有一颗心真是大错!那只苍蝇又嗡嗡飞来了——把夏天的热意、虫声和香气都带进来了——对啊,连香气都带进来了——就像闻到熟透的果子、晒干的青草、多汁的灌木和乳牛散发的香草味似的。而在外面那片香气中某个处所,乔恩将会读着那封信,在苦痛中,在惊愕和苦痛中一页页翻着,扯着——同时感到肝肠寸断!想到这里,乔里恩觉得极端难受。乔恩是一个心地最仁慈的家伙,天性厚道,而且很有良心——这样真对他不起,太对他不起了!他记得伊琳有一次对他说:"从来没有一个比乔恩更多情、更可爱的了。"可怜的小乔恩!他的世界就在一个夏天的下午全冲掉了!年轻人是经不起打击的!一想到年轻人经不起打击,乔里恩又难受又不安,就从椅子上起来,走到窗口。哪儿也看不见这孩子。所以他就到了外面。如果这时候能够给这孩子一点帮助的话——他非帮助他不可!

他穿过灌木丛,向有围墙的花园里瞧一下——乔恩不在!那一边,树上结的桃杏都长得很大而且快红了,那边也看不见他。他走过那些苍郁的、尖塔似的龙柏,到了草场上。这孩子哪里去了?难道溜进他最喜欢去的地方——小树林里去了?乔里恩穿过草场上割下的一排排干草。他们将在星期一把这些草堆起来,而且第二天继续做一天,只要天不下雨。乔恩做孩子时,他们时常这样一同穿过这片草场——手挽着手。唉!一个人到了十岁,黄金时代就完结了!他走到小池边上——苍蝇和蚊蚋正在一处长满芦苇的明媚水面上跳着舞——又走进小树林。林子里很凉爽,充满落叶松的香气。仍旧找不到乔恩!他叫了几声。没有人答应！他在那棵断株座子上坐下，又心神不宁，又着急，自己的疲劳反而忘记了。他不应该让这孩子把这封信带走；应当一开头就不让他跑得太远！他越想越烦，起身又顺着原路走回去。在农场房子那边，他又叫了几声，还朝阴暗的牛棚里瞧了一下。三头阿尔德尼乳牛正在阴凉的牛棚里，在香草气和阿莫尼亚气味里静静吃草；这些牛都挤过奶不久，正在等待傍晚来临，由人把它们重又带到草场低下的地方去。有一条牛懒洋洋地掉过头来，转动着一只明亮的眼睛；乔里恩能看得见它灰色的下唇流着涎水。一切他都看得很清晰，而且感到热情，感到心情振奋——这些他平时都很爱，而且打算画出来——光线、层次、色彩多美啊。无怪乎相传基督是生在马槽里的——一头牛在温暖的半阴暗中吃草，还有比它的大眼睛和淡白的牛角更虔诚的吗？他又叫了一声。没有人答应！他匆匆出了小树林，经过小池，朝上走去。现在想起来，如果乔恩在小树林里发现这段往事，而且受到打击，那未免太富于揶揄的意味了；他母亲和波辛尼当年就是在这个林子里突然相互道出心曲的；他自己从巴黎回来的那个星期天早上，也是坐在林中断株座子上，充分体会到自己生命中少不了伊琳。作弄人的造化如果要擦亮伊琳孩子的眼睛，使他看见既往，恰恰就会是这个地点啊！但是他并不在这里！他上哪里去了呢？我非找到这个家伙不可！

一缕阳光照了出来，虽则来不及观赏，乔里恩仍旧敏锐地感到下午的美——高高的树木和长长的影子，蓝色的云和白色的云，干草香和鸽子的咕咕叫唤，花草长得高高的。他到了玫瑰花圃，玫瑰花的娇美在突然照出来的阳光中使他觉得简直不像尘世。"玫瑰花,你这西班牙人啊!"①多美妙的诗句!刚才她就是靠这丛深红玫瑰花站着;站着读完那封信,并且决定让乔恩知道全部经过的!他现在全知道了!她的决定错了没有呢?他弯身闻一闻玫瑰花,花瓣拂过他的鼻子和颤抖的嘴唇;没有比玫瑰花丝绒似的花瓣更柔软的了——除非是她的颈子——伊琳!穿过草地时,他上坡到了那棵橡树跟前。只有树头在闪闪发光,因为阳光已经照到大房子上面去了;树荫很浓,凉得非常适意——他走得太热了。乔里恩有这么一分钟把手放在秋千绳子上——乔里,好丽——乔恩!这架老秋千!忽然间他觉得人可怕地——极端地难受起来。"我的心脏太吃力了,"他想,"天哪!我的心脏太吃力了——真没有想到!"他跌跌撞撞地朝着走廊走上去,拖着身子上了石阶,靠在大房子墙上,倚着喘气,脸埋在忍冬里;这些忍冬是他和伊琳费了很大的劲才种起来的,为了使飘进屋子来的空气含有香气。可是香气里杂着极大痛苦!"我的伊琳啊!"他想,"那孩子!"他非常吃力地跌跌撞撞走进落地窗,倒在老乔里恩的圈椅上。那本小说还放在那里,里面夹了一支铅笔;他勉强拿起笔来,在翻开的一页书上草草写了两个字……手垂下去……原来这种情形——是吗?……

　　一阵剧烈的心痛;接着是黑暗……

---

① 借用英国诗人布朗宁《花名》一诗中的一句:"花啊,你这西班牙人啊!"

第三章 伊 琳!

乔恩手里拿着信溜开时,心里又是怕又是混乱;他沿着走廊跑,又绕过大房子,身子倚在藤萝墙上,把信拆开。信很长——非常之长!这使他更加怕起来。他开始看信;看到那句"她嫁的就是芙蕾的父亲"时,一切都天旋地转起来。他站的地方原靠近一扇窗子,于是爬进窗子,穿过音乐室和厅堂,上楼进了自己卧室。他用冷水浸一浸脸之后,就坐在床上,继续看信,每一页看完拿来放在床上。他父亲的书法很容易认,——他已经很熟悉了,虽则他从来没有接到一封信有这封信四分之一这样长。他木木然看着信——想象只有一半在活动。看第一遍时,他最能理会到的是父亲写这封信一定非常痛苦。他把最后一页丢下,以一种心理上和道德上无可奈何的感觉,从第一页重新看起。这一切在他看来都很令人厌恶——既陈旧又令人厌恶。接着,一阵战栗的情绪像热浪似的透过他全身。他两手蒙着脸。他母亲!芙蕾的父亲!他又拿起信,机械地读着。那种陈旧而令人厌恶的感觉又来了;和他自己的爱是那么的不同!这封信谈到他的母亲——和她的父亲!真是一封令人吃不消的信!

财产!难道有男人把女人当作财产吗?过去在街头,在乡间,看到的那些脸,全涌到眼前来了——红红的、干鱼似的脸;冷酷的、单调的脸;拘谨的、乏味的脸;粗暴的脸;几千张,几万张!他怎样能知道有这些脸的人在想些什么和做些什么呢?他两手捧着头呻吟起来。他的母亲啊!他一把拿起信,重又看起来:"苦痛和厌恶今天还活生生地藏在她心里……你的儿子……孙子……而这个人当初却曾经占有过你的母亲,如同占有一个奴隶一样……"他从床边上站起来。这个残酷的、影子一样的过去,潜匿在那里,要扼杀他的爱情和芙蕾的爱情,是真事,否则他父亲决不会写这封信。"为什么他们在我看见芙蕾的第一天,"他想,"不首先告诉我呢?他们知道我看见过她。他们害怕,而——现在——我——懂得了!"他难受到了极顶,简直一点动不了脑筋,一点运用不了理智,爬到屋子的一个阴暗角落里,在地板上坐下来;坐在那里像一只不快活的小猫小狗似的。在阴暗中,他好像感到一点安慰,而坐在地板上——倒很像自己做孩子时爬在地板上玩那些古代战争。他蜷缩在屋角里,头发蓬乱,两只手紧紧抱着膝盖,不知坐了多久。后来是他母亲房间开门的声音把他从茫然的愁苦中召回。屋子里的遮阳帘在他不在家时全已经拉下来遮着窗子,他从自己坐的地方只能听见一种簌簌声,表明母亲在走过来,后来他就看见她站在自己卧床的那一边的梳妆台前面,手里拿了一样东西。乔恩连呼吸都不敢呼吸,希望她没有看见他就走掉。他看见她碰碰台上的东西,就好像这些东西有生命似的,然后脸朝着窗子,从头到脚都是一片灰色,就像幽灵一样。她只要稍微偏过头来,就准会看见他!她的嘴唇动着:"唉!乔恩!"她是在自言自语;那个声气使乔恩感到心痛。他看见她手上拿了一张小照片;拿了向着光,对着看——很小的照片。他认识它——是他孩提时的一张照片,平时她总是放在手提包里的。他的心跳得很快。忽然间,就像听见他的心跳似的,她眼睛一瞄,就看见他了。看见她抽进一口气,同时手动了一下,把照片按在胸口,他就说:

"是我。"

她走到床跟前,在床边坐下,和他靠得很近,两只手仍旧按着胸口,脚插在落在地板上的那些信纸中间。她看见了信纸,两手紧抓着床沿;身子坐得笔直,乌溜溜的眼睛盯着他望。终于她说:

"怎么,乔恩,你知道了,我看出来。"

"知道了。"

"你见过爹吗?"

"见了。"

长久的沉默,后来她说:

"唉,我的乖乖!"

"不要紧。"他心里是那样的激动,而且那样的酸甜苦辣,使他一点不敢动弹——又是恨,又是失望,然而莫名其妙地渴望她的安慰的手抚摸一下自己的额头。

"你打算怎么办呢?"

"我不知道。"

又是长久的沉默,后来她站起来;有这么一会儿站在那里一动不动,手微微做了一个动作,说:"乖乖,我的好乖乖,不要想到我——想到你自己好了。"说完她绕过床脚,回了自己房间。

乔恩转身又缩进那个由两面墙形成的角落里,身子像只刺猬,缩成一个圆球。

他待在那里总有二十分钟之久,后来被一声呼唤惊醒。

那是从下面走廊上传来的。他站起来,甚为骇异。接着呼唤又来了:"乔恩!"是他母亲在叫!他跑出房间,下楼穿过空无一人的餐室进了书房。他母亲正跪在那把旧圈椅前面,他父亲躺在圈椅里,脸色雪白,头垂在胸口,一只手放在一本摊开的书上,手里紧紧勒着一支铅笔——异常地沉寂,比他从前看见的任何东西还要沉寂。他母亲茫然回看一下,就说:

"唉!乔恩——他死了——他死了!"

乔恩赶快跪了下来,头伸过自己适才坐过的靠手,用嘴唇碰一碰父亲的前额。冰冷!爹怎么会——怎么会死呢,还不过一小时前——!他母亲的胳膊搂着死者的膝盖,自己用胸口抵着。"怎么——怎么我不在他身边?"他听见她低声说。接着,他看见那本摊开的书上用铅笔抖抖地写的"伊琳"两个字,自己也忍不住哭了。这是他第一次看见人死,那种无法用言语形容的寂静把他心里的一切其他情绪都排除掉;原来此外的一切,都是这种状态的前奏啊!一切爱情和生活,快乐、焦虑和愁恨,一切行动、光明和美,都只是这种可怕的、苍白的寂静的开始罢了,这事在他心上留下很深的印子;忽然间一切都变得渺小、徒劳和短促了。终于他克制着自己,站起来,扶起母亲。

"妈!不要哭了——妈!"

几小时后,当一切应当安排的事情都安排了,而且他母亲正要去躺一下时,他一个人望着父亲躺在床上,身上盖了一床白被单。他有很久很久都望着这张从不发怒——永远高深莫测,然而永远仁慈的脸。他有一次就听见父亲说:"做人要厚道,而且尽你的本分,别的都没有关系。"爹是多么忠于这种哲学啊!他现在懂得父亲老早就知道这种结局会突然到来——老早知道,然而一字不提。他带着畏惧然而热烈的敬意凝视着。多么的孤寂啊——就为了使他们母子不要伤心!望着这张脸,他自己的痛苦变得渺小了。这一页书上草草写的两个字!两个道别的字啊!现在他母亲除了他,更没有别的亲人了!他凑近那张脸看——一点没有变,然而完全变了。他记得听见父亲有一次说过自己不相信死后还有意识,即使有的话,那也不过持续到身体的自然限度为止——到身体的固有生命期限为止;因此如果身体因意外、纵欲、急病而毁坏时,意识说不定还会持续下去,直到它在天然的、不受外来影响的过程中,逐渐自然而然地消失掉。这话当时给他印象很深,因为从来没有任何人向他这样说过。当人的心脏像这样失效时——敢说这是不大自然的!也许他父亲的意识仍旧和他一起留在这间书房里。床上面挂着一幅他祖父的像。也许他的意识也仍旧活着;而且他的哥哥——那个在德兰士瓦流域死去的异母兄——他的意识也仍旧活着。他们是不是都围绕着这张床呢?乔恩吻了一下死者的前额,悄悄回到自己的卧室。通往母亲房间的门还半开着;显然她曾经到房间里来过——一切都给他准备好了①,还有一杯热牛奶和一点饼干;地板上的信已经不见。他一面吃饼干,一面喝牛奶,看着窗外天色黑了下来。他不想考虑将来——只瞅着那些长得和窗户一样高的阴暗的橡树枝条,好像生命已经停止一样。半夜里,当他在沉睡中辗转反侧时,意识到有个白白的、静静的东西站在他的床面前,他一惊而起。

他母亲的声音说:

---

① 当是指给乔恩预备换上的孝服,即黑色衣服。

"是我,乔恩,乖乖!"她的手轻轻按着他的额头使他睡下;她的白身影接着消失了。

剩下他一个人!他重又沉沉睡去,梦见床上到处爬的是自己母亲的名字。

第四章　索米斯盘算

　　索米斯对《泰晤士报》上乔里恩讣告的反应很单纯。原来那个家伙死了！在这两个人的一生中,他们相互从来就没有喜欢过。那种血液沸腾的仇恨在索米斯心中早已烧光了,现在他也不愿意再爆发一次,不过这样早死他认为倒是天公地道。二十年来,这家伙一直承继着他的妻子和房子——而现在——死了!报上隔了几天之后的纪念文,他觉得,对乔里恩太重视了。里面提到这位"勤奋而可喜的画家,他的那些作品现在看来很代表维多利亚后期最好的水彩画艺术"。索米斯过去差不多一直都机械地赞成莫尔、莫尔潘和卡斯韦尔·贝①,碰到展览会上高挂出自己堂兄一张画时,总要高声嗤笑出来,所以看到这里,便使劲地把《泰晤士报》翻过去。

　　那天早上他得到商业区去办点福尔赛家的财产事务;格拉德曼从眼镜上面斜瞥着的那种表情,他完全意识到。这位老职员对待他完全是一种又是惋惜、又是祝贺的神气。你差不多能够听得出他心里在说:"乔里恩先生——是——啊——和我一样大,就死了——唉,唉!我敢说她很伤心呢。她长得很不错。人总不免一死。他们给他在报上还写了纪念

---

①　都是与乔里恩同时代的水彩画家。

文章。想不到！"老实说,他这种神气使索米斯不得不赶快对付掉某些租赁事务和谈话,对付得异乎寻常地快。

"关于芙蕾小姐赠予的那笔钱呢,索米斯先生?"

"我想等等再说吧。"索米斯简短地说。

"哦!我很高兴。我觉得你本来太性急了一点。情况确是变了。"

乔里恩这一死对芙蕾将有什么影响,索米斯已经开始踌躇起来。他不知道她知道没有——她从不看报,从来不看报上的生卒栏、结婚栏。

他把事情赶完,就上格林街来吃午饭。维妮佛梨德的样子简直可怜。杰克·卡狄干看上去健康上出了一点毛病,要过一段时期才能复原。她简直想不开。

"普罗芳究竟走了没有?"索米斯忽然问。

"走了,"维妮佛梨德回答说,"至于上哪儿去——我可不晓得。"

对了,就是这样——什么都没法说!并不是说他想知道。安耐特的来信是从迪那普①发出的,说和她母亲住在那边。

"我想,你总看见那个家伙的讣告了吧?"

"看见了,"维妮佛梨德说,"我替他——替他的儿女很难受。他对人非常和蔼。"索米斯嘴里发出一种怪声音。世界上总是就一个人的身份而不就他的行为来判断一个人——这个古老、深刻的真理好像在蹑手蹑足走来,愤愤地敲着他的后脑勺。

"我知道有人对他就抱有这种无聊看法。"他说。

---

① 法国沿英法海峡的一个海滨游览地。

"现在人死了,也应当给他一点公道。"

"我倒想早一点给他一点公道看,"索米斯说,"可是没有机会。你这里有《准男爵录》没有?"

"有;就在最下面一层。"

索米斯取出一本厚厚的红皮书,翻了起来。

"孟特——劳伦斯爵士,第九世准男爵,一六二〇年受封,八世准男爵乔弗莱之长子;母,西洛泼州莫司肯厦准男爵查理·莫司肯爵士之女拉芬尼亚。一八九〇年娶牛津州康大福庄康威·夏威尔先生之女爱米丽,一子,马吉尔·康威,继承人,一八九五年生;二女。住白金汉州富尔威尔镇黎宾霍尔邸。斯诺克司俱乐部,咖啡室俱乐部,飞机俱乐部会员。参阅贝德立考特条。"

"哼!"索米斯说,"你可认识过什么出版家吗?"

"悌摩西叔叔。"

"我是指活的。"

"蒙第在他的俱乐部里认识过一个。带他到家里来吃过一顿饭。你知道,蒙第一直都在想写一本书,讲跑马致富术。他想向那个人兜售。"

"怎么样呢?"

"他劝他赌了一匹马——在一次两千基尼赛上。后来就没有看见过。现在回想起来,这个人相当精明。"

"那匹马跑赢了没有?"

"没有;好像落在最最后面。你知道蒙第的确也有他聪明的地方。"

"是吗?"索米斯说,"一个乳臭未干的准男爵和出版之间你能看出有什么关系吗?"

274

"时下的人什么事情都会做,"维妮佛梨德回答说,"最要紧的事情就是不要闲着——跟我们那个时代完全相反。那时候无所事事最时髦。不过我想这仍旧会来的。"

"我谈的这个小孟特对芙蕾很倾倒。如果能够把芙蕾的另外那件事挤掉,我说不定会鼓励一下。"

"他有派头吗?"维妮佛梨德问。

"人并不漂亮;还讨人喜欢,有点粗心浮气。我想,田地大约不少。他好像真正在追芙蕾。不过我也说不准。"

"是啊,"维妮佛梨德低声说,"很难说。我总觉得还是不要鼓励的好。杰克这样真是个麻烦;现在要过了八月节①才能够出去度夏。不过伦敦人总是很有意思,那一天我预备上海德公园去看他们怎样开心法。"

"我要是你的话,"索米斯说,"我就在乡下租一幢小房子,碰到节日和罢工的时候,你要避开就可以避开。"

"我顶腻味乡下,"维妮佛梨德回答,"而且我觉得铁路罢工很令人兴奋。"

维妮佛梨德素来就是这样冷静。

索米斯别了维妮佛梨德,向雷丁车站进发;一路行来时,心里盘算着要不要告诉芙蕾那个男孩子父亲的死讯。这事对这孩子的处境并没有变动,只是现在经济上已经独立,而且只剩他母亲一个人要对付了。他无疑会继承一大笔财产,可能连那幢房子也归了他——那座房子当初原是为伊琳和自己造的,而造房子的那个建筑师就是他的家庭幸福破坏者。自己的女儿——成了那座房子的主妇! 这应是天公地道的事! 索

---

① 8月里的第一个星期一,为英国的全国休假日。

米斯发出一声短短的冷笑。他原来打算用那幢房子恢复自己婚姻上的失败,使它成为子子孙孙的基业,如果他能够使伊琳为他生一个儿子的话。现在她的儿子如果娶了芙蕾!他们的儿女在某种意义上也就是自己和伊琳结合之后所生的了!

这种想法太戏剧性,使他的冷静头脑很有反感。然而——现在乔里恩既然死了,这将是解决这个难题最容易的办法——也是最阔气的办法。把福尔赛两房的财产联合在一起很有一种保守性的诱惑。而她——伊琳——也会和他重又联合在一起了。无聊!荒唐!他把这种念头从脑子里驱逐出去。

抵家时,他听见台球的咔嗒声,向窗口一瞧,看见小孟特正伏在台盘上。芙蕾手叉着腰拿着球杆,微笑地望着他。她样子多美呀!无怪这个小伙子要为她失魂落魄呢!一个准男爵头衔——和田地!在这种年头,田地的出息是不多的;头衔的出息可能更少。福尔赛家的老一辈对头衔向来就看不大起,总有点不切实际,不大自然——花那么多钱很不值得,而且要和宫廷发生关系。索米斯记得那些老一辈或多或少都有这种感觉。斯悦辛在自己最发达的年头确曾参加过一次召见的朝会;回来之后说他再也不去了——"全是些无名小卒。"有人疑心他穿了缚腿短裤①,个子显得太大了。索米斯记得自己母亲曾经希望能够参加一次召见,因为这是时髦玩意儿,可是他父亲毅然决然拒绝了。她要打扮得那样花枝招展做什么——浪费时间和金钱;一点没有道理!

由于英国平民有那种成为国家力量的本能,而且保持不

---

① 召见时穿的朝服。

变,由于他们觉得自己的生活圈子已经很好了,而且就因为是他们的,所以比任何别的生活圈子还要好一点,老一辈的福尔赛始终都不喜欢那些"虚文俗套",正如尼古拉得了风湿症之后经常那样说的。索米斯这一代人,由于比较敏感,比较愤世嫉俗,一想到斯悦辛穿着缚腿短裤的可笑神气,也就不想到这些上面去。至于第三代和第四代,在他看来,对什么都只有嘲笑。

可是这个年轻小伙子能继承一个头衔和一些地产倒也不坏——这种事情原是他自己做不了主的。他轻轻走进去,正当孟特一杆子没有击中。芙蕾接上去打;他看出这个年轻人的眼睛盯着芙蕾弯下的身子望,眼睛里的那种爱慕之情简直使他感动。

她把球杆搁在用纤手撑起的架子上,停了一下,摇摇她蓬松的深栗色短发。

"我决计打不到。"

"不试总不行。"

"好吧。"球杆打了出去,球滚起来,"你看!"

"运气不好!没有关系!"

接着两人看见了索米斯,他说:

"我来给你们记分。"

他在记分板下面的高凳上坐下,外表很整洁,但是人觉得很累,暗暗打量着两张年轻的脸。打完了球,孟特走到他面前。

"我已经搞起来了,先生。怪玩意儿,生意经,可不是?我想你当律师总阅过不少人情世故吧!"

"阅过。"

"要不要我告诉你我看到的事情:那些人出价钱总要低过自己出得起的数目,这完全不对头;他们应当一上来出得多,然后逐渐减少。"

索米斯的眉毛抬了起来。

"倘使人家一上来就接受呢?"

"这毫无关系,"孟特说,"减价要比加价上算得多。比如说我们对一个作家提出优厚的条件——他当然接受。后来我们仔细研究一下,发现出版这本书没有多大油水可赚,就告诉他这种情形。他因为我们对他很大方,因而信任我们,于是服服帖帖地减了价钱,而且对我们毫无芥蒂。可是如果我们开头给他的条件就很苛刻,他不肯接受,弄得我们加价他方才答应;答应归答应,他却会觉得我们最小气鬼。"

"你买画也试试这个办法看,"索米斯说,"价钱讲好了就是一项合同——难道这个你还不晓得?"

小孟特掉头望着芙蕾站的窗口。

"不晓得,我真想早就晓得。另外还有一件事情。一个人要悔约的话,对他决不留难。"

"做广告吗?"索米斯冷冷地说。

"当然是一种广告;不过我是作为原则来看待。"

"你的出版社就是这样做法吗?"

"还没有,"孟特说,"不过慢慢会来。"

"而且会关门。"

"不会,真的,先生。我做了不少次的观察,全都证明我的理论不错。在生意经上,人性总是一直被估得太低,人们这样做法使自己丧失了很大一笔快乐和利润。当然,你必须绝对真实和坦率,可是只要你感觉到,做起来也并不难。你越是近人情,越是大方,你做生意的机会就越多。"

索米斯站起来。

"你是一个股东吗?"

"还要等六个月。"

"那么其余的股东还是赶快退休的好。"

孟特大笑。

"你会懂得的,"他说,"底下将要有一个极大的变化。占有原则非关门不可。"

"什么?"索米斯说。

"店堂要出租了!再见,先生;我现在走了。"

索米斯看着女儿伸出手来,看见她在孟特紧握着手时缩了一下,同时清清楚楚听见年轻人出去时的叹息。她接着从窗口过来,一根指头沿台球台盘的桃花心木边子划着。索米斯望着她,知道她有话要问自己。手指绕过最后一个球袋时,她抬起头来。

"爹,你是不是做了手脚,不让乔恩写信给我?"

索米斯摇摇头。

"这么说,你是没有看见吗?"他说,"他父亲在一个星期前死了。"

"哦!"

他从女儿吃惊的、眉头深锁的脸上看出她立刻紧张起来,想要弄清这一事件的后果。

"可怜的乔恩!你为什么不告诉我,爹?"

"我永远不懂得!"索米斯慢吞吞地说,"你总是不信任我。"

"亲爱的,只要你肯帮忙,我就会信任你。"

"我也许会。"

芙蕾两只手勒在一起。"唉,亲爱的——一个人拼命想得到一件东西,就不大会想到别人。你别生我的气。"

索米斯伸出一只手,就像是推开一句诽谤似的。

"我在盘算呢。"他说。他怎么想得到用了这样一个字眼!"小孟特又来缠你吗?"

芙蕾笑了。"哦,马吉尔!他总是缠人;不过人倒是好人——我并不在乎。"

"嗯,"索米斯说,"我人很吃力;我要走了,打个瞌睡再吃晚饭。"

他上楼进了画廊,在榻上躺下来,闭上眼睛。这个女儿真是个大累赘——她母亲是——啊,是什么呢?真是个累赘!帮忙——他怎样能帮她的忙呢?他是她的父亲,这件事实是他改变不了的。伊琳是乔恩的母亲——也改变不了!小孟特刚才讲的什么——占有本能——关门了——出租了?胡说八道!无聊!

闷热的空气,夹着绣线菊的香气,河上和玫瑰的气息,向他袭来,他入睡了。

第五章 一门心思

　　人一门心思起来会比任何精神病态都超出常轨,而一门心思披上炽热的爱情服装时则会更有冲劲,更加精力过人。这种在爱情上一门心思的人,对藩篱、沟渠、门户;对那些并不是一门心思,或者是一门心思的人;对街上的童车,和车子里面一门心思吮吸着奶瓶的婴儿;甚至于对其他害这种痼疾的病人——对这些,他都不会去注意。他走起来眼睛只是向内看,除掉自己心里的那点光亮外,一切别的星星全看不见。有些一门心思的人,认为人类幸福要靠自己的孜孜营求,靠解剖小狗,靠仇视外国人,靠付超额税,靠继续担任阁僚,靠各方面的事情顺利进行,靠阻止邻居离婚,靠反战、反对兵役,靠希腊语词根、教会教条、哲学悖论和做人上人;还有其他利己主义者——所有这些人,和那些一门心思只想获得某一个女子或男子的男子或女子比起来,都要动摇得多。在这个寒冷的夏天,虽则芙蕾过着一个小福尔赛的散漫生活,买衣服有人付钱,自己只管寻欢作乐,她对这一切都无动于衷——正如维妮佛梨德会用晚近最时髦的口头禅来形容的——"唯天可表!"她指望拿到手的是中天明月,而明月却在河上寒空或者进城时格林公园上面周行着。她甚至把乔恩的信用粉红绸子包起来贴胸藏着,而在这种胸衣领子开得那样低,感情那样受到鄙弃,高胸脯那样不时髦的年头里,恐怕更没有比这种举动更能证明她的一门心思了。

在获悉乔恩父亲死讯之后,芙蕾就写了一封信给他;三天后从一次河上野餐回来,她收到了乔恩的回信。这是他们在琼家里会见之后的第一封信。她带着疑虑把信拆开,惶恐地读着。

自从上次见面之后,我已经获悉全部往事了。我不想告诉你——我想我们在琼家里会见时,你已经知道了。她说你知道。如果你知道的话,芙蕾,你当时就应当告诉我。我想你听到的只是你父亲讲的一面。我听到的是我母亲讲的一面。太可怕了。现在她这样悲伤,我可不能再有什么事情使她伤心了。我当然非常之想念你,不过目前我认为我们无法结合——有一种强烈的力量非把我们拆开不可。

原来是这样!她的骗局暴露了。可是乔恩——她觉得——已经原谅她。倒是信上讲的关于他母亲那些话使她的心怦怦跳起来,使她的腿打软。

她的第一个念头是回信——第二个念头是不回信。这些念头在往后几天里一直在心里反复着,同时人变得愈来愈走投无路。可是她毕竟不愧是她父亲生的女儿。那种使索米斯同时成功和失败的坚韧性格也是她的主要性格,不过加上法国人的文雅和敏捷一粉饰,不容易看出来罢了。她本能地在"有"这个字的前面总是加上"我"字。可是她把这种日益变得走投无路的心情隐藏得一点不露痕迹,尽管七月里那样恼人的风风雨雨,但只要天气还好,她总要到河上去游赏,就好像一点心事没有似的;在所有的"乳臭未干"的准男爵里,也找不到一个比她的护花使者马吉尔·孟特更加一贯地不管出版生意的了。

在索米斯眼中,她可说是个谜。这种万事不关心的豪情逸致几几乎把他瞒过了。不过只是几几乎——因为她时常视若无睹地瞠着一双眼睛,而且她卧房窗子常在深夜时还显出一线灯光,这些他都看在眼里。她在想些什么呢,弄到夜里一两点钟还没有睡觉?可是他不敢问她有什么心事;而且自从上次台球房里一次短短的谈话之后,她什么话都没有跟他说过。

在这些双方讳莫如深的日子里,碰巧维妮佛梨德来邀父女两个去吃午饭,饭后还要去看一出"顶有意思的小戏:《乞丐的歌剧》①"。能不能再带一个男的,凑成四个人?索米斯是什么戏都不想看,但是芙蕾是什么戏都想看,所以就答应下来。他们坐着汽车进城,带着马吉尔·孟特一起;孟特快活极了,所以维妮佛梨德觉得他"很有意思"。《乞丐的歌剧》看得索米斯莫名其妙。那些角色都不讨人喜欢,整个的戏充满讽刺。维妮佛梨德很"着迷"——迷上了那些服装。那些音乐她听了也并不讨厌。头一天晚上,她上皇家歌剧院去看俄国芭蕾舞,到得太早了,看见台上满是歌手,那些人整整有一小时都吓得面无人色或者快要倒下去的样子,生怕一不小心唱对了腔②。马吉尔·孟特对整个的戏都非常喜欢。三个人都弄不清楚芙蕾是怎样想法。可是芙蕾并不在想。她的一门心

---

① 约翰·戴的这出社会讽刺剧于1920年在英国重演达三年半之久。
② 芭蕾舞节目很短,前面是出歌剧;这里挖苦那些蹩脚歌手全唱走了腔,然而还是那样心惊胆战的样子。

思正站在台上和波丽·皮秋姆唱着歌,和费尔齐做着手势,和珍妮·第佛跳着舞,和露茜·劳吉特装模作态,和麦克希司接吻、放歌、拥抱①。她的樱唇说不定辗然微笑,她的手说不定会鼓掌,可是这出古老的著名喜剧,就和一出时下的"歌舞剧"一样,喜也好,悲也好,她全然没有一点印象。上车回家时她很伤感,因为坐在她身边的不是乔恩,而是马吉尔·孟特。汽车在路上颠簸一下,而小孟特的胳膊好像无意中碰一下她的胳膊时,她只是想:"要是乔恩的胳膊多好!"当小孟特高兴的声音,由于和她坐得很近而变得温柔起来,比车子走动的声音高一点说着时,她也微笑回答,心里想:"要是乔恩的声音多好!"而当他有一次说"芙蕾,你穿这件衣服简直像仙女一样"时,她回答说,"哦,你喜欢这衣服吗?"心里却想,"要是乔恩能看见多好!"

在回家的路上她下了一个决心。她要上罗宾山去看他——单独看他;她要坐车子去,事先不告诉他,也不告诉她父亲。自从收到他的来信,这已经是第九天,她再也不能等了。星期一她就去!这样一决定,使她对小孟特也好了起来。心里有了奔头,容忍一点和敷衍一点都没有关系。他不妨吃过晚饭再走;不妨照例向她求婚,和她跳舞,紧握着她的手,叹气——随便他。他只在打乱她的一门心思时才叫人讨厌。她甚至于在她目前只怜悯自己的情况下尽其可能地怜悯他起来。晚饭桌上,孟特谈到他称作的"特权领域的死亡"时,好像比平时更加肆无忌惮。她简直不去理会,可是她父亲好像

---

① 都是《乞丐的歌剧》里的角色。波丽是女主角,费尔齐是皮秋姆先生的仆人,珍妮是妓女,露茜是波丽的情敌,麦克希司是男主角。

在密切注意,脸上带着即使不代表生气,至少意味着反对的微笑。

"年轻的一代并不像你这样想,先生;是不是,芙蕾?"

芙蕾耸耸肩膀——年轻的一代就只有乔恩,然而她却不知道他在怎样想。

"年轻人到了我的年纪,就会像我这样想,孟特先生。人性是不变的。"

"我承认这个,先生,但是思想方式却随着时代改变。追求个人利益的思想方式已经快过时了。"

"是吗!各人管自己的事情并不是一种思想方式,孟特先生,这是本能。"

对啊,乔恩就是我的事情!

"可是什么是自己的事情呢,先生?问题就在这里,随便哪个的事情都要成为自己的事情。对吧,芙蕾?"

芙蕾只是微笑。

"否则,"小孟特接着说,"就要流血。"

"人们几千年来一直这样说。"

"可是你会承认,先生,财产意识是在消灭吧?"

"我要说在那些毫无财产的人中间,反而在增长呢。"

"那么,你看看我吧!我是一笔限定嗣续田产①的继承人。我不要这东西;明天我就把这个关系割掉。"

"你还没有结婚,根本不知道你说的什么。"

芙蕾看见小孟特的眼睛相当可怜相地望着自己。

"你难道真的认为结婚——?"他开始说。

---

① 即不能卖出,而且只能遗留给合法的继承人,不能随便赠予。

"社会就是建筑在婚姻上面,"她父亲严肃地说,"建筑在婚姻和婚姻的后果上面。你要废除这些吗?"

小孟特做了一个困惑的姿势。晚餐桌上变得沉默下来;电灯光——灯罩是一个雪花石膏圆球——照着桌上的许多银匙,上面全刻有福尔赛族徽饰——一只"正式雉鸡"。外面河上的夜色暗了下来,空气中充满潮湿气息和香味。

"星期一,"芙蕾想,"星期一!"

第六章 走投无路

对于那位硕果仅存的乔里恩·福尔赛来说,他父亲死后的一星期是既悲痛而又无聊。那些必不可少的仪式——宣读遗嘱,房地产估价,分配遗赠——全都是向一个未满成年的家长演出的。乔里恩是火葬的。根据他特别留下的遗言,火葬时谁也不让参加,也不许戴孝。财产的继承,在某种程度上受了老乔里恩遗嘱的限制,使罗宾山属于乔里恩的寡妻,另外每年有二千五百镑归她终身支配。除掉这一笔财产,其余部分的支配都相当复杂,目的在于使乔里恩的三个子女将来和现在都平均地享有老乔里恩和乔里恩的财产,只是乔恩由于性别关系,当他到达成年时,将取得全部遗产,而琼和好丽只能享受这些财产的灵魂①,而不能享受其实质,这样庶几她们的子女在她们死后仍旧能享受到实质。如果她们没有子女,这几笔财产全都要归到乔恩手里,只要他死在她们后面;既然琼已经有五十岁,而好丽也已年近四十,法律界都认为小乔恩,如果没有那样苛刻的所得税的话,活到他祖父那样大年纪时将会和老乔里恩一样舒泰。这一切,乔恩都不放在心上,对他母亲也无所谓。只有琼给乔里恩这样一个把后事全都安排得

---

① 指只能动利,不能动本。

妥妥帖帖的人,做了一切应做的事。她走了以后,母子两个重又在那座大房子里变得孑然无靠了;死亡使他们靠拢,而爱情又使他们分开;乔恩在这些日子里过得非常痛苦,暗暗地对自己感到厌恶和失望。他母亲会带着一种非常忍耐的悲痛望着他,然而悲痛中仍有一种本能的骄傲,就好像保留着自己的防御似的。如果她笑,他就恨自己回答的笑会那样勉强和不自然。他并不判断她或者责备她;这都远说不上——老实说,他脑子里从没有转到这上面来过。不!他所以笑得那样勉强和不自然是因为她弄得他不能得到自己要的东西。眼前只有一项减轻痛苦的办法——这事和他父亲的一生成就很有关系,但是交给琼去做,使人很不放心,虽则她曾经提出由她来做。母子两个都觉得,如果让琼把乔里恩的一包包遗作——包括没有展出的和没有完成的——一股脑儿带走,这些作品一定会遭到保罗·波斯特和别的常上她画室来的人泼冷水,结果连她的心也会冷掉。按照这些作品的旧日风格和水彩画这一门来说,可以说是不错的,决不能让它受到嘲弄。一个个人展览会应当是母子两个对他们深爱的人一种最起码的表示;为了准备这个展览会,母子两个花了许多时间。说也奇怪,乔恩对自己父亲日益变得钦佩起来。他通过一系列的研究,发现乔里恩的天资虽然不高,但是由于闷声不响地苦干,却能真正创出自己的面目。从一大批作品里可以看出他有一种难能可贵的连续成长,境界逐渐变得深邃了,扩大了。当然这并不是说内容非常深刻,或者造诣十分地高——不过就它本身来说,这些画都是精到的、认真的、完整的。想起老父生平从不狂妄自大,谈到自己的造诣时总是像开玩笑似的那样谦卑,甚至于自称是个业余画家,乔恩不由觉得自己从来就没有真正理解老父过。他的立身之道好像律己很严,然而决不让人家知道他是这样的为人,免得使人讨厌。这种态度对乔恩很有一种吸引的地方,所以听到他母亲谈论他父亲的一段话时,满心地赞成。她说,"他是一个真正有修养的人;他不管做什么事情,都没法不想到别人。碰到他下决心和人家作对时,他做起来也尽量避免使人难堪——跟当今时世全不同,可不是?他一生中有两次不得不和整个社会闹翻;然而从不因此而变得愤世嫉俗。"乔恩看见她流下眼泪来,并且立刻把脸儿背了过去。她总是那样不声不响地伤悼死者,使他有时候以为她并不怎样悲伤。现在看见她这副样子,他觉得自己的克制能力和自尊心比起父亲和母亲来都还差得很远。他悄悄走到她身旁,用胳膊搂着她。她迅速地吻了他一下,可是带着情感冲动的样子走了出去。

那间他们用来选画和贴标签的画室原来是好丽小时候的课室,她养蚕、晾紫薄荷、学琴,以及其他学习,都是在这间屋里。现在七月底,虽则房间是东北向,却从久已褪了色的淡紫纱窗帘间传来一阵阵熏人欲醉的暖风。为了恢复一下残留在这间人去楼空屋子里的已往光荣,就像追念一片古战场的鼎盛时代一样,伊琳特地在那张沾满颜料的桌子上放了一瓶玫瑰花。这瓶花,和乔里恩的爱猫——它仍旧死守着这个废弃的住所——是这间凌乱而悲惨的工作室里的两个快乐场所。乔恩站在北窗跟前,闻着那股带有神秘的温暖草莓香的空气,听见一部汽车开来。那些律师又来谈什么无聊的事情了!为什么这种香味使人闻了有点回肠荡气呢?是从哪里吹来的——房子这一面并没有草莓圃啊。他不自觉地从口袋里掏出一张弄皱了的纸,在上面断断续续写了些字,胸臆间开始变

得温暖起来;他搓了搓手掌,没有多大一会就匆匆写出下面几行:

> 如果我能够作一首短歌——
> 一首短歌来安慰我的心!
> 我要全用小东西来编成——
> 流水的溅泼声,翅膀的摩擦声,
> 蒲公英的金冠放蕊吐萼,
> 雨点淅淅沥沥地落,
> 猫儿的呜呜,鸟儿的喟喟,
> 和一切我听见过的低语;
> 青草间、绿草间无主的清风,
> 远处飘来的嘤嘤和嗡嗡。
> 一首歌像花儿一样娇嫩,
> 像蹁跹的蝴蝶一样轻盈;
> 而当我看见它一旦开放,
> 我就让它去飞翔歌唱。

他站在窗口仍在一个人低声读着诗时,忽然听见有人叫他的名字,转身看时原来是芙蕾。望着这个骇人的精灵,他开头并没有表示,也没有作声,同时她明媚而生动的眼波在他心里引起一阵狂喜。接着他走到桌子面前说:"谢谢你来看我!"但是看见她退缩了一下,就像他扔了一个东西过去似的。

"我说我要见你,"芙蕾说,"他们就把我带到这儿来了。不过我还可以走。"

乔恩紧抓着那张沾满颜料的桌子。她的脸,她穿着花边衣服的身条,在他眼中印上一个极深刻的、极鲜明的影子,就是她这时从地板上沉下去①,他一定仍旧看见她站在那里。

"我知道我告诉你的是谎话,乔恩。可是我说谎是为了爱你。"

"哦,是啊!是啊!这没有关系!"

"我没有回你的信。有什么意思呢——没有什么需要回的。我只想看看你。"她两只手伸了出来,乔恩从桌子对面抓着她的手。他想讲几句话,可是心思全放在不要勒痛她上面。他自己的手好像很硬,而她的手则是那样的软。她差不多挑战似的说:

"那段往事——难道那样的十分可怕吗?"

"是啊。"他的声音也带有一点挑战意味了。

她抽开手。"我没有想到,在这个年头,男孩子还是听母亲摆布。"

乔恩的下巴抬了一下,就像被人打了一拳。

"呀,我不是这个意思,乔恩。这话讲得太没有道理了!"她迅速挨到他身边来,"乔恩,亲爱的;我不是这个意思。"

"没有关系。"

她的两只手搭在他肩膀上,用额头抵着手;帽檐碰到他的脖子,乔恩能感到帽子在抖。可是他就像变得麻木不仁一样,对她毫无表示。她把手拿掉,走开去。

"好吧,你不要我的话,我就走。不过我没有想到你会丢掉我。"

"我没有,"乔恩叫,人忽然活了过来,"我不能。我要再

---

① 作者在这里似乎想入非非地把芙蕾比作舞台上魔鬼的出现和消失。

291

想想法子。"

她的眼睛一亮,扭着身子向他走来。"乔恩——我爱你!不要丢掉我!你要是丢掉我,我真不知道怎么——简直叫人走投无路。那算什么呢——过去的那些事情——跟我们的事情比起来?"

她紧紧抱着他。他吻了她的眼睛,她的粉颊,她的樱唇,可是吻着她时,他眼睛里看见的却是散在自己卧室地板上的那些信纸——他父亲苍白的遗容——他母亲跪在死者面前。芙蕾的低语,"叫她同意!你答应我!唉!乔恩,想想法子!"听上去好像非常稚气。他觉得自己莫名其妙地老了。

"我答应!"他说,"不过,你不了解。"

"她要毁掉我们的一生,就因为——"

"哦,因为什么呢?"

他的声音里又显出挑战的意味,可是她不答腔。她用胳膊紧紧抱着他,吻他,他也连连吻还;可是便在这种屈服下,那封信给他下的毒仍然在起作用。芙蕾不知道,她不了解——她错怪了他母亲;她是属于敌人的阵营的!这样的可爱,而且他是这样的爱她——然而,便在她的搂抱中,他仍不禁想起好丽的话:"我觉得她有一种'占有的天性'",和他母亲说的"亲爱的孩子,不要想到我——想到你自己好了!"

当她像一场热情的梦消逝掉,在他的眼睛里留下她的容貌,在他的嘴上留下她的香吻,在他的心里留下那种回肠的痛苦之后,乔恩靠着窗子,倾听着汽车将她开走。仍旧是那股温暖如草莓的香味,仍旧是那些会形成他那首短歌的夏天轻微声息,仍旧是七月里一切青春和幸福的遐想——叹息的、浮动的、蹒跚的七月——但是他的心碎了;他的心充满爱的饥渴,充满希望,然而希望却垂着眼皮,像是感到惭愧。眼前这件事情太棘手了!如果芙蕾走投无路,他也是走投无路——在这里空望着摇曳的白杨、飞驰的白云、草地上的阳光。

他等到晚上——一直等到母子两个几乎默默无言地吃完晚饭,等到他母亲为他弹完了琴——可是他仍旧等着,觉得她已经知道自己等着要说什么。她吻了他上楼去了,可是他仍旧逗留在那里,望着外面的月光和飞蛾,和那种悄悄来临的、玷污夏夜的、不真实的色彩。他真想能够重又回到过去啊——仅仅回到三个月以前那样;或者活到多少年后的将来。眼前有着这样一件极端残酷的事情要决定,不这样就得那样,实在使人活不下去。他现在比初上来更加深刻地体会到他母亲的痛苦情怀;就好像那封信里讲的往事是一种有毒素的微菌,使他发了宗派主义的高热症,以至于真的以为有两个阵营存在,他母亲和他是一个阵营——芙蕾和她父亲是另一个阵营。这种陈年古代的悲剧性的占有和敌意说不定早已死去了,但是死去的东西在时间把它们清除掉之前,仍旧是有毒的。连他的爱情也好像沾染上了,不大带有幻想,更加具有现实意味,而且隐隐含有一种背叛似的疑虑,生怕芙蕾也会像她父亲,想要占有起来;这种疑虑并不明晰,只是一种侵袭,非常之卑鄙,钻在他的热情记忆里蠕蠕爬动,用它的呼吸吹淡了那个生动的、迷人的脸庞和娉婷的倩影——这种疑虑,说它真实,却好像并不存在;说它不真实,却足以摧毁一个人坚定的信心。而对于不满二十岁的乔恩来说,坚定的信心却是生命里最少不了的东西。他仍旧有年轻人的一股热力,愿意双手奉上,一毫不取——热情地把一切交给一个像自己一样豪爽慷慨的人儿。敢说她就是这样一个人!他从窗口长凳上站起来,在那间灰色的阴森森的大屋子里胡乱走着,房间墙壁上挂着涂了银粉的帆布。这幢房子——他父亲在那封弥留的信里说过——是造了给他母亲——和芙蕾的父亲住的!他在半阴暗中两只手伸了出来,就好像要抓住死者缥缈的手一样;他两手勒紧,竭力想接触到他父亲消瘦而消失了的手指——紧紧抓着,并以此稳住自己——使他觉得仍站在父亲的一边。眼泪,忍在肚皮里,使他眼睛觉得又干又热。他又回到窗口。窗口比较暖和,不是那样阴森森,外面要舒适得多,月儿高高地现出金黄色,再过三天就要圆了;夜的自由真给人安慰。倘使芙蕾和他是在什么荒岛上碰见,根本没有什么过去不过去——大自然就是他们的房子,那要多好!乔恩长到这么大还对荒岛非常向往——那里生长着面包果,珊瑚礁上海水一碧如蓝。夜晚是深沉的,自由的——充满着魅力;它是诱惑,是期望,是尘网的遁逃薮,是爱情!一个仍旧受母亲摆布的脓包——!这使他的两颊火热起来。他关上窗子,拉上窗帘,把墙上烛架的烛火灭掉,上楼去了。

他的卧室的门开着,灯也亮着;他母亲仍旧穿着晚服,站在窗口。她转身向他说:

"你坐下,乔恩;我们谈谈。"她在窗口长凳上坐下,乔恩在床边坐下。她只是侧面向着他,额头、鼻梁、颈子的柔和线条,以及那种奇特的然而又像是冷峻的风度,使他很动心。他母亲从来就不像是这个环境里的人;仿佛是从别的什么地方跑来的!她打算跟自己谈什么呢?他的心里也有那么多事情要跟她谈啊!

"我知道芙蕾今天来了。我并不诧异。"这句话好像还有一种言外之意:"她原是她父亲的女儿啊!"乔恩的心硬了起来。伊琳静静地说下去：

"我有你爹的信在这里。那天晚上我拾了保存起来。你要不要拿回去，亲爱的？"

乔恩摇摇头。

"在他交给你之前，我当然读过了。这封信对我作的孽并没有如实地叙述。"

"妈！"乔恩脱口而出叫了一声。

"他讲得对我非常体贴，可是我知道自己不爱芙蕾的父亲而嫁给他，是做了一件很坏的事情。不幸福的婚姻，乔恩，不但会毁掉自己的一生，也会毁掉别人的一生。亲爱的，你年纪太轻了，而且爱得非常厉害。你认为你跟这个女孩有可能过得幸福吗？"

乔恩望着她那双深褐色眼睛，这时由于痛苦显得更深了；他回答说："会的；啊！会的——只要你能够。"

伊琳微笑。

"对美色的倾倒，和渴望占有对方，并不是爱。如果你的情形跟我的情形一样，乔恩——把灵魂最深处的东西扼杀了；肉体结合了，但是灵魂在抗拒，怎么办？"

"为什么会是这样，妈？你以为她一定会像她父亲，但是她并不。我看见过她父亲。"

伊琳的嘴边又浮出那种微笑，乔恩心里有点动摇起来；她的微笑带有无数的讽刺和经历。

"你是给，乔恩；她是拿。"

那种卑鄙的疑虑和侵袭的动摇又来了！他愤愤然说：

"她不是——不是。妈，我不过是不忍心使你不快活，现在爹——"他用拳头敲自己脑袋。

伊琳站起来。

"那天晚上我跟你说过,亲爱的,不要想到我。我说的真话。为你自己和你的幸福着想好了!以后的事情我会挺得住的——是我自己造的因。"

乔恩又脱口而出叫了一声:"妈!"

她走到他跟前,用手按着他的手。

"你头不好过吗,亲爱的?"

乔恩摇头。他的不好过在心口——被两种爱把心都拉碎了。

"不管你怎样,乔恩,我将始终一样爱你。你不会失掉任何东西。"她轻轻抹一下他头发,就走了。

乔恩听见房门关上,翻身上床,躺在那里硬压着自己的喘息,心里感到极端抑郁。

第七章 使 命

索米斯在喝茶的时候问起芙蕾,才知道她两点钟就坐汽车出去了。三小时!她上哪里去了呢?上伦敦去为什么不留一句话给他?他对汽车始终不能习惯。他只在原则上接受——就像一个天生的经验主义者,或者他这样一个福尔赛会做出的那样——每一个标志进步的事物出现时,他都接受,"是啊,现在是少不了它们了。"但是事实上,他觉得汽车这东西又闹人、又笨重、又有气味。安耐特逼着他买了一部之后——一部"罗拉德"牌,配有深灰色坐垫、电灯、小镜子、烟灰碟、花瓶;一股汽油和千金藤的味道——他的厌恶不下于过去对自己的妹夫蒙达古·达尔第的厌恶那样。这东西是今天生活中一切高速度、不安全和骨子里俚俗东西的代表。时下生活越变得高速度、放纵、年轻,索米斯就越变得衰老、迂缓、拘谨,而且和他父亲詹姆士从前一样,在思想和谈吐上愈来愈流露出来。他自己也差不多意识到这一点。速度和进步愈来愈使他讨厌了;目前工党这样得势,连一部汽车也有一种趾高气扬的地方,看了叫人生气。有一次席姆斯[①]那个家伙把一个工人的唯一既得利益压死了。索米斯并没有忘记狗主人当

---

① 索米斯的汽车司机。

时的行径,因为很少有人会像他那样待在那里忍受他的辱骂的。他很替那只狗难受,如果不是因为那个坏蛋那样不讲道理,他真愿意站在狗的一方来反对汽车。四小时快变成五小时了,芙蕾仍旧没有回来;过去因汽车交涉而使他变得谨慎的个人经验和代理人经验,这一切的郁结和丧魂落魄的感觉,闹得他五内不安。七点钟时,他打了一个长途电话给维妮佛梨德。不在! 芙蕾并没有上格林街去。那么她上哪儿去了呢? 他开始愁烦起来,仿佛看见爱女遭到横祸,漂亮的花边衣服绉成一团,满身的血迹和泥污。他走进她房间看看她的东西。什么都没有带去——梳妆盒子、首饰都没有拿。这总算使他放心一点,可是因此更加担心会是汽车出事。自己爱的人失踪了,尤其是他绝对经不起有任何事情或者风声传了出去,这样的一筹莫展真叫人吃不消。如果她天黑还不回来,他怎么办呢?

八点差一刻时,他听见汽车的声音;心里一块大石头这才放下,赶快下了楼,芙蕾正从汽车上下来——脸色又苍白,又疲劳,可是人好好的。他在穿堂里和她碰上。

"你把我吓死了。你上哪儿去的?"

"上罗宾山。对不起,亲爱的。我非去不可;等会儿我告诉你。"她匆匆吻他一下,就跑上楼。

索米斯在客厅里等她。上罗宾山! 这是凶兆还是吉兆?

这个题目晚饭时是不能谈的——怕引起管家们疑心。刚才经历的那一阵惊恐,以及看见她安然无恙后如释重负的心情,使他不舍得再责备她,或者禁止她以后怎样做;他在一种松弛的心情下木木然等待她自己讲。人生真是个怪玩意! 他现在六十五岁了,然而还是和他四十岁以前建立家业时一样掌握不了命运——总有些事情弄得你不如意！他的晚餐服口袋里放了一封安耐特的来信,说她两个星期后就要回来。她在法国做些什么他一点不知道;而且乐得不知道。安耐特不在家使他少怄许多闲气。眼不见,心不烦！现在她要回来了。又多了一件心事！波尔德贝家那张老克罗姆完蛋了——被杜米特里欧弄去了——全是那封匿名信使他把这件事情整个忘怀。他偷眼瞧一下女儿脸上的紧张神情,就好像她也在望着一张不能买到手的旧画似的。他简直希望仍旧回到大战的日子里。那时候的一些忧虑比起眼前来好像要差得远。从她讲话的那种亲昵口吻,和她脸上的神情,他知道她对自己有所要求,可是拿不定怎样才是明智的对策,答应她还是不答应她。他把面前的一盆小食推开,没有动,还和她一起抽了一支烟。

晚饭后,她把电动钢琴开起来。索米斯看见她靠着自己膝盖坐在一只软脚凳上,手搭着自己的手,猜到大难要临头了。

"亲爱的,不要怪我。我非去看乔恩不可——他写了一封信给我。他要尽量说服他的母亲。不过适才我在想,爹,这件事情全操在你手里。只要你使他母亲相信这丝毫不意味着旧事重提！我仍旧是你的女儿,乔恩仍旧是她的儿子;你永远用不着跟她和乔恩见面,她也用不着跟你和我见面！只有你劝得了她,亲爱的,因为只有你说的话才算数,别人不能代替你说。现在乔恩的父亲已经死了——你就看她这一次,敢说对你也不会太难堪吧？"

"太难堪？"索米斯重复一句,"这事整个儿不成话！"

"你知道,"芙蕾说,头也抬起来,"你其实并不反对跟她见面。"

索米斯默然。她说的是实话,不过太触及他的内心深处了,使他无法承认。她把手指插在他手指中间——热热的、纤削的、焦切的手指紧勒着他。这个女儿便是铜墙铁壁也非要钻个洞不可!

"你不去我怎么办呢,爹?"她非常轻柔地说。

"为了你的幸福,我什么事都愿意做,"索米斯说,"不过这样并不是使你幸福。"

"唉!是的;是的!"

"只会把事情闹出来。"他恶狠狠地说。

"可是事情已经闹出来了。现在是要把事情平息下去。使她体会到这只是我们两个的事,和你或者她都毫不相干。你能够做的,爹,我知道你能够。"

"那么你知道的不少了。"索米斯阴沉着脸回答。

"只要你肯,乔恩和我可以等过一年——你要我们等过两年①也可以。"

"我觉得,"索米斯说,"你对我的痛苦一点不关心。"

芙蕾拿他的手抵着自己粉颊。

"关心的,亲爱的。不过你总不愿意我非常不快活吧?"她多么会用甜言蜜语来达到目的啊!他竭力想象她是真正关心他的——可是仍旧拿不准——拿不准。她关心的只是这个小伙子!就是他破坏了女儿对自己的爱,他为什么还要帮助她得到他呢?为什么?根据福尔赛家的法律,这是愚蠢的!这样做一点好处没有——一点没有!把芙蕾交给

---

① 即等到成年才结婚。

这个小伙子！把她送进敌人的阵营,使她处在那个伤透了他的心的女人的影响之下！慢慢地——而且不可避免地——他就要失掉自己生命中的这个花朵。忽然他觉得自己的手掌湿了。他心里痛苦地跳了一下。他最受不了女儿哭泣。他用另外一只手放在芙蕾的手上,一滴眼泪也滴在这只手上。这样下去可不行！"好吧,好吧,"他说,"让我想想,看有什么办法。好了,好了！"如果她非要到手才有幸福——她就非要到手决不甘心;他没法子不答应帮忙。他生怕女儿会向他称谢,连忙从椅子上起来,走到电动钢琴旁边——这东西吵死人！钢琴在他走近时,吱了一声停下。他想起儿时的那架八音琴:奏着《和谐的铁匠》《光荣的波尔图葡萄酒》——每到星期天下午他母亲把这东西开起来时,总使他很不好受。现在又是这个玩意儿——同样的东西,不过大一点,而且价钱贵得多,这时它正在奏着《野性的、野性的女人》和《警察的假日》,而他已经不再穿着黑丝绒衣服、戴一条天蓝领子了。"普罗芳说得对,"他在想,"人生一切都是空！我们行程的终点就是坟墓。"他心里说了这句意想不到的话,就走出去了。

那天晚上他没有再见到芙蕾。可是第二天早饭时,她的眼睛老是带着恳求的神情跟着他,使他没法逃避得了——这并不是说他想逃避。不！他对这件伤脑筋的事情已经下了决心,他要上罗宾山去——上那个充满回忆的罗宾山去。最后的那次记忆是——愉快的！① 那次去是为了阻止那个孩子的父亲和伊琳在一起,否则就以离婚为威胁。那次之后,他时常

---

① 这句话带有自嘲意味。

想到这一来反而把他们拉拢了。现在他又要来拉拢那个男孩子和自己女儿。"我真不知道我作了什么孽,"他想,"要逼着做这些事情!"他上火车,又下火车,从火车站沿着那条长长的上坡小径走来,跟他记得的三十年前的情景还大致差不多。怪事——离开伦敦是这样的近!显然有些人在抓着这儿的土地不放手。这样的遐想使他很欣慰,一面在两排高高的篱笆中间缓步走着,以免走得太热,虽则天气相当的冷。不管人家怎样说,怎样处置,地产仍旧有它的真实一面,它并不变动。地产和好的绘画!行情也许有点波动,但是整个说来还是朝上涨——在一个充满靠不住的财产、劣等房屋、变动风尚、充满"今天活,明天死"精神的世界里,地产是值得抓着不放的。也许法国人的自耕农制度是对头的,虽则他不大看得起法国人。一个人有一块地!给人以落实之感!他曾经听见人把自耕农形容为一伙思想闭塞的人;曾听见小孟特称他父亲是一个思想闭塞的《晨邮报》①读者——真是个目无尊长的小畜生。哼,有些事情比思想闭塞或者读《晨邮报》坏得多。像普罗芳和他的一班人,和所有这些工党家伙,和那些大喊大叫的政客,以及"野性的、野性的女人"!一大堆坏得多的东西!忽然间,索米斯觉得人又没有气力,又热,又心神不宁起来。完全是因为这底下要和伊琳会面弄得他神经紧张!裘丽姑太如果活着的话,会引用"杜萨特大老板"的话,说他的神经"太刺激了"。他现在已经能望见那座房子耸立在丛林中间;这座房子是他亲眼看着造起来的,当初原打算给自己和这个女人住的,而她阴错阳差终于和另外一个男人在房子里住了下

---

① 当时伦敦的保守党报纸。

来！他开始想到杜米特里欧、公债和其他的投资方式起来。他万万不能和她会面时弄得神经这样紧张；他——不但在将来的天堂，而且也在尘世上——代表对她的末日审判；他是法律上所有权的人性化，现在来会见不法的美的化身。如果当初她恪守妇道的话，他们的儿女就会是兄妹；现在，在这一次为这一对儿女撮合的使命上，他的尊严绝对不能侵犯。那个倒霉的调子《野性的、野性的女人》一直在他的脑子里转，转得非常顽强，而一般说来他脑子里是不大钻进去调子的。走过房子大门前那些白杨树时，他心里想："这些树长得多高了；还是我种的呀！"

他按了按铃，开门的是个女佣。

"你说……福尔赛先生，来谈一件专门的事情。"

如果她晓得他是谁的话，很可能就会不接见。

现在痛苦的时刻要来了，他变得强硬起来："天哪！"他想，"这事从哪里说起呢！"

女佣回来。"请问先生有什么事情？"

"你说跟乔恩有关系。"索米斯说。

厅堂里重又剩下他一个人了，这座灰白相间的大理石砌的小池子就是她第一个情人设计的。啊！她是个坏人——有过两个情人，可是不爱他！这一次和她重新见面，他一定要记着这个。忽然他看见她在两道长长的、沉重的紫帘幕中间出现，身子有点晃，好像在犹疑不定；仍旧是往日的姿态和身条，褐色的眼珠里仍旧是那种惊异而严肃的神情，声音仍旧是那样镇静而兼有提防。"请进来。"

他穿过帘幕走进去。和那天在画店和糖果店里一样，他觉得她仍旧很美。而这还是他三十七年前和她结婚以来的第一次——真正是第一次——在法律上没有权利称呼她为自己的妻子。她并没有穿黑衣——他想这大约是那个家伙的怪念头之一吧。

"我来得很冒昧,"他恶狠狠地说,"可是这件事非解决不可,要么成,要么不成。"

"你请坐。"

"不坐,谢谢。"

他对自己今日所处的地位感到愤怒,对他和伊琳之间这样拘礼感到不耐烦,一时失去了控制,把肚子里的话全倒了出来:

"这真是倒霉透顶的事;我尽量地泼冷水。我认为我的女儿简直发疯,可是我把她娇纵惯了,所以只好跑来。我想你也欢喜你儿子呢?"

"当然。"

"那么怎么样?"

"由他决定。"

他感到自己受到顶撞而且有点不知所措。总是这样子——便是在当年和她做夫妇的日子里,她也总是弄得他不知所措。

"这真是异想天开。"他说。

"本来是。"

"如果你当初——!哼——他们说不定还是——"他本来想说,"他们说不定还是兄妹,而且少掉这许多麻烦。"可是还没说完,看见她战栗了一下,就好像自己已经把话说出来似的;这使他很刺痛,就走到对面的窗子面前。窗子外面那些树倒没有长——长不了,这些树已经老了!

"至于我这方面,"他说,"你可以尽管放心。如果将来结婚,我并不想和你或者你的儿子见面。这种年头的年轻人真是——说不上来。可是看见女儿那副可怜相我实在受不了。回去我该跟她怎么说呢?"

"请你把我告诉你的话告诉她,这由乔恩决定。"

"你不反对吗?"

"我心里极端反对;但是不说。"

索米斯站着啃指头。

"我记得有一天傍晚——"他忽然说;可是又沉默下来。这个女人有什么地方——有什么地方使他恨或者谴责都有点说不上来呢?"你的儿子——他在哪里?"

"我想大约在他父亲的画室里。"

"你何妨叫他下来一趟。"

他看见她按一按铃,看见女仆进来。

"去告诉乔恩说我叫他。"

女仆退出后,索米斯匆促地说,"如果由他决定的话,恐怕这件反常的婚事大致已经算是定局了;那样的话,那就有些例行手续要办。我找哪一家律师接头呢——海林吗?"

伊琳点点头。

"你不预备跟他们一起住吗?"

伊琳摇摇头。

"这座房子怎么办呢?"

"乔恩要怎么办就怎么办。"

"这座房子,"索米斯忽然说,"当初我造时就存在过希望。如果他们住在里面——和他们的儿孙住在里面!人家会说报应是有的。你说这话对吗?"

"对。"

"哦！你相信！"

他已经从窗口走回来,站得和她很近,而她站在大钢琴的半圆弧中间,看上去就像受到包围一样。

"我可能和你不会再见面了,"他慢慢地说,"握握手好吗?"——他的嘴唇有点抖,话说得断断续续的——"过去的事就忘掉吧。"他伸出手来。伊琳的脸色变得更苍白,眼睛是那样的忧郁,一动不动地盯着他的眼睛望,两只手操在前面仍旧紧紧地勒在一起。他听见一点声息,回头看见乔恩正站在帘幕拉开的地方。他的样子很古怪,简直看不出是他在科克街附近画店看见的那个年轻人——非常古怪;人老得多,脸上一点没有年轻人的神气——消瘦、呆滞、头发蓬松、眼睛陷下去。索米斯挣扎着说了一句话,嘴唇稍为抬一点起来,既不像是笑,也不像是嘲弄:

"怎么样,小伙子!我是代表我女儿来的;看起来,这件事——要由你决定。你母亲说她不管。"

乔恩继续盯着母亲的脸望,不答话。

"我是为了我女儿的缘故才走这一趟的,"索米斯说,"回去我该跟她怎么说?"

那孩子眼睛仍旧盯着母亲,静静地说:

"请你告诉芙蕾,这事不成;我必须按照我父亲去世前的意愿行事。"

"乔恩!"

"没有关系,妈。"

索米斯呆了,他把乔恩看看,又朝伊琳看看,然后拿起自己放在椅子上的帽子和阳伞,向帘幕走去。男孩子闪过一旁让他出去。才走出帘幕,索米斯就听见帘幕拉起来的铜环声。那声音把他心里的一个想法解放了出来。

"故事结束!"他想,出了大门走了。

第八章　忧郁的调子

　　索米斯离开罗宾山房子时,太阳正透过那天寒峭下午一片阴晦里照了出来,带着雾漫漫的光华。他平日的心思只放在风景画上,很少认真观看户外大自然的景色。眼前这种阴沉沉的光彩使他很惊奇,就像带着一种和他心意相投的胜利感在悲叹着。失败中的胜利!他的使命一点没有完成。可是他总算把这些人摆脱掉了,在牺牲女儿的——女儿的幸福下,重又得到她。芙蕾将会对他说些什么呢?她会不会相信自己已经竭尽了心力呢?小径上,阳光照耀着那些榆树、榛树、冬青树,和没有人开发的田地,索米斯感到怕起来。她会非常之伤心的!他一定要劝她顾到自己的尊严。这个男孩子抛弃了她,宣称跟那个多年前抛弃她父亲的女子死活要在一起!索米斯勒起拳头。抛弃他,为的什么呢?他有什么错处呢?他重又像一个人用别人的眼光看自己那样感到不安起来——就像一只狗在镜子里碰巧看到自己的影子,对这个攫不到手的东西感到又喜又急。

　　他并不急急忙忙要赶回家,所以在城里鉴赏家俱乐部吃了晚饭。吃着梨子时,他忽然想到,如果不到罗宾山走这一趟,说不定这个男孩子还不至于这样断然拒绝。他想起自己伸出手,伊琳拒绝握手时那孩子脸上的表情。他有一个古怪的、尴尬的想法！难道芙蕾操之过急反而自取失败不成？

他八点半到家。汽车开进这一边车道大门时,听见摩托车以刺耳的轧轧声从那边大门开出去。无疑是小孟特,所以芙蕾在家并不寂寞。可是他进屋子时心里灰溜溜的。在镶有乳白色壁板的客厅里,芙蕾两肘支着膝盖坐着,两手交在一起托着下巴,面对着一株塞满壁炉的白山茶花。在她看见他之前,看她这一眼使他重又担心起来。她从这些白山茶花里能看见什么呢？

"怎么样,爹？"

索米斯摇摇头,有话说不出来。这真是要命的事情！他看见女儿眼睛睁得多大,嘴唇在抖。

"什么？什么？快说,爹！"

"亲爱的,"索米斯说,"我——我想尽了一切方法,可是——"他又摇了摇头。

芙蕾三脚两步赶到他跟前,一只手搭着他的一面肩膀。

"他母亲吗？"

"不,"索米斯说,"他。我正预备告诉你这不成了;他必须按照他父亲去世前的意愿行事。"他一只手忙托着她的腰,"好了,孩子,不要让他们伤你的心了,这些人不值得你生气。"

芙蕾挣脱他的搂抱。

"你没有——你不可能想过法子。你——你骗了我,爹！"

索米斯心上像戳了一刀,盯着他面前的那个扭动的疯狂身体看。

"你没有想法子——你没有——我是个傻子——我不相

信他能够——永远不能够！他昨天还——唉,我为什么要求你呢？"

"对啊,"索米斯静静地说,"你为什么求我呢？我忍气吞声,违反自己的见解,为你想尽法子——这就是我的酬报。晚安！"

他向门外走去,身上每一根神经都在激动。

芙蕾在后面赶来。

"他丢掉我吗？你是这个意思吗,爹？"

索米斯转过身来,勉强回答一声：

"是的。"

"噢！"芙蕾叫,"你做了什么——你当初究竟做了什么呢？"

这真是天大的冤枉,索米斯气得直喘气,喉咙堵得一时说不出话来。他做了什么呢？他们对他做了什么事情！出于一种不自觉的自尊心,索米斯用一只手按着胸口,看看女儿。

"太可耻了！"芙蕾激动地叫出来。

索米斯出去了。他缓步地、冷冰冰地上楼进了画廊,在自己的那些宝藏中间走着。不成话！唉！不成话！她娇惯坏了！啊！把她惯坏的又是谁呢？他站在那张戈雅摹本面前。什么事都是那样为所欲为。他生命中的花朵！而现在她却没法为所欲为了！他转身走到窗口透透空气。天色快黑了,月亮正在升起来,白杨树后面透出一片淡黄！那是什么声音？怎么！是电动钢琴！一个忧郁的调子,砰砰砰、啪啪啪。是她奏的——她从这里面能获得什么安慰？他望见草地那边有人走动,就在月光照着的蔷薇和金合欢架下面。是芙蕾在那里来回踱着。索米斯心里难受地跳了一下。受了这样打击,她将怎么办呢？他怎么说得出来？他理解她究竟有多少呢——他只是一直在爱她——把她看作掌上明珠！他什么都不知道——一点影子没有。现在她弄成这样——还有这支忧郁的调子——和月光下闪烁的河流！

"我得到外面走走。"他想。

他匆匆下楼进了客厅，灯光和他离开时一样，照旧点着，电动钢琴砰砰砰奏着舞曲，是华尔兹还是狐步舞还是时下人们叫作的什么，他也说不出。他穿过客厅到了阳台上。

找个什么地方窥视她而不让她看见自己呢？他悄悄穿过果园到了河边碇船上。现在处在芙蕾和河流之间了，他心里感到轻松一点。她是他的女儿，和安耐特的女儿——当不至于寻什么短见；不过眼前这种情形——他也说不了！从碇船窗子里他能望见最后的一株金合欢和她转身时飘动的裙子——她总是那样心烦意乱地走着。那个调子总算奏完了！他走到对面窗口看河水缓缓流过那些睡莲。碰到睡莲时，河水激起许多小泡泡，被月光照得雪亮。他忽然记起当年父亲逝世，他在碇船上睡了一夜之后的清晨景色，那时她不过刚生下来——快是十九年前的事了！便在今天他还能记得一觉醒来看见的那个陌生世界，和在他心里引起的异样感受。那一天开始了他一生中第二次的爱——爱上了这个现在在金合欢下踱着的女儿。她对他是多么大的安慰呀！而且一切怨恨和愤激的心情都烟消云散了。只要能够使她重又快乐起来，他什么都不在乎！一只猫头鹰飞起来，吱吱、吱吱叫；一只蝙蝠飞掠过去；河上的月光亮了起来，照得更广阔了。她这样要踱到多久呢？他又回到原来的窗口，忽然看见她向河边走来。她站的地方离他很近，就在上岸的码头上。索米斯一面窥视,一面紧勒着双手。要不要找她谈谈呢?他的心情激动到极点。她的身子木然不动,那样的年轻,那样的陷入绝望,陷在思恋里——好像身外什么都没有似的。他将永远忘不了这一幕情景——这样一个月夜,河水散发着微香,柳枝在轻轻摇曳。这个世界上他能够给她的都给她了,只有这唯一的一件因他的缘故而不能够到手的爱情!造化弄人,就像喉咙里一根鱼骨头一样,使他这时候觉得简直说不上来。

后来看见她转身向大房子走去,他这才大大地松了一口气。拿什么来给她做补偿呢?珍珠、旅行、好马、别的年轻男子——她要什么都可以——只要使他能够忘记年轻的她一个人站在河边的那种景象!呀!她又把那只调子奏起来了!怎么——这简直发疯!声音忧伤、单调、低微,从房子那边传过来。那就像她跟自己说了这样的话:"如果我没有什么东西给我排遣一下,我就要死了!"索米斯隐隐懂得这种心理。行,只要对她有益,就让她整夜砰砰砰奏下去吧!他一路摸索着回去,穿过果园又到了阳台上。这一次他虽则打算进去找她谈话,但仍旧迟疑不决,不知道跟她谈什么好,自己竭力追忆着情场失意的滋味。他应当懂得,应当记得——然而却记不起来!一切真正的回忆——全失去了,只记得当时自己非常痛苦。就在这种脑子一片空白的状态下,他站着用手绢擦擦双手和嘴唇,嘴唇非常之干。他伸头刚刚能望见芙蕾背朝着电动钢琴站着——钢琴仍在发出那个难听的调子——胳膊紧紧抱着胸口,嘴上叼着一支燃着的香烟,烟雾遮掉半个脸庞。脸上的表情索米斯看来非常古怪,眼睛睁得多大,而且奕奕有神,脸上的肌肉处处都显出强烈的鄙视和愤怒。有一两次他看见安耐特就是这副样子——这张脸太清晰、太没有遮盖了,简直不像他的女儿。他不敢走进,知道任何安慰都无济于事,于是在壁炉角的黑暗里坐下来。

命运这个家伙和他开的玩笑真厉害啊!报应!就是当初那个不幸婚姻的报应!天哪——这是为什么呢?当时他那样热烈地要娶伊琳,而她也答应嫁他,他怎么会知道她永远不会爱他呢?那个调子奏完又奏起来,又奏完了,但是索米斯仍旧坐在黑暗里,弄不清自己在等的什么。芙蕾的烟蒂仍从窗口扔出来,落在草地上;他看着烟蒂烧起来,烧光。月亮已经从白杨树中挣脱出来,将一座花园照得像幻境一般。令人不安的光华,神秘而矜持——就像那个永远不爱他的女人的美貌——给那些涅墨西亚①花和紫罗兰穿上斑斑点点、非尘世间的衣装。花呀!而他自己的花朵却是这样的不快乐!唉!为什么人不能把快乐变成地方公债,给它加上金边,保险它永远不跌价呢?

这时客厅窗子里的灯光已经熄灭,里面是一片寂静和黑暗。她上楼了吗?索米斯站起身来,蹑手蹑足朝里面窥望一下。好像是的!他走进客厅。阳台挡住了月光;开头他除掉比屋内黑暗更黑的家具轮廓外,什么都看不见。他摸向最远的一面窗子,打算把窗子关上;脚碰到一把椅子,他听见一声喘息。她在这里呢,蜷缩在、瘫痪在长沙发的角上!他的手要碰她又不敢碰她。她需要安慰吗?索米斯站在那里,凝视着这个衣饰、头发和美好青春的纷乱一团,死

---

① 即龙面花,因读音接近报应女神涅墨西斯,可能是故意用的,因此译文也只译音。

命想从悔恨中钻出来。丢下她在这儿怎样?终于他碰一碰她的头发说:

"不要这样,乖乖,还是睡觉去吧。我会想法子弥补你的。"讲得多不像话!可是他又能讲什么呢?

第九章　橡　树　下

客人走后,乔恩和他母亲都站着不作声,后来他忽然说:"我应当送他出去。"

可是索米斯已经沿着车道走去,所以乔恩上楼进了父亲的画室,如果再回到母亲那里,连他自己都有点不保险。

自从头一天晚上伊琳离开他房间之后,他已经愈来愈下定决心;这次看见母亲当着她从前嫁过的那个人脸上的表情,他就毅然决定了。这等于给一幅现实图画最后来一个画龙点睛。他娶芙蕾等于打他母亲一记耳光;等于背叛死去的父亲!这不行!乔恩天生不是那种记恨的人。便在这种进退两难的时刻,他对自己父母也毫无怨言。年纪尽管这样轻,他却有一种权衡事情轻重的异常能力。这对芙蕾,甚至对他母亲,都要糟得多。被人丢掉,或者成为你爱的人为了你而丢掉别人的原因,都要比丢掉人更受不了。他决不能够流露出怨恨,也不愿意!当他伫立在窗口,望着迟迟的落日时,头一天晚上见到的那种人世景象忽然又在眼前涌现出来。成千上亿的人——一个国家接一个国家,一个海洋接一个海洋——全都有各自的生活、奋斗、快乐、忧愁、痛苦;全都有各自的东西要丢掉,全都要为各自的生存而斗争。即使他愿意为了那唯一不能获得的东西而放弃一切,他的痛苦放在这样庞大的世界上也算不了什么;把自己的痛苦看得这样重要,像三岁孩子那样哭哭啼啼的,或者像一个下流人那样说话行事,都是愚蠢的。他心里描绘出无数两手空空的人——千百万在大战中丧失生命的人,千百万在大战中逃出命来但是一无所有的人;他在书报上读到的饥饿儿童和精神失常的人;监狱里的人,各种各样不幸的人。然而——这些对他并没有多大帮助。如果一个人不得不少吃一顿饭,知道别人也不得不少吃一顿对他又有什么安慰呢?离开家到这个他还一无所知的广大世界上去看看,想到这里心情倒为之一宽。他不能再在这儿住下去,关在房子里一点不透风,什么事情都是那样顺顺当当、舒舒服服的,而且除掉胡思乱想一些想入非非的事情之外,无所事事。旺斯顿是不能回去了,那只会勾起他和芙蕾的旧情。如果再和她碰面,连他自己都不能担保;如果待在这儿或者回旺斯顿,那就准会碰见她。只要两个人住得相去不远,这事一定会发生。唯一的办法是出远门,而且要快。但是尽管他那样爱自己母亲,他却不愿和她一起出门。他随即觉得这样太残酷了,无可奈何只好决定提议两个人一同上意大利去。有两个钟点他在那间忧郁的屋子里拼死地克制自己,然后换上衣服庄严地去吃晚饭。

他母亲也换了晚服。两个人吃得很少,但是很长,谈到乔里恩遗作展览的目录。展览会已经安排好在十月里,除掉一点抄写小事外,已经无事可做了。

晚饭后,伊琳披上外衣,和他一同到外面去散散步,谈谈心,终于到了那棵橡树下面,默然站着。乔恩心里一直在想,"如果我流露出一点点,我的心事就会暴露无遗。"所以他用胳臂挽着她的胳臂,若无其事地说:

"妈,我们上意大利去。"

伊琳按一下他的胳膊,同样若无其事地回答:

"这样很好;不过我在想,要是我跟你在一起,就会累你;你应当多跑些地方,多看些国家。"

"不过那样你要一个人了。"

"我一个人曾经住过十二三年。而且我想在你爹的展览会开幕时留在国内。"

乔恩把母亲的胳臂紧勒一下;这话他当然明白。

"你不能一个人住在这儿;这房子太大了。"

"也许不住在这儿。住在伦敦;展览会开幕后,我说不定会上巴黎去。乔恩,你至少应当出去一年,看看世界!"

"对,我很想看看世界,而且磨炼一下。不过我不想把你一个人丢下来。"

"亲爱的,这至少也是我的责任。只要对你有好处,对我也就有好处。你何不明天就走呢?你的护照已经有了。"

"是啊;如果要走的话,那还是早走的好。不过——妈——如果——如果我想要在什么地方待下来——美国或者哪儿,你肯立刻来吗?"

"不管是在哪儿,不管在什么时候,只要你喊我。不过等你真正要我的时候再喊我。"

乔恩深深透口气。

"我觉得英国闷得慌。"

母子两个在橡树下面又多立了几分钟——望着埃普索姆赛马场大看台被夜色笼罩着的那一边。橡树的枝条给他们遮掉月光,可是月光却到处照着——照着田野和远处,照着他们后面大房子的窗子;房子长满了藤萝,但不久就要出租了。

第十章　芙蕾的婚礼

十月报纸上形容芙蕾和马吉尔·孟特婚礼的那一段新闻，简直没有表达出这个事件的象征意义。这个"杜萨特大老板"的曾孙女和一个第九代准男爵继承人的结合可以看出阶级渗透的外在标志，而阶级渗透正是国家政治安定的一个保证。不妨说，福尔赛家人放弃那种对原来不属于他们的"虚文俗套"的自然憎恨，把它看作是他们占有本能更自然的酬报，现在已经到时候了。而且为了让位给那许许多多更加新近的暴发户，他们也不得不高升一下。在汉诺威广场圣乔治教堂举行的清静而文雅的仪式上，以及后来在格林街客厅的新婚家宴①时，那些不知底细的人决计分别不出谁是福尔赛家人，谁是孟特家人——"杜萨特大老板"现在已经很远了。在索米斯和那位第九代准男爵之间，不论裤子的褶印、上须的式样、讲话的声调，或者大礼帽的光泽，谁能说得出有丝毫分别呢？再拿芙蕾来说，和那些最像样的莫司肯家或者孟特家或者夏威尔家女孩子比起来，不是一样的大方、活泼、明媚、美丽和硬挣吗？如果说有什么区别的话，那就是福尔赛家

---

① 英俗婚礼在上午举行后，两家亲友在女家进早餐，然后新夫妇出发度蜜月。索米斯因为家不在伦敦，故借用格林街招待。

在服装、仪态、举止上还要高一等。他们已经成了"上流人士",现在他们的姓名将正式收在名门簿里,他们的财产将要和土地联合起来了。至于这种荣华是不是来得太晚一点,——这些占有本能的报酬,土地和财产,迟早都将是革命的对象——这仍旧是一个争论不休,甚至无法争论的问题。反正悌摩西曾经说过公债要涨价。悌摩西这个最后的、失去的一环;湾水路上的那个快达到终点的悌摩西——佛兰茜就是这样说的。还有人偷偷地说,这个小孟特是个社会主义者——鉴于他们生活在这种年头里,他这样做真是再聪明不过了,简直像保险。关于这一点,大家并不感到任何不安。地主阶级有时候就会显出这种可爱的愚昧,做起来非常谨慎小心,只是理论上讲讲罢了。正如乔治跟他妹妹佛兰茜说的:

"他们不久就会有小家伙了——那就会使他收敛。"

教堂内陈设的白花和东面窗子中间那一点点青色①,望上去显得极端纯朴,就好像故意用来抵消这一段祈祷中难听词句似的——那一段话的主旨是使大家的思想集中在小家伙上面。福尔赛家、海曼家、狄威第曼家坐在左边座位上,蒙特家、夏威尔家、莫司肯家坐在右边座位上;芙蕾的一些同过患难的同学,和孟特的一些同过患难的战友,零零落落地坐着,从两边座位上张着嘴东张西望,最后还有三位小姐从时季华时装店出来时顺便走进来的,加上孟特家两个随身服侍的人和芙蕾的女佣,客人就齐全了。在这样一个时局动荡的情况下,也就算得上是济济一堂。

---

① 这所教堂是时髦人家举行婚礼的场所,东面窗子镶有比利时马林地方从 1520 年起所制的染色玻璃。

法尔·达尔第夫人和她丈夫坐在第三排,在婚礼进行中她不止一次地抓紧丈夫的手。这出悲喜剧的来龙去脉她是知道的,所以戏演到高潮时,她的心情简直近于痛苦。"不知道乔恩心灵上有反应没有。"她想——乔恩现在正在英属哥伦比亚①。今天早上她还接到他一封信,那时她向法尔微笑说:

"乔恩到英属哥伦比亚了,法尔,因为他要待在加利福尼亚。他觉得那边天气太好了。"

"哦!"法尔说,"原来他也慢慢悟过来了。"

"他买了一点地,要接他母亲去呢。"

"她上那边去做什么?"

"她一心只放在乔恩身上。你仍旧认为这是幸福的解放吗?"

法尔一双精细的眼睛眯起来,从黑睫毛中间望去只剩下两个灰色针头。

"芙蕾和他一点不适合。她没有教养。"

"可怜的小芙蕾!"好丽叹口气。唉!这个婚姻——真怪啊!这个年轻人孟特当然是在芙蕾愤激之下获得她的;一个人的希望刚刚破灭之后,是一切都不顾的。这样仓促的决定——正如法尔说的——只能有万一的机会。看着自己小堂妹戴着面纱的后影,很难说出什么来,所以好丽的眼睛就巡视一下这个基督教婚礼的全貌。她自己的婚姻是成功的,所以对不幸的婚姻特别害怕。这个婚姻说不定最后还会幸福——可是明摆着只是赌博;而把赌博这样子用制造出来的宗教热忱在一群时髦的自由思想者中间神圣化起来(把一个人花花

---

① 加拿大西部一个省。

绿绿打扮起来,他除掉自由思想,或者丝毫不想之外,还能做什么),她觉得在这个废除宗教罪恶的时代里简直近于犯罪。她的眼睛从穿着长袍的主教(是个姓夏威尔的——福尔赛家至今还没有拿出一个主教过)转到法尔身上,他正在——她有把握说——想着剑桥郡赛马中那匹梅弗莱牝驹十五对一的事情。她眼睛又移开去,落到那位第九代准男爵的侧面上,也装着跪在那里祈祷。她刚好能看见他膝盖上面提起裤子的地方两道整齐的褶印,心里想:"法尔忘记把他的裤提一下了!"她眼睛又移到前一排,维妮佛梨德肥硕的身躯穿着长服,显得很热情;于是又移到并排跪着的索米斯和安耐特。好丽嘴边浮出一丝微笑——那个刚从英法海峡的"南岸"回来的普罗斯伯·普罗芳将也会跪在六七排后面。是啊!这是一件可笑的"小小"事情,不管将来的结果如何;可是它总是在一个规规矩矩的教堂里举行的,而且明天早上会在一家规规矩矩的报纸上登出来。

大家唱起赞美诗来;她能听见那位第九代准男爵在座位那边唱着《米甸人的军队》。她的小指头碰一碰法尔的拇指——一阵轻微的震栗,从二十年前保持到今朝,透过她全身。法尔弯身低低地说:

"喂,你记得那只老鼠吗?"他们在哥罗尼角结婚时有一只老鼠就在婚姻登记所的桌子后擦胡子!好丽用小指和中指死命捏一下法尔的拇指。

赞美诗唱完了,主教开始布道。他告诉他们现在处在一个危险时代,因为上议院对待离婚问题是那样的态度①。他

---

① 英国上议院当时讨论对离婚限制放宽,遭到教会反对。

说,你们都是战士,曾经在战壕里尝到过魔鬼的毒气,因此必须勇敢。婚姻的目的是为了生儿育女,不是仅仅为了罪恶的快乐。

好丽的眼光变得顽皮起来——法尔的睫毛刚好和她碰上。不管怎么样,他总不能打鼾。她用食指和拇指捏一下他的大腿,捏得他不自在地动了一下。

布道完了,危险也过去了。一对新人正在祈祷室签字,大家都松了一口气。

"她会完得了吗?"①

"谁在说话?"她低声问。

"老乔治·福尔赛!"

好丽安详地打量一下这个时常听人提起的福尔赛。由于自己新从南非回来,碰到家里亲友总不免带有近乎孩提的好奇心。这人个子很大,而且穿着非常整洁;他的眼睛使她有一种古怪的感觉,好像这人没有固定职业似的。

"他们走了!"她听见他说。

新人从圣坛那边过来。好丽先望望小孟特的脸:嘴唇和耳朵都在动,眼睛从自己脚下望到胳膊里搀着新娘的手,忽然间瞠目向着大家,就像人要被枪毙似的。好丽觉得他简直心醉神迷。可是芙蕾!啊!那就不同了。一身白礼服,面纱遮着前额剪平的深栗色头发,显得特别镇静,而且比平时更美;眼皮安详地遮着深褐色的眼珠。从外表看,她好像人在这儿。可是从内心看,她又在哪儿呢?两个人经过时,芙蕾的眼皮抬了一下——清澈的眼白么一闪,使好丽觉得就像笼鸟振翅

---

① 用跑马术语以喻芙蕾能不能和孟特有始有终。

一样,久久不能释然。

维妮佛梨德在格林街站着招待客人,比平时显得稍为不够镇定一点。索米斯要求借用她的房屋正逢她处在一个极端要紧的时刻。她受了普罗斯伯·普罗芳一句话的影响,正开始把她的帝国时代家具换成表现派家具。米拉德木器店可以买到各种非常有意思的设计,紫色的、绿色的、橙黄色的圆点子和乱七八糟的线条。再过一个月,房间陈设就可以整个换过。在目前,她录取的那些极其"迷人"的新兵和那些老兵还不能步伐一致。这就像一支军队穿了一半黄制服,一半红军装和皮帽似的。可是她坚强而乐天的性格使客厅生色不少,而这间客厅也许比她想象的更能十足表现这个国家半赤化的帝国主义呢。反正这是个企业合并的时代,所以你也不能过存奢望!她的眼睛钟爱地巡视一下客人。索米斯紧紧抓着一把布尔式椅子的椅背;小孟特站在那个"非常有意思"的围屏后面,这个围屏到现在为止还没有人能够给她说出个所以然来。第九代准男爵看见那张大红圆桌子,桌子玻璃下面嵌的是蓝色的澳洲蝴蝶翅膀,吓了一大跳,现在正紧紧守着那张路易十五时代的橱柜。佛兰茜·福尔赛死盯着那块新壁炉板,那是乌木底子细雕了许多紫色的光怪陆离的小图案;乔治靠着那架古钢琴,手里拿了一个天蓝色小本子,好像正要记下赌注;普罗斯伯·普罗芳在盘弄着那扇敞开的门的门钮,门是黑底子镶上孔雀蓝夹板;靠近他的安耐特两手勒着腰;两位莫司肯家的人死待在凉台上那些花草中间,就好像人不舒服似的;准男爵夫人,又瘦又勇敢的样子,正拿着手中的长柄眼镜,凝望着屋子中间的灯罩,罩子是酱黄和橙黄色,涂上些深紫红,就像天堂开放了一样。每一个人事实上好像都在盯着一样东西。只有芙蕾,仍旧穿着新娘的衣服,没有任何依靠,站在那里眼光四射,左右交谈。

屋内充满了叽叽咕咕的谈话声。谁也听不出谁讲的什么;这好像毫无关系,因为谁都不耐烦等待别人回答。时下的谈话,在维妮佛梨德看来,和她自己少年时代太两样了,那时候最时新的是慢吞吞地谈。不过仍旧"很有意思",而且既然有意思,那当然就行了。连福尔赛家人也谈得非常之快——芙蕾和克里斯朵佛,和伊摩根,还有尼古拉最小的儿子,培特里克。索米斯当然不作声;可是乔治靠近古钢琴站着。佛兰茜靠近壁炉板站着,都不停地在发表意见。维妮佛梨德挨近第九代准男爵一点。他好像还会停止一下;他的鼻子很美,而且有点朝下弯,花白的上须也是这样;所以维妮佛梨德在微笑中慢吞吞地说:

"好玩,是不是?"

准男爵从微笑中发出的回答就像连珠炮似的:

"你记得弗雷泽书里①那个把新娘埋了半人深的部落吗?"他的话说得跟别人一样快!他还有一双深褐色的生动的小眼睛,就像天主教神父的眼睛一样,四周全是皱纹。维妮佛梨德忽然觉得他说不定会讲出一些不入耳的话来。

"婚礼——总是非常有意思。"她咕噜了一句,就走到索米斯跟前。索米斯沉默得有点古怪,维妮佛梨德立刻看出是什么事弄得他这样呆板。在他的右边是乔治·福尔赛,在他的左边是安耐特和普罗斯伯·普罗芳。他只要转动一下就会看见那两个人,或者从乔治·福尔赛嘲笑的眼光中看见这两

---

① 指英国著名人类学家詹姆斯·弗雷泽(1854—1941)所著的《金枝》。

个人的影子。所以他不瞅不睬是完全对的。

"他们说悌摩西已经垂危了。"索米斯抑然说。

"你把他葬在哪里呢,索米斯?"

"海格特墓地。"他数数指头,"连他一共十二个了,包括妻子。你觉得芙蕾打扮得怎么样?"

"漂亮极了。"

索米斯点点头。他也从来没有看见她这样漂亮过,然而他总免不了有这样的印象:这个婚姻是不正常的——他仍旧记得一头埋在沙发角上的那个瘫痪的人儿。自从那一夜之后,一直到今天,她都没有跟他谈过心里话。他从车夫那里知道她又上罗宾山跑了一趟,可是扑了个空——一座空房子,没有人在家。他知道她收到过一封信,可是不知道信里讲的什么,只看见她躲到房间里哭了一场。他留意到她有时候看着自己,以为他不注意到,好像仍旧弄不明白他究竟做了什么事情,使这些人恨他到这种地步。唉,事情就是如此!安耐特回来了,夏天慢慢地挨过了——挨得人真不好受,后来芙蕾忽然说她要跟小孟特结婚。告诉他时,她对他表现得稍微亲热一点。他就答应了——反对有什么用处?他从来就不愿使她拂意过,这有老天可表!而且那个年轻人好像对她非常颠倒。当然,她当时是一种什么都不在乎的心情,而且年纪很轻,轻得厉害。可是自己如果反对的话,那就保不定她做出什么事来;在他看来,她说不定想要从事一项职业,当医生或者当律师,那类荒唐事儿。她对绘画、创作、音乐都性情不近,然而他以为,一个未婚女子在这种年头如果要做点什么事情的话,还是这些方面最最适宜。整个说来,结婚将会使她安分些,她在家里总是那样五内烦躁、坐立不安的,这一点他看得太清楚了。安耐特也很赞成这门亲事——安耐特由于他拒绝知道她做下什么丑事(如果她真的做了的话),好像仍旧蒙着一层面纱似的。安耐特曾经说:"让她嫁给这个年轻人吧,这孩子不坏——并不像他表面那样浮泛骄矜的。"不知道她从哪里学来这种说话——不过她这话总算使他免掉不少狐疑。他这妻子,不管她行为怎样,看事情总还算清楚,而且常识也丰富,丰富得有点使人不开心。他给了芙蕾五万镑的奁资,注明不得转让,以防中途变卦。这个婚姻会不会中途变卦呢?他知道,她对另外那一个还没有忘情呢。新夫妇要上西班牙去度蜜月。她走了之后,他要更加寂寞了。可是往后,她也许会忘记掉,而且和他又好起来!

维妮佛梨德的声音打断他的沉思。

"怎么!真是万万想不到的事——琼!"

果然是她,穿了一件伊斯兰教徒穿的长袍——这种衣服像什么样子——系一根束发带,头发拖了出来;索米斯看见芙蕾上前招呼她。两个人一同走了出去,到了楼梯间里。

"真是的,"维妮佛梨德说,"她做事总是异想天开!你可想得到她会跑来!"

"你怎么想到请她呢?"索米斯问。

"我以为她不会来的,当然是这个缘故。"

维妮佛梨德没有想到支配行为的总是人的性格;换句话说,她忘掉芙蕾现在也是"可怜虫"了。

接到请帖以后,琼先是想,"我说什么也不去理会他们!"后来一天夜里梦见芙蕾坐在小船上死命向她招手,神色异常惨淡;早上醒来,她就改变了主意。

芙蕾上前跟她说了一句,"我要去换衣服,跟我上去吧。"她就随她上了楼。芙蕾领她进了伊摩根旧日的寝室,这是预备好给她梳妆打扮用的。

琼在床沿上坐下,瘦瘦的,身体笔直,就像个秋天的精灵。芙蕾把房门锁上。

她当着琼把新娘的衣服脱下来。她生得多美呀!

"我想你会当我是个傻瓜,"她说,嘴唇在抖,"因为如果是乔恩多好。可是这有什么关系?马吉尔要我,我也无所谓。这样我可以离开家。"她把手伸进胸口花边领子里,掏出一封信来,"乔恩写给我的。"

琼看一下信:"奥卡纳根湖,英属哥伦比亚。我不回英国了。上帝永远保佑你——乔恩。"

"你看出吗,这一来她永远不怕了。"芙蕾说。

琼把信还了她。

"这对伊琳不公平,"她说,"她一直告诉乔恩可以照自己意思行事。"

芙蕾苦笑一下。"你说,她不是也毁掉你的幸福吗?"

琼抬起头来。"亲爱的,人的幸福是谁也毁不了的。这话毫无道理。打击是有的,但是我们又冒了起来。"

芙蕾伏了下来,脸埋在她的伊斯兰教徒长袍上;看见这种情景,琼感到一阵难受。一声压抑着的呜咽涌进她耳朵里。

"不要——不要难受,"她轻声说,"不要哭了!来,来!"

可是芙蕾的下巴仍旧紧紧抵着她的大腿,而且呜咽得不可开交。

唉,唉!这是免不了的。事后她就会觉得好些了!琼拍拍那个美丽头上的短发,她心里所有零碎的母爱一时都集拢来,透过她的指尖进入这个女孩子的脑子里。

"不要让它压着你,亲爱的,"她终于说,"我们不能控制生活,但是我们能够和它斗争。自己要争气。我就是不得不如此。我也抓住不放过,像你一样;我也哭过,像你现在这样哭过。可是你看看我呢!"

芙蕾的头抬了起来;一声呜咽忽然转为短促的惨笑,说实话,她眼前看见的是一个消瘦的,而且相当放纵、相当疲惫的女孩子,可是眼睛里仍显出勇敢。

"好吧!"她说,"很对不起。我想只要我飞得快,飞得远,我就会忘记他。"

她爬起来,走到洗脸架那儿。

琼看着她用冷水洗去泪痕。当她站在镜子面前时,除掉一点宜人的红润外,脸上已看不出啼痕。琼从床沿上站起来,把一个针垫拿在手里,把两根针故意插错地方,好像这是发泄同情的唯一办法。

芙蕾打扮好时,她说:"让我吻吻你。"就用下巴使劲抵一下芙蕾温热的粉颊。

"我要抽支烟,"芙蕾说,"你不用等我。"

琼看见她坐在床沿上,嘴边叼支烟,眼睛半闭,就离开她下楼。客厅门口站着索米斯,好像对女儿迟迟不下楼感到焦急似的。琼把头一昂,下到二楼的楼梯转角。佛兰茜刚巧站在那里。

"你看!"琼用下巴向索米斯的方向抬一下,"那个人没有指望!"

"你是什么意思,"佛兰茜说,"没有指望?"

琼不答腔。"我不等新人上车了,"她说,"再会!"

"再会!"佛兰茜说,一双铁灰的眼睛瞪得多大。这个古老的仇怨!真的,很有点传奇意味!

索米斯走到楼梯边上往下望,看见琼走了,满意地透了口气。芙蕾为什么还不下来呢?他们要赶不上火车了。火车将要把她从他身边带走,然而他仍旧不能不担心他们误掉火车。后来她来了,穿一身深黄衣服,戴一顶黑丝绒小帽,赶下楼来,掠过他进了客厅。他看见她吻了她母亲、姑母、法尔的妻子、伊摩根,然后向他走来,和平时一样敏捷、美丽。在这闺女生活的最后一刻,她将怎样对待自己呢?他不能指望过多啊!

她的嘴唇在他面颊中间抵一下。

"好爹爹!"她说,就走了。好爹爹!好多年她没有这样称呼他了。他深深抽一口气,缓步随着下楼。还得闹那些扔花纸屑和其他无聊的玩意儿。可是他很想再看见她伸出头来笑那么一下,不过如果不当心的话,这些人的鞋子①就会打中她的眼睛。他耳朵里听见小孟特兴奋的声音:

"再会,先生;谢谢你!我太快活了。"

"再会,"他说,"不要误了火车。"

他站在离地面四层的石阶上,这里可以从人头上——从那些讨厌的帽子和头上望出去。新人上了汽车了;花纸屑扔了起来,像雨点一样,鞋子也扔起来了。索米斯心里涌起一阵——他也说不出是什么——可是眼睛模糊得看不见了。

---

① 向新婚夫妇扔鞋子也是当时的风俗。

第十一章　老一辈福尔赛的最后一个

当他们前来筹备老悌摩西·福尔赛的殡葬时,他们发现他真是了不起,便是死亡也没有改变他的神采——悌摩西,这个巨大的象征,这个硕果仅存的纯个人主义者,这个唯一没有听说过世界大战的人!

对史密赛儿和厨娘来说,筹备殡葬等于证实了一件她们认为永远不可能出现的事——老福尔赛一辈在尘世上的结束。可怜的悌摩西先生现在一定拿起竖琴,跟福尔赛小姐、裘丽姑太、海丝特姑太一块唱着歌呢;还有乔里恩先生、斯悦辛先生、詹姆士先生、罗杰先生在一起。海曼太太会不会在那儿,很难说,因为她是火葬了的。厨娘暗地里觉得悌摩西先生会很不开心——他过去总是那样讨厌风琴啊。他不是说过多少次吗:"该死的东西!它又来了!史密赛儿,你还是上去看看,有什么办法可想。"心底里她其实会很喜欢听这些曲子,不过她知道悌摩西先生不多久就会打铃叫人,而且说:"喂,给他半个便士,叫他走开。"她们时常要从自己私囊里多掏出三个便士才能打发那个人走掉——悌摩西总是低估了情绪的价值。所幸的是在他临死前几年,他总是把这些风琴声当作是苍蝇的嗡嗡叫,这倒是开心的事,因此她们也就能欣赏那些曲子了。可是一张竖琴!厨娘心里琢磨,这确是一件新鲜事情!而悌摩西先生从来就不喜欢变革。不过她这些话都不跟史密赛儿谈,史密赛儿有她自己对天堂的一套想法,时常听得人莫名其妙。

人们来筹备悌摩西的殡仪时,她哭了;事后大家全喝了那瓶一年一度在圣诞节才启用的雪利酒,现在是用不着了。唉!亲爱的!她在这儿做了四十五年,史密赛儿在这儿做了四十三年!现在她们只好到杜丁①去住一所小房子,靠她的积蓄和海丝特留给她们的那点恩赐过活——在有了这样光荣的历史之后再去找一家新户头——不行!可是单单再看见索米斯先生,和达尔第太太,和佛兰茜小姐,和尤菲米雅小姐一次,她们也很高兴。而且即使要她们自己雇马车,她们觉得也非要参加送殡不可。六年来悌摩西一直就像她们的孩子,一天天变得年幼起来,终于年幼得不能再活下去了。

她们把规定的等待时间②用来擦抹家具、打扫房屋,用来捕捉那只仅剩的老鼠、熏死那些最后的甲虫,使屋子看上去像样些,不然就相互谈论拍卖时买些什么。安小姐的针线盒子;裘丽小姐的(就是裘丽亚太太的)海藻簿子;海丝特小姐绣的隔火屏;还有悌摩西先生的头发——一鬈鬈金黄的头发,粘在一个黑镜框里。唉!这些她们非买不可——不过物价现在太高了!

讣文是由索米斯发出的。他命令事务所里的格拉德曼拟了一张名单——只发给族中人,鲜花谨辞。他命人准备好六辆马车。遗嘱要在下葬之后在房子里宣读。

---

① 伦敦西南的一个区。
② 英俗,人死后须经若干时间方可殡葬。

十一点钟索米斯就到了,看看各事是否齐备。十一点一刻老格拉德曼戴了黑手套来了,帽子上缠了黑纱。他和索米斯站在客厅里等着。十一点半马车来了,在门口排成长长一串。可是另外不见一个人来。格拉德曼说:

"我真奇怪了,索米斯先生。那些讣文是我亲自寄的。"

"我也不懂,"索米斯说,"他和家里人长久不来往了。"

在过去那些年头,索米斯常常注意到他的族人对死者要比对活人亲切得多。可是现在,芙蕾的婚礼有那么多人赶了去,而悌摩西出殡却一个不肯来,可以看出世态大大变了。当然,也还可能有别的原因;索米斯觉得如果自己不知道悌摩西遗嘱内容的话,他也说不定为了避嫌而不参加送殡。悌摩西留下了一大笔钱,并没有特别留给哪一个。他们可能不愿意被人家认为指望遗产呢。

十二点钟时,出殡的行列开始出发;悌摩西一个人睡在第一部马车的玻璃棺材里面。接着是索米斯一个人坐一辆马车;接着是格拉德曼一个人坐一部马车;接着是史密赛儿和厨娘一同坐一部马车。车子开始时只是慢步前进,但是不久就在明朗的天空下缓驰起来。在海格特墓地进门的地方,因为要在小教堂里为死者祈祷,把大家耽搁了一下。索米斯很想待在外面阳光里。那些祷告他一个字也不相信;不过另一方面,这也是一种不能完全忽视的保险,说不定到头来还是有点道理呢。

四个人分作两个一排——索米斯和格拉德曼,厨娘和史密赛儿——向族中墓穴走去,对于这最后一个的老一辈福尔赛来说,实在不够神气。

他带着格拉德曼坐着自己车子回湾水路来时,心里感到一种得意。他给这个替福尔赛家效劳了五十四年的老头子留了一点甜头——这完全是他帮的忙。他清楚记得那天海丝特姑太出殡之后自己跟悌摩西说:"我说,悌摩西叔叔,这个格拉德曼给我们家里辛苦了多年。你看留给他五千镑好不好?"出乎他的意外,悌摩西竟而点点头,而在平时要悌摩西留一个钱给人家都是很困难的。现在这个老家伙一定会快活得不可开交,因为他知道格拉德曼太太的心脏不好,儿子在大战时又把一条腿弄掉了。现在在悌摩西的财产里留给他五千镑,索米斯觉得极其快意。两个人一同坐在那间小客厅里——客厅的墙壁就像天堂的景象一样,漆的天蓝色和金色,所有的画框都异乎寻常的鲜明,所有的家具都洁无纤尘——准备来宣读那篇小小的杰作——悌摩西的遗嘱。索米斯背着光坐在海丝特姑太的椅子上,面对着坐在安姑太长沙发上脸向着光的格拉德曼;他跷起大腿,开始读道:

> 我悌摩西·福尔赛,居住伦敦湾水路巢庐,立最后遗嘱如下:我指定我侄儿索米斯·福尔赛,居住买波杜伦栖园,与汤姆斯·格拉德曼,居住海格特山福里路一五九号(下称我的委托人),为本遗嘱的委托人和执行人。对上述索米斯·福尔赛,我赠予一千镑,遗产税除外;对上述汤姆斯·格拉德曼,我赠予五千镑,遗产税除外。

索米斯停了一下。老格拉德曼身子本来向前倾着,这时两只肥手痉挛地紧抓着自己粗肥的黑膝盖;他的嘴张开,三只镶金的牙齿闪着光;眼睛一眨一眨的,慢慢流下两滴老泪。索米斯赶快读下去:

> 其余任何财产俱委托我之委托人变卖、保管并执行

下列各项信托：用以偿付我之一切债务、丧葬费用及任何与我之遗嘱有关之费用，并将其余部分，设定信托，付给我父乔里恩·福尔赛与我母安·皮雅斯在我逝世时所有在世之直系男女卑亲属全部逝世后之最后达到实足二十一岁成年之直系男子卑亲属；我之意愿为将我之财产在英国法律所允许之最大限度内为上述直系男子卑亲属之利益小心保存之。

索米斯读完那些投资和公证条款，停下来，看看格拉德曼。老头儿正用一块大手绢擦着额头，手绢的鲜明颜色给这个宣读仪式忽然添上节日的意味。

"天哪，索米斯先生！"他说，显然这时候他的律师一面已把他常人的一面完全挤掉了。"天哪！怎么，现在有两个吃奶的，还有一些年纪很轻的孩子——只要他们里面有一个活到八十岁——而且这也不能算大——再加上二十一年——那就是一百年；而悌摩西先生的财产不折不扣总值上十五万镑。拿五厘钱来算，加上复利，十四年就是一倍。十四年就是三十万镑——二十八年就是六十万镑——四十二年是一百二十万镑——五十六年是二百四十万镑——七十年是四百八十万镑——八十四年是九百六十万镑……呀，到了一百年那不是两千万镑！可惜我们是看不见了！真是个遗嘱！"

索米斯淡淡地说："事情总会有的。国家说不定一股脑儿拿去；这种年头他们什么事都做得出来。"

"还有五厘钱，"格拉德曼自顾自说，"我忘了——悌摩西先生是买的公债；现在所得税这样大，恐怕至多只能有二厘。算少一点，只能说八百万镑。不过，仍旧是可观的。"

索米斯站起来，把遗嘱递给他。"你上商业区去的，这个交你保管,把些手续办一下。登个广告;不过债务是没有的。拍卖在哪一天?"

"下星期二,"格拉德曼说,"以在世一人或多人之终身并以后之二十一年为限——时间太远了。不过我还是高兴他留给本族……"

拍卖并没有在乔布生拍卖行举行,因为货色全都是些维多利亚时代的东西;参加拍卖的人比参加出殡的人多得多,不过厨娘和史密赛儿都没有来;索米斯自己做主把她们心心念念想的东西都给了她们。维妮佛梨德来了,尤菲米雅和佛兰茜也来了,欧斯代司则是坐了自己汽车来的。那些小肖像、四张巴比松派绘画和两张 J. R.①签名的钢笔画都被索米斯拍回来了;一些没有市场价值的遗物都另外放在一间偏房里由族中愿意留点纪念的人自取。除掉上述的东西外,其余的都可以喊价钱,不过价钱都低得简直有点惨。没有一件家具,没有一张画或者一座瓷人儿是投合时下眼光的。那只六十年来从未发出过声音的放蜂鸟标本的盒子取下来时,像秋叶一样纷纷坠地了。看着他姑母坐过的那些椅子,那架她们几乎从未弹过的小型三角钢琴,她们只是看看外表的书籍,她们曾经掸扫过的瓷器,她们拉过的窗帘,使她们脚温暖的炉前地毯;尤其是她们睡过的而且在上面死去的床——一件一件地卖给小商小贩,和富兰姆②的那些主妇,索米斯感到很心痛。然而——你又有什么办法呢?买下来塞在堆杂物的屋子里吗?不成;只好让它们走一切肉体和家具必走之路,慢慢消耗掉

---

① 即约翰·罗伯特·科曾斯(1752—1797),英国画家。
② 西伦敦的一个区。

吧。可是当安姑太坐的长沙发拿出来拍卖而且预备在有人喊三十先令就要拍板时,他忽然叫出来:"五镑!"这一声引起相当的骚动,长沙发归他了。

当这次小小的拍卖在那间一股霉味的拍卖行里宣告结束,而且那些维多利亚骨灰被分散了之后,索米斯走了出去;在十月里迷蒙的阳光下面,他觉得世界上的一切舒适都完了,而且说实话,那块"出租"的牌子已经挂起来了。天边已经出现革命的乌云;芙蕾远在西班牙;安耐特不给人一点安慰;湾水路没有了悌摩西。他在这种可恼的灵魂空虚下走进高班奴画廊。乔里恩那个家伙的水彩画就在这里展出。他进去是为了鄙视一下这些画——说不定可以暗暗感到一点安慰。据说那座房子——罗宾山那座不吉利的房子——要出卖,伊琳要到英属哥伦比亚或者类似这样的地方,和儿子一道过;这个消息是琼传给法尔的妻子,她传给法尔,法尔传给他母亲,他母亲传给索米斯的。有这么一刹那,索米斯忽发奇想:"我何不把它买回来呢?我本来打算给我的——!"这个念头在脑子里只是一掠即逝。这种胜利太惨了;无论他,无论芙蕾,都免不了有许多屈辱的回忆。经过那一段失意之后,她永远不会愿意住在那里。不成,这座房子只好由什么贵族或者暴发户去买吧。它从一开头就是争端的起因,仇怨的外壳;而等到这个女人走后,它已是一只空壳子了。"出售或出租"。他能想象得出那块牌子高高地挂起,挂在他一手造的那片长满藤萝的墙上。

他看了开头的两个房间。作品的确不少!现在这个家伙死了,好像并不是那样不足挂齿似的。那些画都看了叫人喜欢,很有气氛,而且用笔有他独到的地方。"他的父亲和我的父亲;他和我;他的孩子和我的孩子!"索米斯思索着。仇怨就这样继续下去!而且全为了那个女人!上星期芙蕾的婚礼和悌摩西的逝世使他的心软了下来,凄凉的秋色使他很有感触,这时的索米斯对他过去所不能领会的真理——这是一个纯福尔赛无法了解的——好像更接近了一点:美的肉体有它高尚灵魂的一面,这一面除掉忘我的忠诚外,是无法捉到的。说实在话,他在对女儿的忠诚上就有点接近这个真理;也许这使他稍稍了解到自己没有能如愿以偿的原因。现在,站在自己堂兄的这些作品中间——他达到的这一点成就是自己达不到的——索米斯对他和那个女人的怨恨好像能容忍一点了,连自己也不禁诧异起来。可是他一张画没有买。

正当他走过收票处向外面走去时,他碰到一件意外事情,不过在走进画廊时他脑子里也并不是完全没有想到——伊琳本人走了进来。原来她还没有动身,还要向这个家伙的遗物做最后的告别!和她擦过时,他克制着下意识里的轻微震动,克制着自己感官对这个一度占有过的女子的姿色的机械反应,把眼睛避开去。可是走过去之后,他却没有办法不回头看一下。原来这就是最后结局——他一生热情和紧张的所在,和由此而招致的疯狂与渴望,和他一生唯一的失败,这一切都将随着这一次她在他眼前消失之后而消失掉;连这些回忆也显得有一种令人黯然神伤的怪味儿。她也回过头来,忽然间抬起一只戴了手套的手,唇边浮出微笑,深褐色的眼睛像在说话。现在轮到索米斯不理睬那个微笑和永别的轻轻招手了;他走到外面的时髦马路上,从头抖到脚。他懂得她的意思仿佛在说:"现在我要走了,你和你的家人将永远找不到我了——原谅我;愿你好。"就是这个意思;是那个可怕现实的最后象征,那种超出道德、责任、常识之上的对他的厌恨——他,曾经占有过她的身体,但永远不能侵犯到她的灵魂和她的心!伤心啊;的确——要比她脸上仍旧漠无表情,手不抬起来,更加使他伤心。

三天后,在那个草木迅速变黄的十月里,索米斯雇了一部汽车上海格特墓地去,穿过那一片林立的石碑到了福尔赛家的墓表面前,靠近那株杉树,凌驾在那些墓穴和壁龛之上,它看上去就像一个三角形的竞赛图表,又丑,又高,又独特。他还记得当年讨论过斯悦辛建议在碑阳添上族徽装饰的正式雄鸡。这个建议后来被否决掉,改为一个石花圈,花圈下面就是那一行生硬的字句:"乔里恩·福尔赛的家墓,一八五〇。"墓地收拾得干干净净。一切新近下葬的痕迹全看不出来,静静的灰色石头在阳光中凄恻地安息着。现在除掉老乔里恩的妻子根据规定远葬在萨福克郡,老乔里恩葬在罗宾山,苏珊·海曼火葬到不知哪儿去之外,全家都葬在这里了。索米斯望着墓地,感到满意——很结实,不需要怎样照料;这一点很重要,因为他知道自己死了之后,再不会有人上这里来,而他自己不久也需要找个安息之地了。他也许还会活上二十年,不过谁说得准呢。二十年没有一个姑母或者叔父,只有一个最好不要知道她行径的妻子,和一个嫁出门的女儿。他不禁感慨系之、俯仰今昔起来。

他们说这儿公墓已经满了——葬的全是鼎鼎大名的人物,坟上修得全都无疵可击。尽管如此,他们从这儿仍旧可以清清楚楚望见伦敦。安耐特有一次给他看一篇小说,是那个法国作家莫泊桑写的,里面写的真是丧气:一天夜里所有的骸髅全从坟墓里钻了出来,而他们墓碑上所有神圣的碑文全变作他们生前罪恶行为的行状了。当然不是真事。他不懂法文,不过英国人除掉牙齿①和趣味讨厌之外,倒也没有什么害处。

"乔里恩·福尔赛的家墓,一八五〇。"自从这一年起多多少少人埋葬了——多多少少人化为尘土!一架飞机的隆隆声在金黄的云下飞过,使他抬起眼睛。可恨的扩张仍在进行。但是最后仍旧只剩下一抔黄土——只剩下坟上一个名字和生卒年月。想到自己和自己的族人在这个狂热的扩张上并没有怎样参加,他不由得感到一种莫名的得意。他们都是善良诚实的经纪人,都有自己的身份,工作着,管理着,占有着。"杜萨特大老板"诚然在一个艰难的年代里造了房子,乔里恩·福尔赛在一个动荡的时代里画过水彩画,但是就他记忆所及,此外就没有任何人为了创造什么而玷污过双手——除非你把法尔·达尔第和他养马的事情也算进来。他们做过收藏家、律师、辩护士、商人、出版家、会计师、董事、房地产代理人,甚至军人——就是如此!看来尽管有他们这样的人,国家仍旧扩张了。他们曾经在这个扩张过程中起了制止、控制和保卫的作用,而且相机利用——当你想起"杜萨特大老板"创业时还是个穷光蛋,然而他的直系亲属,照格拉德曼估计,已经拥有一百万到一百五十万的财产,这真不能算坏啊!然而他有时却不免觉得这个家族的干劲已经耗尽,他们的占有本能已经在消逝。这个第四代——他们好像已经没有能力赚钱了;他们从事艺术、文学、农业或者军事;或者靠遗产生活——没

---

① 此处的牙齿大约指能够咬人,即狗熊脾气。

有雄心,也没有坚强的毅力。如果不小心的话,全都要没落下去。

索米斯从墓表这边转过身来面对着风向。这里的空气应该是鲜美的,可惜他脑子里总念念不忘这里面夹有死亡的气息。他兀立不安地凝望着那些十字架、骨灰瓶、天使、"不凋花"①、艳丽的或者凋残了的鲜花;忽然间望见一处和这儿任何一块墓地都不一样,引得他只好走过几处墓地去看看。一个很幽静的角落,灰色的粗花岗石砌成一座笨重的怪样子的十字架,旁边种了四株森郁的杉树。墓地后面有一个小小的黄杨篱圈起来的花园,前面又朝着一株叶子变得金黄的桦树,所以在别的坟墓中间显得比较宽敞。在这个传统的公墓里,这简直是沙漠中的绿洲,很投合索米斯的艺术眼光,所以他就在阳光里坐下来。他从那棵桦树的金黄叶子中间眺望着伦敦,心里涌起一连串起伏的回忆。他想到在蒙彼利埃广场时期的伊琳,那时候她的头发是暗金色,她的雪肩还是属于他的——伊琳,他一生的情之所钟,然而拒绝为他所有。他看见波辛尼的尸体躺在那个四壁白墙的太平间里,看见伊琳坐在长沙发上像一只垂死的鸟,眼睛直瞪瞪。他又想到她在布洛涅森林坐在那座尼俄柏绿铜像旁边,重又拒绝了他。想象又把他带往芙蕾快要出世的那个十一月里的一天,自己站在那潺潺的河流旁边,许多落叶在映绿的河面上漂着,河里的水藻像许多水蛇不停地在摇摆探索,永远扭着,盲动着,羁绊着。想象又把他带到那扇敞开的窗户跟前,眺望着外面寒冷星空

---

① 指蜡菊、一年生灰毛菊等菊科植物或其花,花摘下后不易变色和变形,故供在墓前。

下的海德公园,在他身后睡着他死去的父亲。他又想起那张"未来的城市",想到那个男孩子和芙蕾的初遇;想到普罗斯伯·普罗芳的雪茄发出一缕缕青烟,和芙蕾站在窗口指着下面那个家伙探头探脑的样子。他想到曾经看见她和那个死掉的家伙在贵族板球场看台上并排坐着;想到在罗宾山看见她和那个男孩子;想到芙蕾瘫在长沙发角上;想到她的嘴唇抵着他的面颊,和那声道别的"好爹爹"。忽然间他又看见伊琳一只戴了浅灰手套的手向他抬一下,表示最后的摆脱。

他坐在那里很久很久,缅怀着自己一生的事业,这一生在占有意识的逐鹿上他是始终如一的;他甚至拿逐鹿上的一些失败来安慰自己。

"出租"——那个福尔赛时代和福尔赛生活方式,那个人们可以毫无阻碍、毫无疑问地占有自己的灵魂、自己的投资、自己的女人的时代——出租了。现在是国家占有了或者将要占有他的投资,他的女人占有了自己,而且天知道谁将要占有他的灵魂。"出租"——就是这个健康的、单纯的信条!

现在变革的潮水正在澎湃前进,只有它的破坏性的洪水过了高峰时才会有希望看见新的事物、新的财产。他坐在那里,潜意识里感到这些,但是思想仍旧死盯着过去——就像一个人骑着马驶进深夜然而面向着马尾巴一样。潮水横越过维多利亚时代的堤防,卷走了财产、习尚和道德,卷走了歌曲和古老的艺术形式——潮水沾在他嘴里,带来了血一样的咸味,在这座长眠着维多利亚主义的海格特山脚下喽喋着。而索米斯高高坐在山上最独特的一个地点,就像投资的神像一样,却在拒绝倾听那无休止的潮声。本能上他将不和它抵抗——人这个占有动物的原始智慧他有的太多了。这些潮水在完成其取消和毁灭财产的定时狂热之后,就会平静下来;当别人的创造和财产充分地遭到粉碎和打击之后,这些潮水就会平息退落,而新的事物、新的财产就会从一种比变革的狂热更古老的本能中——家庭的本能中——升了起来。

"我才不管。"普罗斯伯·普罗芳说过。索米斯这时没有说"我才不管"——这是法文,而且这个家伙是他的股上刺——可是在内心深处他却知道变革只是两种生活形式之间的瞬息死亡,破坏必然让位给新的财产。

出租的牌子挂上了,舒适的家让出来,这有什么关系?有一天总会有人跑来,又在房子里住下。

坐在这里只有一件事情使他不能平静下来——内心里那种凄凉的渴望,因为阳光像法力一样照着他的脸,照着浮云,照着金黄的桦树叶子,而且习习清风是那样的温柔,而且这几株杉树绿得是这样浓,而且天上已经挂起了淡淡一钩新月。

这些他说不定渴想来、渴想去,然而永远得不到手——这些世界上的美和爱!

"外国文学名著丛书"书目

第 一 辑

书 名	作 者	译 者
伊索寓言	〔古希腊〕伊索	周作人
源氏物语	〔日〕紫式部	丰子恺
堂吉诃德	〔西班牙〕塞万提斯	杨绛
泰戈尔诗选	〔印度〕泰戈尔	冰心 石真
坎特伯雷故事	〔英〕杰弗雷·乔叟	方重
失乐园	〔英〕约翰·弥尔顿	朱维之
格列佛游记	〔英〕斯威夫特	张健
傲慢与偏见	〔英〕简·奥斯丁	王科一
雪莱抒情诗选	〔英〕雪莱	查良铮
瓦尔登湖	〔美〕亨利·戴维·梭罗	徐迟
欧·亨利短篇小说选	〔美〕欧·亨利	王永年
特利斯当与伊瑟	〔法〕贝迪耶	罗新璋
巨人传	〔法〕拉伯雷	鲍文蔚
忏悔录	〔法〕卢梭	范希衡 等
欧也妮·葛朗台 高老头	〔法〕巴尔扎克	傅雷
雨果诗选	〔法〕雨果	程曾厚
巴黎圣母院	〔法〕雨果	陈敬容
包法利夫人	〔法〕福楼拜	李健吾
叶甫盖尼·奥涅金	〔俄〕普希金	智量
死魂灵	〔俄〕果戈理	满涛 许庆道

书　名	作　者	译　者
当代英雄	〔俄〕莱蒙托夫	草　婴
猎人笔记	〔俄〕屠格涅夫	丰子恺
白痴	〔俄〕陀思妥耶夫斯基	南　江
列夫·托尔斯泰中短篇小说选	〔俄〕列夫·托尔斯泰	草　婴
怎么办？	〔俄〕车尔尼雪夫斯基	蒋　路
高尔基短篇小说选	〔苏联〕高尔基	巴　金　等
浮士德	〔德〕歌德	绿　原
易卜生戏剧四种	〔挪〕易卜生	潘家洵
鲵鱼之乱	〔捷〕卡·恰佩克	贝　京
金人	〔匈〕约卡伊·莫尔	柯　青

第　二　辑

荷马史诗·伊利亚特	〔古希腊〕荷马	罗念生　王焕生
荷马史诗·奥德赛	〔古希腊〕荷马	王焕生
十日谈	〔意大利〕薄伽丘	王永年
莎士比亚悲剧五种	〔英〕威廉·莎士比亚	朱生豪
多情客游记	〔英〕劳伦斯·斯特恩	石永礼
唐璜	〔英〕拜伦	查良铮
大卫·科波菲尔	〔英〕查尔斯·狄更斯	庄绎传
简·爱	〔英〕夏洛蒂·勃朗特	吴钧燮
呼啸山庄	〔英〕爱米丽·勃朗特	张　玲　张　扬
德伯家的苔丝	〔英〕托马斯·哈代	张谷若
海浪　达洛维太太	〔英〕弗吉尼亚·吴尔夫	吴钧燮　谷启楠
哈克贝利·费恩历险记	〔美〕马克·吐温	张友松
一位女士的画像	〔美〕亨利·詹姆斯	项星耀
喧哗与骚动	〔美〕威廉·福克纳	李文俊
永别了武器	〔美〕欧内斯特·海明威	于晓红

书　名	作　者	译　者
波斯人信札	〔法〕孟德斯鸠	罗大冈
伏尔泰小说选	〔法〕伏尔泰	傅　雷
红与黑	〔法〕司汤达	张冠尧
幻灭	〔法〕巴尔扎克	傅　雷
莫泊桑中短篇小说选	〔法〕莫泊桑	张英伦
文字生涯	〔法〕让-保尔·萨特	沈志明
局外人　鼠疫	〔法〕加缪	徐和瑾
契诃夫小说选	〔俄〕契诃夫	汝　龙
布宁中短篇小说选	〔俄〕布宁	陈　馥
一个人的遭遇	〔苏联〕肖洛霍夫	草　婴
少年维特的烦恼	〔德〕歌德	杨武能
德国，一个冬天的童话	〔德〕海涅	冯　至
绿衣亨利	〔瑞士〕戈特弗里德·凯勒	田德望
斯特林堡小说戏剧选	〔瑞典〕斯特林堡	李之义
城堡	〔奥地利〕卡夫卡	高年生

第　三　辑

埃斯库罗斯悲剧二种	〔古希腊〕埃斯库罗斯	罗念生
索福克勒斯悲剧二种	〔古希腊〕索福克勒斯	罗念生
欧里庇得斯悲剧二种	〔古希腊〕欧里庇得斯	罗念生
神曲	〔意大利〕但丁	田德望
西班牙流浪汉小说选	〔西班牙〕克维多　等	杨　绛　等
阿拉伯古代诗选	〔阿拉伯〕乌姆鲁勒·盖斯　等	仲跻昆
列王纪选	〔波斯〕菲尔多西	张鸿年
蕾莉与马杰农	〔波斯〕内扎米	卢　永
莎士比亚喜剧五种	〔英〕威廉·莎士比亚	方　平
鲁滨孙飘流记	〔英〕笛福	徐霞村

书 名	作 者	译 者
彭斯诗选	〔英〕彭斯	王佐良
艾凡赫	〔英〕沃尔特·司各特	项星耀
名利场	〔英〕萨克雷	杨 必
人性的枷锁	〔英〕威廉·萨默塞特·毛姆	叶 尊
儿子与情人	〔英〕D.H.劳伦斯	陈良廷 刘文澜
杰克·伦敦小说选	〔美〕杰克·伦敦	万 紫 等
了不起的盖茨比	〔美〕菲茨杰拉德	姚乃强
木工小史	〔法〕乔治·桑	齐 香
恶之花 巴黎的忧郁	〔法〕波德莱尔	钱春绮
萌芽	〔法〕左拉	黎 柯
前夜 父与子	〔俄〕屠格涅夫	丽 尼 巴 金
卡拉马佐夫兄弟	〔俄〕陀思妥耶夫斯基	耿济之
安娜·卡列宁娜	〔俄〕列夫·托尔斯泰	周 扬 谢素台
茨维塔耶娃诗选	〔俄〕茨维塔耶娃	刘文飞
德国诗选	〔德〕歌德 等	钱春绮
安徒生童话选	〔丹麦〕安徒生	叶君健
外祖母	〔捷〕鲍·聂姆佐娃	吴 琦
好兵帅克历险记	〔捷〕雅·哈谢克	星 灿
我是猫	〔日〕夏目漱石	阎小妹
罗生门	〔日〕芥川龙之介	文洁若

第 四 辑

一千零一夜		纳 训
培根随笔集	〔英〕培根	曹明伦
拜伦诗选	〔英〕拜伦	查良铮
黑暗的心 吉姆爷	〔英〕约瑟夫·康拉德	黄雨石 熊 蕾
福尔赛世家	〔英〕高尔斯华绥	周煦良

书 名	作 者	译 者
月亮与六便士	〔英〕威廉·萨默塞特·毛姆	谷启楠
萧伯纳戏剧三种	〔爱尔兰〕萧伯纳	潘家洵 等
红字 七个尖角顶的宅第	〔美〕纳撒尼尔·霍桑	胡允桓
汤姆叔叔的小屋	〔美〕斯陀夫人	王家湘
白鲸	〔美〕赫尔曼·梅尔维尔	成 时
马克·吐温中短篇小说选	〔美〕马克·吐温	叶冬心
老人与海	〔美〕欧内斯特·海明威	陈良廷 等
愤怒的葡萄	〔美〕斯坦贝克	胡仲持
蒙田随笔集	〔法〕蒙田	梁宗岱 黄建华
悲惨世界	〔法〕雨果	李 丹 方 于
九三年	〔法〕雨果	郑永慧
梅里美中短篇小说选	〔法〕梅里美	张冠尧
情感教育	〔法〕福楼拜	王文融
茶花女	〔法〕小仲马	王振孙
都德小说选	〔法〕都德	刘 方 陆秉慧
一生	〔法〕莫泊桑	盛澄华
普希金诗选	〔俄〕普希金	高 莽 等
莱蒙托夫诗选	〔俄〕莱蒙托夫	余 振 顾蕴璞
罗亭 贵族之家	〔俄〕屠格涅夫	陆 蠡 丽 尼
日瓦戈医生	〔苏联〕帕斯捷尔纳克	张秉衡
大师和玛格丽特	〔苏联〕布尔加科夫	钱 诚
茨威格中短篇小说选	〔奥地利〕斯·茨威格	张玉书 等
玩偶	〔波兰〕普鲁斯	张振辉
万叶集精选	〔日〕大伴家持	钱稻孙
人间失格	〔日〕太宰治	魏大海

第 五 辑

书 名	作 者	译 者
泪与笑　先知	〔黎巴嫩〕纪伯伦	冰　心　等
华兹华斯 柯尔律治 诗选	〔英〕华兹华斯 柯尔律治	杨德豫
济慈诗选	〔英〕约翰·济慈	屠　岸
汤姆·索亚历险记	〔美〕马克·吐温	张友松
大街	〔美〕辛克莱·路易斯	潘庆舲
田园三部曲	〔法〕乔治·桑	罗　旭　等
金钱	〔法〕左拉	金满成
果戈理小说戏剧选	〔俄〕果戈理	满　涛
奥勃洛莫夫	〔俄〕冈察洛夫	陈　馥
谁在俄罗斯能过好日子	〔俄〕涅克拉索夫	飞　白
亚·奥斯特洛夫斯基戏剧六种	〔俄〕亚·奥斯特洛夫斯基	姜椿芳　等
复活	〔俄〕列夫·托尔斯泰	草　婴
静静的顿河	〔苏联〕肖洛霍夫	金　人
谢甫琴科诗选	〔乌克兰〕谢甫琴科	戈宝权　任溶溶
维廉·麦斯特的学习时代	〔德〕歌德	冯　至　姚可崑
叔本华随笔集	〔德〕叔本华	绿　原
艾菲·布里斯特	〔德〕台奥多尔·冯塔纳	韩世钟
豪普特曼戏剧三种	〔德〕豪普特曼	章鹏高　等
铁皮鼓	〔德〕君特·格拉斯	胡其鼎
加西亚·洛尔卡诗选	〔西班牙〕加西亚·洛尔卡	赵振江
你往何处去	〔波兰〕亨利克·显克维奇	张振辉
显克维奇中短篇小说选	〔波兰〕亨利克·显克维奇	林洪亮
裴多菲诗选	〔匈〕裴多菲	孙　用
轭下	〔保〕伐佐夫	施蛰存

书　名	作　者	译　者
卡勒瓦拉(上下)	〔芬兰〕埃利亚斯·隆洛德	孙　用
破戒	〔日〕岛崎藤村	陈德文
戈拉	〔印度〕泰戈尔	刘寿康